끝없이 투명해지는 언어
— 오규원의 현재성과 현대성

펴낸날 2022년 3월 21일

기획   오규원문학회
지은이   박동억, 선우은실, 안지영, 강보원, 박형준, 이날,
        최현식, 소유정, 문혜원, 홍성희, 김언, 세스 챈들러
펴낸이   이광호
주간   이근혜
편집   이근혜 최지인 이민희 조은혜 박선우 방원경
펴낸곳   ㈜문학과지성사
등록번호 제1993-000098호
주소   04034 서울 마포구 잔다리로7길 18(서교동 377-20)
전화   02) 338-7224
팩스   02) 323-4180(편집) 02) 338-7221(영업)
전자우편 moonji@moonji.com
홈페이지 www.moonji.com

오규원문학회 기획

박동억
선우은실
안지영
강보원
박형준
이날
최현식
소유정
문혜원
홍성희
김언
세스 챈들러 지음

끝없이 투명해지는 언어
— 오규원의 현재성과 현대성

문학과지성사

    오규원 시인이 우리 곁을 떠난 것은 2007년 2월이었고 15년의 시간이 흘렀다. 15년이라는 세월은 길었지만 시인을 잊기에는 아직 짧은 시간이다. 누구도 시인을 잊지 않았고 오히려 시인을 다시 생각하는 날들이 거듭 다가왔다. 15년은 시인을 '다시 읽기'에는 오히려 모자란 시간이었다. 시인의 문학과 사유에 대한 남아 있는 사람들의 새로운 통찰들은 시인의 문학적 좌표를 한곳에 머물지 않게 했다. 이 끝없는 다시 읽기는 시인의 문학적 활동을 현재형으로 만들었다.

    오규원문학회가 기획한 이 책은 오규원 시인의 문학을 다시 읽으려는 문학인들의 노력과 열정의 결실이다. 열두 명의 필자들은 보이지 않는 문학적 우정의 힘으로 오규원 시인을 다시 읽고 다시 썼다. 새로운 세대가 오규원을 다시 읽는다는 것은 오규원 문학의 동시대성을 드러내는 일이다. 기억한다는 것은 기념비를 만드는 일이 아니라, 그 기억을 바로 지금 이 순간의 감각으로 만들고 미래를 향해 개방하는 일이다. 오규원을 읽는 일은 창조적인 사유와 상상력의 영역이라는 것을 이 책은 입증한다. 오규원은 예측 불가능한 미래의 독서를 가능하게 하는 풍부하고 정밀한 텍스트이다.

시인의 나직한 음성 속에 들어 있는 유연함과 초연함과 날카로움의 뉘앙스, 안산과 서울 사이의 고속도로에서 시인의 부음을 전해 들었던 그해 2월의 무거운 공기의 질감은 언젠가는 잊힐 것이다. 그 잊힘 너머에 시인의 시가 있다. 시인은 더 이상 시를 발신하고 있지 않지만 그의 시는 지금도 수신되고 있다. 이 책은 동시대가 수신한 오규원의 언어들로 가득하다. 그 가득함을 가능하게 한 필자 여러분들에게 감사의 말씀을 드린다.

2022년 3월

이광호(문학평론가, 문학과지성사 대표)

살아 있는 것, 살아 있는 것으로서의 언어

올해로 오규원 시인의 15주기를 맞는다. 10주기 때 열린 각종 추모 행사가 엊그제 일 같은데, 벌써 5년의 시간이 흘렀다. 올해는 또 오규원 시인의 문학과 생애를 집대성해서 다룬 『오규원 깊이 읽기』(문학과 지성사, 2002)가 출간 20주년을 맞는 해이기도 하다. 출간 이후 20년 간 누적된 오규원 문학에 대한 비평과 연구의 성과가 적잖을 것으로 짐작되는 가운데, 갱신의 차원에서 '다시 읽는 오규원' 혹은 '오규원 다시 읽기'로서의 저작물이 나올 때가 되었다는 생각에 이른다. 오규원 문학에 관심과 애정이 있다면 마땅히 제기할 법한 이런 생각'들'이 쌓이고 모여서 또 한 권의 기념할 만한 연구서이자 비평집이 나왔다.

현장에서 활발하게 활동하고 있는 비평가와 연구자가 참여한 『끝없이 투명해지는 언어―오규원의 현재성과 현대성』은 애초 시인의 10주기 때 '오규원문학회'에서 출간을 준비하고 기획했던 책이기도 하다. 당시의 기획안에 기초해 2021년 초부터 이원, 김언 두 시인과 이근혜 문학과지성사 주간이 모여 출간 준비 회의를 갖고, 구체적인 출간 일정과 방향, 목차와 필자 구성 등을 논의하여 발간 작업을 진행했다. 넉넉지 않은 일정에도 필자분들의 기꺼운 참여와 노고 덕분에 값진 결과물로 나올 수 있었던 것이 또한 이 책이다.

시인 오규원의 문학 세계를 되짚어보는 작업이 한자리에 모였다는 것만으로도 의의가 깊은 『끝없이 투명해지는 언어』에 대해 어떤 말로 소개하고 안내하는 것이 좋을까? 곱씹을수록 의미가 더해지는 이 책의 머리말에 해당하는 글을 쓰는 일이 의외로 간단치 않은 일이었음을 먼저 고백해야겠다. 이유는 한 가지다. 책에 담긴 열두 편의 글이 서로 겹치는 듯하면서도 제각기 다른 관점과 결을 지니는 것과 마찬가지로, 한 시인의 시 세계와 문학 정신과 삶의 궤적에 대한 한 사람의 생각 역시 어느 하나의 초점만으로 모아지지 않았던 탓이 크다. 이렇게 보면 이렇게 보이고 저렇게 보면 저렇게도 보이는 다면적이고 다층적인 성격을 지니는 것이 어디 한 시인의 문학에만 국한된 일일까만은, 오규원의 경우에는 남다른 측면이 분명히 있다.

가령 초·중·후기 시기별로 단절된 듯한 시 세계, 근원적인 동시에 문제적인 질문을 던지는 시론, 여기에 시 교육자로서의 빈틈없는 면모와 동시 창작이라는 의외의 이력까지 덧붙여서 보아야 하는 수고가 오규원의 문학을 조망하는 작업에는 필수적으로 따라붙는다. 때로는 상충하거나 모순되는 지점이 시와 시 사이에서, 시와 시론(을 비롯한 다른 작업) 사이에서 도출되기도 하는데, 이러한 난맥을 헤치면서 선명하게 논점을 잡아가는 일이 연구자나 비평가의 몫이라면 몫일 테지만, 한편으로 명쾌한 시선으로 접근하기가 쉽지 않은 자신의 문학 세계에 대해 오규원은 이미 다음과 같은 말로 반론이자 변론을 펼치고 있다는 생각도 든다.

"진리는 명사로 명명되고 대치된다. 그러나 진리는 그것만이 아니다. 진리는 동사로 발견되고 서술되기도 한다."(「은유적 체계와 환유적 체계」) '진리'를 '한 시인의 문학 세계'로 바꿔서 들어보면, 그의 문학 세계 역시 간단히 명사 몇 개로 명명되고 규정되는 것을 넘어 끊임없이 움직이는 동사로써(혹은 동사로서) 발견되고 서술되는 과정에 놓여 있다고 봐야 하지 않을까. 작고 이후 그의 시와 시론 작업은 영구히 정지된 상태이나, 그의 작품에서 발생하는 의미는 시대를 달리하여 언제든 다르게 읽히고 다르게 말해지면서 역동적으로 움직이는 무엇일 수 있다. 당연히 고정된 하나의 시각이 아니라 그때그때 달라질 수 있는 여지를 품은 시각으로 접근해야 하는 것이 오규원의 시이고 시론일 것이다. 역으로 그때그때 달라지는 시각으로 접근할 수 있는 가능성을 풍부하게 거느리고 있는 것이 오규원의 문학이라는 말도 되겠다.

이미 제출된 텍스트에 대해서 10년 전에 보는 시각과 10년 후에 보는 시각이 같을 수 없다. 텍스트를 대하는 이의 문학적인 입장에 따라, 또 그것을 둘러싼 시대적인 환경에 따라 얼마든지 다른 시각이 튀어나올 수 있기 때문이다. 때로는 호의적인 평가가 때로는 날 선 비판이 동반되는 그러한 시각들을 일일이 통과하는 가운데 어떤 작품은 더는 수명을 잇지 못하고 사멸하는가 하면 어떤 작품은 다양한 평가를 원동력 삼아 쉼 없이 전진하는 길을 열어간다. 그 길이 지속되는 와중에 문득 만나는 것이 정전이자 고전의 영광일 것이다.

오규원 시인의 저작들 역시 쉼 없이 전진하는 도중에 있다고 할 때, 그의 문학의 미래를 예감하는 데 있어 한 가지 고무적인 소식이 있음을 덧붙이고 싶다. 이 책의 말미에 붙어 있는 오규원 관련 학위논문과 학술 논문 목록에서 2007년 시인의 작고 이후 발표된 논문의 숫자가 압도적으로 많다는 사실이다. 살펴보면 2007년부터 2021년까지 해마다 두세 편씩 석·박사 학위논문이 제출되고 있으며(박사 학위논문은 총 10편), 학술 논문은 연간 평균 5편 이상이 발표되고 있다. 이는 오규원 문학에 대한 연구자들의 관심이 지속적으로 두께를 더해가면서 문학의 역사를 이뤄가고 있음을 방증하는 대목이다.

새삼스럽지만 새로운 시는 시에 대해 새로운 질문을 제기하며 등장한다. 마찬가지로 오래 살아남는 문학은 문학에 대해(특정 작가의 문학에 대해서든 당대의 문학에 대해서든) 그치지 않는 질문을 동반하면서 살아남는다. 오규원의 문학 세계에 던지는 질문들이 때를 달리하며 언제나 다시 제기되고 다시 궁구되고 다시 뜨거운 질문으로 돌아오기를 바라는 뜻이 모여서 한 권의 책으로 엮인 것이 또한 『끝없이 투명해지는 언어』일 것이다.

　모두 열두 분의 필자가 참여한 이 책의 구성에서 주안점을 둔 것은 두 가지다. 하나는 오규원의 문학을 세대를 넘어서 폭넓게 공유하자는 취지에서, 20년의 세월이 쌓인 『오규원 깊이 읽기』에 참여한 필진을 벗어나 되도록 새로운 면면으로 필자를 구성했다. 새롭게 참여한 필자 중에서도 비교적 최근에 등장하여 활동하고 있는 신진 비평가와 연구자가 다수를 차지하는 방향으로 필진을 구성했다.

　다른 하나는 오규원 문학에 대해 어느 한쪽에만 치우친 접근이 이뤄지지 않도록 필자별로 집필 대상과 범위를 고루 분배했다. 우선 오규원의 초기 시에 대해서는 문학평론가 박동억과 선우은실이, 중기 시에 대해서는 문학평론가 안지영과 시와 평론을 쓰는 강보원이, 후기 시에 대해서는 시인 박형준과 시와 평론을 쓰는 이날이 각각 맡아서 썼다. 이어서 오규원의 시론에 대해서는 문학평론가 최현식과 소유정이, 키워드로 접근한 오규원의 시 세계 분석은 문학평론가 문혜원과 홍성희가 각각 맡아서 썼다. 마지막으로 오규원의 동시에 대해서는 시인 김언이, 오규원의 시 창작론과 교육론에 대해서는 한국 현대문학을 전공하고 번역하는 세스 챈들러가 각각 맡아서 썼다.

　필자들의 글을 간략히 소개하자면, 우선 1부에서 박동억의 글은 오규원의 생애에서 어머니의 부재로 집약되는 유년의 트라우마와 그의 초기 시집 두 권에 담긴 실존적 불안과 절망을 연결해서 살펴본다. 선우은실의 글은 오규원의 초기 시를 관류하는 시적 원리를 살피면서 '감각의 재분배' 차원에서 현재적 의의와 현대적 독해 가능성을 타진한다.

　안지영의 글은 불행한 세계에 대해 불완전한 언어로 접근할 수밖에 없는 한계를 움직이는 사랑의 언어로 돌파하고자 한 오규원 시의 의의를 중기 시를 중심으로 되짚는다. 강보원의 글은 오규원의 중기 시를 특징짓는 아이러니의 의미를 재음미하면서 결과적으로 동어반복의 불모성에 갇힐 수밖에 없었던 사랑의 언어를 진단한다.

박형준의 글은 오규원 후기 시의 핵심을 이루는 '날이미지'에 대해 시인의 사진 산문집을 참고하면서 '해방의 이미지'로 재론하는 과정을 보여준다. 이날의 글은 날이미지 시에서 '사실적 환상'을 통해 '시간 이미지'가 구현되는 방식을 살피면서 '시간성'이 나타나는 방식을 불교적 관점에서 조명한다.

2부로 넘어와서 최현식의 글은 오규원의 시론집 다섯 권에 담긴 각각의 핵심을 짚어가면서 시인의 시 세계 내지 시 정신의 궁극이 어디를 향하고 있는지를 사유한다. 소유정의 글은 오규원 시론의 변모 과정이 언어에 대한 근본적인 질문과 시에 대한 첨예한 사유의 진화 과정과 맞물려 있음을 논증한다.

문혜원의 글은 '신체(성)'을 오규원의 초기 시를 조명하는 키워드로 삼아 현상학적 사유와 연결되는 후기 시로의 진화 과정을 추적한다. 홍성희의 글은 문학을 끝없는 발신 행위로 남겨두고자 했던 오규원의 시 세계가 발신을 발신이지 못하게 하는 겹겹의 부재들과 마주하면서 긴장된 진동을 일으켜왔음을 짚어낸다.

김언의 글은 오규원의 시력에서 예외적인 지점에 놓이면서 그의 시적 지향과 충돌하는 것으로 보이는 동시 창작에 관심을 둔 이유와 근거를 살핀다. 세스 챈들러의 글은 '날이미지'로 집약되는 오규원의 후기 시론과 그의 시 창작 교육론이 불가분의 관계에 놓여 있음을 구체적인 논거를 들며 증명한다.

대략적인 소개를 마치면서 한 가지 일러둘 것이 있다. 필자에 따라 집필되는 영역 간에 호응하는 의견도 있고 상충되거나 토론이 필요해지는 대목도 발생하는데, 이 역시 오규원 문학의 방대하고도 다층적인 면모에서 기인하는 것이므로 반갑게 받아서 고민해볼 수 있을 지점이라는 사실이다. 각각의 글이 지닌 방향성과 별개로 저마다 최선을 다해 오규원 문학에 대해 새로운 이해의 토대를 마련해주신 필자분들께, 출간 준비에 참여한 일인으로서 심심한 감사의 뜻을 전한다. 아울러 오규원 문학의 정수에 해당하는 저작들 대부분이 살아 숨 쉬고 있는 문학과지성사에서 이 책이 출간된다는 점도 의의가 깊다. 『오규원 깊이 읽기』에 이어 새롭게 오규원 문학 읽기의 장을 마련해준 문학과지성사에 깊이 감사드린다.

작고 후 15년이 지난 시점에서 읽은 오규원 문학은 앞으로 또 15년이 흘러 어떻게 다르게 읽힐지 짐작하기 어렵다. 다만 살아 있는 것은 움직이는 것이고 움직이는 것은 언제나 다른 말로 접근할 수밖에 없다는 점에서, '살아 있는 언어'이자 '존재의 살아 있는 의미망'으로서의 시를 밀고 나갔던 오규원의 시학 역시 "명사로 부를 수 없으나/동사로/거기 있음을 확신하"(「별장 3편—순례 20」)게 하는 상태로 계속해서 움직이는 말을 만들어낼 것이라 짐작해본다. 어쩌면 그것이 오규원 시의 현대성과 현재성을 논하는 자리가 앞으로도 여전히 이어질 수밖에 없는 가장 큰 이유이지 않을까.

2022년 3월
출간을 위해 애써주신
많은 분의 뜻을 담아
김언

차례

2부

1부

단 하나의 삶이라는 아이러니
—오규원의 초기 시 읽기

박동억

세 어머니

그녀의 몸에 마비 증상이 생긴 것은 봄 무렵의 일이었다. 육 남매를 키운 피로 때문일 수도 있었고, 몇 해 전 낙동강 전투 동안 피난했을 때 얻은 후유증 때문일 수도 있었다. 몸의 절반이 움직이지 않았다. 막내아들을 걱정했을 것이다. 출가한 다른 자식들은 괜찮더라도 고작 열두 살 남짓한 막내에게는 여전히 손길이 필요했다. 피난하면서 전학을 두 번이나 다닌 탓인지 막내는 좀처럼 학교생활에 적응하지 못했다. 혼자 벌을 잡거나 개울의 미꾸라지를 잡으며 시간을 보내고, 어머니의 손을 잡고 장터를 따라나서는 일을 낙으로 삼는 아이였다. 거동할 수 없는 그녀를 위해 남편과 막내아들이 함께 한약방을 찾았다. 그리고 하루도 채 지나지 않아 그녀는 세상을 떠났다.

우리는 소년의 위치에서 떠올려볼 수 있다. 어머니에게 한약을 건넸을 손에 대해서, 방 안에서 토혈하는 어머니의 신음을 들었을 귀에 대해서, 한약에 극약을 잘못 넣은 약사가 다음 날 찾아와 마당에 엎드려 빌고 있을 때 그의 등을 바라보았을 눈에 대해서. 어머니를 잃은 뒤 소년에게 자신의 몸이란 무엇이었을까. 남겨진 자의 몸이란 무엇일까. 그러나 우리는 소년이 그 이후에 무엇을 감당해야 했을지 쉽게 가늠할 수 없다. 단지 우리는 이 비극적 사건을 계기로 소년이 훌쩍 어른이 되고 곧 시인이 되어가는 미래에 대해서만 알고 있다.

열두 살 이후 소년에겐 부모도 집도 없었다. 슬픔이 가시기도 전에 불행이 겹쳐 농토와 정미소와 과수원을 소유했던 집안까지 순식간에 몰락했다. 가세가 기울자 아버지는 아이를 돌볼 여력이 없었고, 소년은 누나와 형과 숙부의 집을 전전하며 '기숙과 기식의 삶'을 살아야 했다. 그에겐 세상과 자신을 화해시킬 버팀목이 없었고, 새로운 집에 머물 때마다 자신의 몸을 그곳에 속해 있지 않은 이물질처럼 느낄 수밖에 없었다. 본래 아이는 집 안의 모든 것을 자기 소유처럼 느끼기 마련이다. 하지만 친척의 집에서는 함부로 만질 수 없었고, 함부로 다닐 수 없었다. 그래서 그는 쥘 수 없는 것들을 '쓰는' 방식으로 갖기/소유하기 시작했다.

시를 쓰게 된 직접적 계기는 중학교 3학년 때 문학 선생님의 칭찬이었지만, 더 근본적으로 '쓴다'는 것은 자신의 소유물을/것을 쉽게 가질 수 없었던 소년이 세상을 쥐는 유일하고 고독한 방법이었을 것이다. 부산사범학교를 다닐 즈음 서울에 있는 대학에 가겠다는 계획을 세웠지만, 가족들의 반대로 무산됐다. 그는 더욱 시 쓰기에 몰두했다. 1964년 신춘문예에 처음 도전하면서 그는 자신의 이름이 자칫 여성으로 오인될 수 있다고 생각했고, 이듬해 『현대문학』에 시가 실렸을 때 아버지와 함께 논의하여 정한 필명을 사용했다. 1968년 여름 비로소 그는 독립할 것을 결심하고 상경한다. 같은 해 낙엽이 질 무렵 그는 자신의 등단 소식을 듣는다. 그렇게 소년 오규옥은 시인 오규원으로서 삶을 시작한다.

1970년대 초에 오규원은 두 권의 시집 『분명한 事件^{사건}』(한림출판사, 1971) 『巡禮^{순례}』(민음사, 1973)를 간행한다. 이 글의 목표는 이 시집들의 해설이다. 여기서 우리는 조심스럽게 오규원의 초기 시가 유년의 트라우마에 영향을 받고 있다고 가정할 수 있을지도 모른다. 이것은 무리한 추측이 아니다. 이를테면 문학평론가 이광호와의 대담에서 오규원은 자신의 시 쓰기를 다음과 같은 여정으로 표현하고 있다. "저는 그러한 허상뿐인 아버지와 아버지적 언어를 벗어난, 그리고 자궁 속의 언어를 벗어난 이 현실 위에서 나의 자궁, 나의 자연을 찾고 있었다고 보아집니다."[1] 요컨대 그는 시 쓰기를 아버지 역할을 하지 않았던 "허상뿐인 아버지"와 세상을 떠난 어머니 대신 자신을 보듬어줄 "나의 자궁"을 찾아 헤매는 여정으로 묘사한다. 나아가 부성과 모성의 결핍은 도리어 "나의 자연"을 서술하는 방식, 즉 시인의 고유한 시선으로 세상을 표현해야 하는 결정적 동기로 설명되고 있다.

이에 따라 오규원의 시 쓰기가 홀로 서는 방식이라는 것, 즉 부모의 목소리에 기대지 않고 자신의 힘으로 세상을 인식하는 방식이라고 가정하는 것이 어렵지 않게 느껴진다. 그렇다면 이 고통스러운 유년의 트라우마와 탁월한 시인으로서의 재능은 무관하지 않은 것이 아닐까. 이러한 추측은 1981년에 간행된 오규원의 산문집에 수록된 글 「날자, 한 번만 더 날자꾸나」를 통해 뒷받침될 수 있다. 작가 이상의 삶을 정리하고 있는 이 글에서, 오규원은 이상을 막연히 '천재'라고 부르는 대신 우선 그의 고통스러운 삶을 면밀하게 살펴야 한다고 단언한다. 그리고 그는 이상의 탁월한 재능은 백부에게 입양되었다는 사실로부터 기인한다고 주장한다. 그에 따르면 "이상의 남달리 뛰어난 섬세한 감수성은 이러한 먼 어린 시절부터 낯선 세계로부터 안전하고자 하는 본능적인 자기방어의 끊임없는 노력이 펼친 관찰과 연구와 주의, 이런 사고의 결과"[2]라는 것이다.

---

1 오규원·이광호 대담, 「언어 탐구의 궤적」, 『오규원 깊이 읽기』, 이광호 엮음, 문학과지성사, 2002, p. 22.

2 오규원, 「날자, 한 번만 더 날자꾸나—李箱(이상)의 생애」, 『볼펜을 발꾸락에 끼고』, 문예출판사,

백부에게 입양된 소년 이상의 삶을 상상해보는 시인 오규원의 목소리 안에서, 오히려 우리는 소년 오규옥이 실감했을 '자기의 부모가 아닌 다른 사람의 집에서 살고 있다'는 사건의 의미를 마주한다. 그리고 이상에 대한 그의 해명은 실은 오규원 본인의 삶에 대한 성찰에 기초한다고 보아도 좋을 것이다. 그런데 여기서 우리는 작가 이상의 삶과 시인 오규원의 삶을 좀더 엄밀하게 비교해볼 필요가 있다. 두 사람의 삶은 정말로 닮아 있는가. 아마도 간과해서는 안 되는 사실은 다음과 같다. 이상에게는 이상이 없었다. 다시 말해 이상에게는 자신을 객관화하기 위해 비교 대상이 될 비슷한 타인이 없었다. 그래서 그는 거울 속의 '나'를 어루만지는 분열증적 방식으로 자신을 성찰해야만 했다. 반면 오규원은 이상의 삶과 시 안에서 그가 극복해야 하는 트라우마가 무엇인지 간접적으로 체험할 수 있었고, 또 반성적으로 성찰할 수 있었다. 어떤 의미로 「날자, 한 번만 더 날자꾸나」를 비롯한 이상에 관한 오규원의 글쓰기는 그에게 자기 성찰을 가능케 하는 전기적 거울로서 기능한 셈이다.[3]

또 한 가지 중요한 차이가 있다. 작가 이상과 달리 소년 오규옥에게는 새어머니가 두 분 계셨다. 비록 오규원은 그들을 어머니라고 부른 적도 없었고, 그들이 오규원에게 어머니 역할을 제대로 한 것은 아니었지만 말이다. 그런데 그는 「하나의 편지와 세 개의 축하 엽서」라는

1981, p. 113.

3 일생 동안 오규원 시인은 작가 이상을 애호했다. 또한 여러 인터뷰에서 줄곧 이상의 시를 제대로 이해하려면 그의 삶을 살펴보아야 한다고 강조했다. 오규원 시인은 「날자, 한 번만 더 날자꾸나」를 「李箱論(이상론)」이라는 제목의 글로 개작하여 시론집 『언어와 삶』(문학과지성사, 1983)에 재수록했다. 또한 그는 『이상 전집』(문장, 1982)을 간행했고, 죽기 직전에도 이상에 대한 산문집 『날자 한 번만 날자꾸나』(현대문학, 2006)를 간행했다. 그는 1991년의 인터뷰에서 이상의 시를 "개인사적 접근 방법"으로 읽어야 한다고 일관되게 역설한 바 있다. (오규원·김동원·박혜경 대담, 「타락한 말, 혹은 시대를 헤쳐 나가는 해방의 이미지」, 『문학정신』 1991년 3월호, p. 26)

제목의 산문에서 생모가 타계한 직후 한 여인이 석 달이라는 짧은 기간 집에 머물다가 사라진 사건을 자신의 내면 형성에 결정적인 경험으로 묘사하고 있다. 어른이 되어서는 얼굴조차 기억이 남지 않고 실은 새어머니인지조차 정확하지 않은 그녀가 불현듯 머릿속에 떠오른다는 것이다. 다음의 인용문에서 오규원은 두번째 새어머니를 '서모'라고 호명하고, 잠깐 집에 머물렀던 첫번째 새어머니를 '그녀'라고 지칭한다.

> 서모가 죽고 난 뒤, 문득 그녀가 나의 머리에 되살아났읍니다.
> 그녀가 내 머리속에 비교되는 두 여자의 다른 길을 터놓았던 것입니다. 사랑보다는 어떠한 형태의 삶이든 간에 살기 위해 삶을 수락해버린 여자와, 그런 삶을 수락할 수 없었던 한 여자.
> [……]
> 그런 질서 속에서 사라져버린 한 여자—그 여자가 걸어간 길이 혹시 사랑의 길이었을지도 모른다는 생각이 아직도 나를 사로잡고 있읍니다.
> 그래서 나의 머리에는 어머니(어머니라고 내가 부른 사람은 생모밖에 없었지만)가 셋이라는 의식의 지배를 받고, 그 의식 밑에서 생긴 갈등과 모순이 이곳의 사랑의 의미를 새삼 일깨워주었던 것입니다.
> 이런 경험을 통해서 나는 모순이라든지 갈등이 반드시 우리의 의식을 억압하는 존재이지만은 않고 수용하기에 따라서는 다른 존재로서 더욱 빛남을 깨달았읍니다.[4]

이 글이 1981년에 발표되었다는 사실을 고려한다면, 우리는 '그녀'

---

4 오규원, 앞의 책, 1981, pp. 94~95.

에 관한 상징적 이미지와 의식이 트라우마 직후에 형성된 것이 아니라, 오히려 트라우마로부터 충분히 멀어진 이후에 형성된 것일지도 모른다는 사실을 고려하게 된다. 그리고 이 글에서 우리는 두 가지 대비되는 모성의 이미지를 확인한다. "삶을 수락해버린 여자"가 아내와 어머니로서의 삶을 받아들인 '생모'와 '서모'를 가리킨다면, "삶을 수락할 수 없었던 한 여자"는 석 달간 집에 머물렀다가 떠난 '그녀'를 가리킨다. 여기서 오규원이 조금 더 선명하고 인상 깊게 회고하는 것은 후자 쪽이다. 다시 말해 아이를 세상과 화해시켜주는 울타리로서의 '부모'보다 어머니가 되기를 거부하고 자신의 삶을 향해 전진하는 '그녀'에 대한 기억이 더 선명하다는 것이다.

이때 우리는 오규원이 유년의 상처를 받아들이는 성숙한 태도에 도달했다는 점을 확인한다. 왜냐하면, 그는 '버려진' 소년의 마음이 아니라, 아이를 두고 떠나는 '그녀'의 눈으로 세상을 바라보고 있기 때문이다. 그러므로 그는 '그녀'가 자신을 버렸다고 쓰는 대신 삶을 수락하지 않았다고 쓸 수 있다. 그녀를 무정하다고 말하는 대신 그녀가 "사랑의 길"을 걷는다고 표현할 수 있다. 사랑의 길 위에서 모성은 필연적인 것이 아니라 갈림길이고 선택지이다. 소년 오규옥의 마음을 떠올리면 어머니가 어머니가 아닐 수 있다는 것, 어머니가 대체될 수 있다는 사실이 어떤 "모순"과 "갈등"을 마음속에 남겼을지 깨닫게 된다. 하지만 오규원은 그 모순과 갈등을 이제 소년의 눈이 아니라 '그녀'의 마음으로 살핀다. 소년에게 숙명적인 상실로 보이던 것이 그녀에겐 선택할 수 있는 기로가 된다. 결국 이 시선을 전환하는 역량이야말로 모순을 수용할 때 존재가 빛날 수 있다는 문장의 함의인 것이다.

환각의 땅을 딛고

어머니를 그리는 마음으로부터 떠나간 어머니의 위치에서 세상을 보는 마음으로의 이행, 우리는 오규원이 1981년 무렵에는 이러한 이행에 도달했다고 가정할 수 있다. 그리고 1970년대에 그가 창작한 시를 살피며 이러한 가정을 논증해볼 수 있을 것이다. 하지만 섣부르게 이것이 그가 자신의 트라우마를 극복하는 과정이었다고 생각해서는 안 될 것이다. 우리는 그가 줄곧 모순과 갈등이라는 단어로 자신의 삶을 해명했다는 사실을 유념해야만 한다. 인생이 씨앗에서 새싹으로, 새싹에서 꽃으로, 꽃에서 열매로 이행하며 전개된다고 생각하는 사람만이 갈등과 모순을 단지 비바람처럼 찾아오는 잠깐의 시련에 불과하다고 믿는다. 예컨대 헤겔은 그렇게 믿었다. 그는 『정신현상학』의 서설에서 철학 체계의 발전을 식물의 생장에 비유했는데, 이것은 새로운 철학 사조가 과거의 철학 사조를 부정하거나 전복한다는 관점을 비판하기 위한 것이었다. 씨앗과 새싹과 꽃과 열매의 생김새가 판이하더라도 근본적으로는 단일한 생명의 순환 과정에 속하는 것처럼, 첨예하게 갈등하는 사상도 역사적 시선으로 보면 결국 거대한 정신의 생장 과정에 지나지 않는다고 그는 생각했다. 이후 서술되는 『정신현상학』의 내용은 그 철학적 정신으로 무장한 채 삶에서 우리가 마주치는 갖가지 갈등과 모순을 넘어서는 비범한 개인을 그리는 서사시로도 읽을 수 있다.

그러나 인간은 파노라마를 감상하듯 자기 삶을 한눈에 들여다볼 수 없지 않을까. 길을 잃은 인간이 길 밖에서 자신을 들여다볼 수 없듯, 인간은 다만 갈등과 모순 속에서 살 뿐이다. 그리고 시인은 철학자처럼 삶을 관조하거나 종합하지 않는다. 시는 삶으로부터 우리를 떼어놓는 것이 아니라 삶과 동행하기 위한 장르이기 때문이다. 오규원은 1971년에 간행한 첫 시집 『분명한 사건』에서 자신의 삶과 어떤 방식으로 동행했을까. 이를테면 시 「길」에서 오규원은 "수술과 암술이 떠나고 꽃잎과 꽃받침이 떠나고/꽃밭이 떠나고/마지막엔 풀이 흔드는 작별의 손이 보이고/인사도 없이 골목이 떠나고 길이 서 있다"라고 썼다. 이렇듯 꽃잎 다음에 열매가 찾아온다고 말할 수 없는 마음도 있다. 모든 것이 자신에게 작별의 손을 흔들고 있다고 말할 수밖에 없는 순간이 있다. 골목이 떠난 골목은 막다른 길이다. 서 있는 길이란 벽이다. 「길」은 그러한 막다른 마음으로 쓰인 작품이다. 마찬가지로 「겨울 나그네」에서도 그의 내면은 하나의 겨울 풍경으로 그려진다. 이 시는 1965년 『현대문학』을 통해 오규원이 문단에 발표한 최초의 작품이며, 따라서 이제 막 문단의 문을 두드리기 시작한 오규원의 내면을 반영하는 작품이라고 할 수 있다.

모든 나는 왜 理由^{이유}를 모를까.
어디서 기웃둥, 기웃둥 하며
나는 獲得^{획득}을 딛고
발은 消滅^{소멸}을 딛고 있었다.

끝없는 祝福^{축복}.
떨어진 것은 恨^한대로 다 떨어지고
그 밑에서 무게를 받는 日月^{일월}이여.
모두 떨어져 덥숙히 쌓인 위에
감당할 수 없는 무게로
발자국이 하나씩 남는다.

손은 必要^{필요}를 저으며 떨어져나가고.
손은 必要를 저으며 떨어져나가고.

24

서서 作別^{작별}을 지지하는 발
발가락 사이 이 차가운 겨울을
부수며
무엇인가 아낌없이 주어버리며
오늘도 딛고 있다.

바람을 흔들며 선 古木^{고목} 밑
죽은 言語^{언어}들이 히죽히죽 하얗게 웃고 있는
겨울을,
첨탑에서 安息日^{안식일}을 우는 鐘^종이
얼어서 얼어서 들려오는
겨울을.

이번 겨울도 나의 발은
기웃둥, 기웃둥 消滅을 딛고.
日月이 부서지는 소리
그 밑 누군가가 무게를 받들고……
　　　　　　　—「겨울 나그네」 부분(『분명한 事件^{사건}』)

　우리는 겨울 풍경의 복판에 서 있는 '나'의 모습을 확인한다. '나'는
이곳에 왜 자신이 존재하는지, 이곳이 어디인지도 모른 채 다만 "기웃
둥, 기웃둥" 휘청거리며 전진하고 있다. 이때 활용된 역설적 표현이 실
존적 불안을 강화한다. 그의 앞에는 '획득'과 '소멸'이라는 두 개의 대지
가 놓여 있는데, 이때 '나'는 획득을 딛고 '발'은 소멸을 딛고 있다고 말
한다. 이때 획득과 소멸이라는 관념어를 '딛다'라고 표현하는 방식도

특별하지만, 주목할 것은 마치 '나'와 '발'이 각각의 존재인 양 획득과 소멸이라는 상반되는 관념을 딛고 있다고 표현하는 데 있다. 따라서 이 역설적 표현은 그의 존재가 겪고 있는 불안과 분열, 그리고 그의 존재가 모순과 갈등의 삶 속에서 전진하고 있음을 암시한다. "손은 필요를 저으며 떨어져나가고"만다는 이미지 역시 '나'가 분해되는 듯한 실존적 위기를 상기시킨다.

「길」이 전진할 수 없는 삶을 그리는 작품이라면, 「겨울 나그네」는 발디딜 곳 없는 삶을 그리는 작품이다. 소멸을 딛는다는 표현처럼 '나'에게 견고한 대지는 없다. 그를 지지하고 그의 자세를 바로잡아줄 세상이 그에겐 없다. "그 밑에서 무게를 받는 일월"이라는 표현처럼 그가 걷는 곳이 대지인지 하늘인지도 분명치 않다. 그래서 그의 걸음은 비상이 아니라 추락에 가까운 것, 겨울의 한기와 죽은 언어들의 웃음과 안식일의 종소리가 맴도는 섬뜩한 겨울 풍경을 향해 위태롭게 전진하는 과정이다. 시의 말미에서는 발밑의 "일월"조차 깨어지고 만다. 그 시구에는 "감당할 수 없는 무게"를 지닌 자신의 발자국을 세상이 떠받치지 못한다는 확신이 깃들어 있다.

이로써 시인은 자기 존재의 무게를 홀로 감당하는 자, 그래서 추락할 수밖에 없는 자의 실존적 불안과 허무를 드러낸다. 그런데 이렇게 해석하고 나면, "그 밑 누군가가 무게를 받들고……"라는 마지막 문장이 이질적이라는 사실을 깨닫는다. 이 '누군가'는 누구인가. 이 문장은 어떤 바람을 드러낸 것일까, 모호한 암시일까. 섬뜩한 이미지와 역설적 서술로 앞서 이끌어낸 긴장을 약화한다는 점에서, 이 진술은 미학적 완결을 해치는 것처럼 보이기도 한다. 하지만 도리어 이 불완전함이 이 작품의 진정성을 배가시킨다. 우리가 한번 떠올려볼 것은 '나'를 떠받쳐줄 '누군가'를 호명할 수밖에 없었던 청년 오규원의 마음이다. 그러한 호명에서 드러나는 갈증과 아이러니다.

"그 밑 누군가가 무게를 받들고⋯⋯" 있다는 이 끈질긴 진술이 다시 세상으로 전진할 힘을 주지 않을까. 「정든 땅 언덕 위」라는 작품에서 시인이 "비극의 내 生家^{생가}"를 언급한 뒤 곧 그것을 "꽃이 될 悲劇^{비극}" 이라고 바꾸어 부를 때도 우리는 유사한 인상을 받게 된다. 『분명한 사건』이 쉽게 절망과 고독의 시집으로 환원되지 않는 이유는 이러한 갈증 때문이다. 또 하나 생각해볼 것은 이 시집에서 우리가 어머니나 유년의 트라우마와 직접적으로 관련한 작품을 찾기 어렵다는 사실이다. 이 사실이 놀라운 것은 아니다. 트라우마는 말하려는 순간 혀끝이 굳는 것, 정신을 마비시키는 것, 그래서 매번 억누를 수밖에 없는 것이다. 트라우마는 전시될 수 없다. 그래서 「겨울 나그네」와 「길」과 같은 작품에서 실존적 고통만 묘사될 뿐 그 원인이 드러나지 않는다는 사실은 징후적이다. 대신 시집 전반에서 현실과 동떨어진 미학적 상상이나 실험이 전면화되어 있는 것처럼 보인다. 그것은 어쩌면 자신의 고통스러운 삶과 거리를 두는 하나의 방식인 것처럼 보이기도 한다. 빈번히 사람 대신 관념어가 주어를 차지하고, "그 마을의 주소는 햇빛 속이다"(「그 마을의 住所^{주소}」)라거나 "골목에 찢어져 뒹굴던/산의 外套^{외투}가 한 자락 걸렸다"(「그 이튿날」)라는 초현실적인 시공간 묘사를 주로 활용한다는 특징 또한 이 시집이 현실과 동떨어져 있다는 느낌을 강화한다.

한편 어렴풋이 우리는 그의 첫 시집에서 전기적 반영으로 추측할 만한 특징 하나를 발견한다. "母音^{모음}을 분분히 싸고도는/認識^{인식}의 나무들"(「겨울 나그네」)이나 "건강한 言語^{언어}의/아이들은/어미의 둥지에서/알을 까고"(「몇 개의 現象^{현상}」)라는 시구처럼 그의 시에서 '인식'과 '언어'와 같은 관념어가 모성을 상기시키거나 어미 새로서 아이를 돌보는 존재로 비유된다. 마치 '언어'가 곧 어머니의 부재를 대체하는 최초의 은유처럼 사용되고 있던 셈이다.

투명한 心象^{심상}의 바다 속에 사는 낱말은

외로운 몇 사람이 늘 서 있는 그 背景^{배경}만큼

조용히 사색의 귀를 열고 있다.

나의 家僕^{가복}이 乳母車^{유모차}를 끌고

한낮의 거리에서 疏外^{소외}를 밀 동안

낱말은 지친 바람을

가만가만 풀잎 위에 안아 올린다.

幻覺^{환각}의 땅 위에는 눈 내리는 겨울방학의

포근한 安定感^{안정감}이 쌓이고

비둘기의 날개가 구름처럼 흐르고

가끔 理由^{이유}도 두근거리고.

　　　　　　—「現像實驗^{현상실험}(別章^{별장})」 부분(『분명한 事件』)

　　외로운 몇 사람을 향해 귀를 여는 "낱말", 지친 바람을 풀잎 위에 안아 올리는 "낱말"은 부모이거나 적어도 부모처럼 너그럽게 타인과 세상을 돌보아주는 존재로 의인화되고 있다. 그리고 시가 낱말을 배치하는 행위인 한, 오규원에게 시 쓰기는 그렇게 자신을 보듬어주는 풍경 속으로 들어가는 것과 마찬가지였는지도 모른다. 쥘 수 없는 것을 이름으로나마 쥐는 것이 언어 행위의 본질이라면 이 작품에서 간절하게 표현된 것은 '열려 있고' '끌어주고' '안아주는' 품이다. 그런데 우리가 유념할 것은 시인이 이러한 풍경을 "환각의 땅"이라고 명시하고 있는 데 있다. 이 표현은 근본적으로 이 작품의 "포근한 안정감"과 '두근거림'을 아이러니하게 바라보도록 만든다.

　　「겨울 나그네」와 「현상실험(별장)」의 시어들은 선명한 대조를 보인다. 「겨울 나그네」가 서늘하고 고독한 겨울 풍경을 그린다면, 「현상실

험(별장)」이 포근한 "겨울방학"의 풍경을 묘사한다. 「겨울 나그네」가
발 디딘 '소멸'조차 산산조각이 나는 추락을 그린다면, 「현상실험(별
장)」은 "비둘기의 날개가 구름처럼 흐르"는 비상을 표현한다. 「겨울 나
그네」가 "이유" 없이 존재하는 삶을 그린다면, 「현상실험(별장)」은 "가
끔 이유도 두근거리"는 순간을 제시한다. 그러나 「현상실험(별장)」은
근본적으로 "환각의 땅" 위에 세워진 작품이다. 그 모든 것이 환상에
지나지 않는다면 「현상실험(별장)」에 깃든 의식은 근본적으로 「겨울
나그네」와 멀지 않다.

  하지만 자신의 언어를 환각이라고 말하면서도, 그 환각을 디딤대로
삼는 마음에 대해서 떠올려본다. 오규원에게 쓴다는 행위란 무엇이었
을까. 그가 "나의 음성들이 외롭게 나의 외곽에 떨어지는/따스한 겨울
날"(「서쪽 숲의 나무들」)이 있다고 말할 때, 비록 생생한 언어가 아니라
언어의 낙엽일지라도, 그것은 설원을 덮어주고 덥혀주는 방편이 된다.
물론 환상이 환상에 지나지 않는다는 사실을 깨닫는 순간도 있을 것이
다. 그것을 "환상의 마을에서/살해된 낱말"(「대낮」)과 마주하는 순간이
라고 그는 표현한다. "사어들의 기침 소리를 캐내던 사내"(「사랑 이야
기」)라는 표현은 어쩌면 '죽은 언어'에 매달리는 시인에 대한 자조적인
알레고리처럼 보인다. 이처럼 그는 자신이 언어가 죽은 것, 환각에 지
나지 않는 것, 실패라는 것을 안다. 쓰인 것은 결국 환상이고 백일몽이
다. 그렇다면 현실에 관한 한 그의 시는 근본적으로 백지이다.

  하지만 『분명한 사건』은 그러한 실패의 힘을 최대화하는 시집이
다. 기꺼이 오규원은 자신조차 환상이라고 여긴 언어, 즉 "흔들리는
언어들"(「認識인식의 마을」)에 매진했다. 「현상실험」이라는 제목의 작
품에서 그는 자신이 느끼는 언어의 질감을 구체화한다. 그는 '언어'를
"18세기 형의 모자"와 "망명정부의 廳舍청사"이거나 "흔들리는, 흔들리
는 사랑의/방울 소리"와 "설레는 강물"과 같은 보조관념으로 비유한

다. 즉 '언어'란 낡고 쇠락한 존재이면서, 한편으로 방울 소리나 물결로 소생하는 운동이기도 하다. 물론 그것은 공적 대화의 수단으로서 기능하는 언어가 아니라 시인의 내면이 투사된 상상적 언어의 질감이다. 그는 이러한 '언어'를 얼마나 믿었을까. 시집의 제목처럼 그것이 '분명하다고' 생각했을까. 이러한 문답과 무관하게 그는 언어의 울림에 자신을 충실히 맡겼다. "왜 白紙^{백지} 위에서 나의 현실을 멋대로 이저리 굴리는지"(「루빈스타인의 초상화」) 모른다고 말할 때, 그는 그 백지가 자신의 삶을 뒤흔들기를 바라고 있었다.

자기 자신을 향한 편지

『분명한 사건』의 근본적인 아이러니는 시인이 자신의 언어를 환각이나 환상이라고 부르면서도, 그 환상에 기대어 자신의 존재를 바로 세우기 때문에 발생한다. 그런데 '환상'에 기댄 자아와 '환상에 대한 언어'로 세운 자아 사이에는 차이가 있지 않을까. 정신분석학자 조너선 리어(Jonathan Lear, 1948~)가 강조하는 것 또한 환상에 대한 재서술이 지닌 실존적 가치다. 대개 우리는 불현듯 떠오르는 외설적이고 폭력적 상상을 말하기 부끄럽거나 거북하다고 느낀다. 침묵한 채 그 상상이 우리의 이성과 평정을 뒤흔들지 않도록 주의한다. 한편 라캉 학파라면 그러한 '침범당하는 평정'이 존재한다는 믿음, 즉 견고한 이성이나 단일한 '나'가 존재한다는 믿음조차 무의식적 환상이자 증상이라고 설명할 것이다. 임상 치료에 중심을 두는 조너선 리어의 이론은 두 관점을 모두 유보하게 한다. 그에 따르면, 핵심은 무엇이 환상이고 현실인지 구분하는 것이 아니라 '사는 것'이다. 자신의 마음을 무엇이라고 부르든 모든 인간은 그것과 함께 사는 법을 배워야 한다. 조너선 리어는 말하고 쓰는 행위가 그러한 실존을 수월하게 만든다고 믿었고, 언어를 통해 인간이 '실제적 정체성(practical identity)'을 얻을 수 있다고 생각했다.[5]

결국 마음과 동행하기 위한 언어는 아이러니이고 시에 가까운 것일 수밖에 없다. 불온한 상상을 말소하거나 억누르는 규범적·일상적 언어와 달리, 실제적 정체성을 위한 언어는 의식과 무의식, 현실과 환상이라는 통합할 수 없는 두 영역 사이에서 균형추의 역할을 해야만 하기 때문이다. 그리고 오규원에게 『분명한 사건』은 자신의 마음과 동행하기 위한 시집이었을지도 모른다. 그의 시에서 빈번히 사용되는 역설과 아이러니 또한 마음의 불균형을 해소하는 것이 아니라 그것과 동행하는 방식이었을지도 모른다.

그리고 우리는 두번째 시집 『순례』(민음사, 1973)에 이르러 오규원이 또 다른 방식으로 실제적 정체성을 형성하고 있음을 확인한다. 시집의 제목처럼, 그는 순례자의 마음으로 현실을 향해 발을 내딛기 시작한 듯 보인다. 일단 그것은 「개봉동과 장미」와 같은 작품에서 시인 본인의 구체적 생활을 그리기 시작했다는 사실에서 드러난다. 또한 그는 「고향 사람들」 「어느 마을의 이야기」처럼 유년의 고향을 추억하는 작품 또한 창작했다. 이러한 소년 시절의 회상에서도 그의 트라우마가 언급되지 않는다. 다만 고향은 "떠난 자들이 켜놓은 용전리의 불빛"(「고향 사람들」)처럼 그리움의 대상이나 "낮은 하늘이 몰고 온 나직한 평화"(「어느 마을의 이야기」)에 감싸인 공간으로 그려진다. 중요한 것은 이렇게 자신을 깊이 되돌아보는 성찰을 통해 삶을 너그럽게 수용하는 자세로 나아간다는 사실이다.

5 Jonathan Lear, *A Case for Irony*, Harvard University Press, 2011, pp.3~74 참조. 특히 실제적 정체성에 관한 내용은 pp.57~62 참조.

3

바람이 분다, 살아봐야겠다

무엇인가 저기 저 길을 몰고 오는
바람은
저기 저 길을 몰고 오는 바람 속에서
호올로 나부끼는 옷자락은

무엇인가 나에게 다가와 나를 껴안고
나를 오오래 어두운 그림자로 길가에 세워두는 것은
그리고 무엇인가 단 한 마디의 말로
나를 영원히 여기에서 떨게 하는 것은

멈추면서 그리고 나아가면서
나는
저 무엇인가를 사랑하면서

—「巡禮순례의 書서」 부분(『순례』)

　　사람들이 흔히 『순례』의 대표작으로 알고 있는 시 「巡禮 序서」는 실
은 시선집 『길 밖의 세상』(나남, 1987)에 재수록하면서 그 제목과 내용
이 모두 개작된 것이다. 본래 1973년에 간행한 초판본에서 그 제목은
「순례의 서」였다. 그리고 청년 오규원의 마음에 귀 기울이는 것을 목적
으로 삼는다면 우리가 살펴야 할 것은 초판본의 「순례의 서」일 것이다.
『분명한 사건』의 관념적이고 난해한 비유들에 비한다면 이 작품을 해
석하는 것은 어렵지 않아 보인다. 우리는 우선 폴 발레리의 시 「해변의

32

묘지」에서 시구를 빌려 "바람이 분다, 살아봐야겠다"라고 다짐하는 목소리를 확인한다. 이어서 시인은 때론 자신과 포옹하고 때론 "어두운 그림자로" 내버려두기도 하는 알 수 없는 운명과 그로 인해 멈추고 나아가기를 반복하는 자신의 지지부진까지 사랑한다고 말해본다. 머뭇거리고 주춤거릴지라도, 끝내 한 걸음 내디딜 것이다.

이후 스무 편에 이르는 순례 연작에서도 이러한 주제는 반복된다. 이제 그는 "젖은 자는 다시 젖지 않는다"(「비가 와도 젖은 者자는」)라는 믿음에 기대어본다. 물론 절망한 자는 절망에 젖지 않는다는 역설에 기대었을 때도 매번 문제 되는 것은 눈앞에 삶이 막막하게 놓여 있다는 것, 그렇게 자기 몫의 삶이 "그물에 걸려 나둥거려진 길"처럼 퍼덕거린다는 것이다(「적막한 地上지상에」). 하지만 그렇게 기댈 곳이 없어도(「기댈 곳이 없어 죽음은」) 어떤 노력에도 절망이 절망으로 남을지라도(「아무리 색칠을 해도」) 더디게 전진하면서 그 길을 견뎌낼 것이라고 그는 말하고 있다.

무엇이 그에게 자신을 받아들이고, 또 나아갈 힘을 주었을까. 순례 연작에는 수많은 타인의 목소리가 인용된다. 그를 인도하는 목소리는 앞서 인용한 발레리의 시구이기도 하고 "예수"(「呼名호명하지 않아도」)의 가르침이기도 하다. 시인은 윤동주의 시를 읽으며 아름다움은 답을 구하는 방식이 아니라 "내 물음을 옆으로 옮겨 놓"는 방식이라는 깨달음을 얻기도 한다(「아름다움은 남의 나라」). 또한 일상적으로 마주치는 이웃의 얼굴을 보며 "이웃 연탄집 아저씨의 웃음이/매일 조금씩 검어지는 것"(「진실로 우리는」)이라는 진실도 간파한다. 결국 오규원의 '순례 연작'은 자신의 실존에 대한 성찰을 주제로 삼는데, 그 성찰은 타인과의 만남이나 대화로 개진된다. 바로 이것이 『분명한 사건』과의 선명한 차이라고 할 수 있다. 『분명한 사건』의 실존이 내적 환상과 그 환상에 대한 부정이라는 아이러니 속에서 성립된다면, 『순례』의 실존은 예술·종교적 차원과 일상적 체험이라는 두 영역에서 마주치는 타인과의 대화 속에서 성립된다. 때론 누군가 겪어낸 삶과 자신의 삶을 견주어보기도 하고, 때론 타인의 미소 이면에 깃든 어둠을 가늠하면서, 비로소 시인은 자신의 삶을 받아들이는 방법을 터득한다. 이제 그는 절망을 부정하는 것이 아니라 절망과 나란히 전진한다.

그러한 성찰에 기대어 그는 이렇게 말하고 있다. "허위의 믿음이라도 믿음으로 믿음이다."(「別章별장 3篇편」) 명제적으로 허위와 환각은 똑같이 거짓이다. 하지만 "허위의 믿음"은 환상과 달리 실천적인 의미를 지닌다. 여기서 그는 말의 온기 혹은 다정한 거짓이 지닌 가치에 대해 암시하는 것처럼 보인다. 진실만으로 살아갈 수 있는 인간이 있을까. 누구에게나 "말의 말이 아니라 말의 빛이 필요한 때"(「웃음」)가 있을 것이다. 이렇듯 오규원은 말의 진위가 아니라 "말의 빛"에 눈 돌린다. 그렇다면 그의 두번째 시집은 단지 말하고-듣는 관계 안에서 언어를 사용한다기보다 선물하고-선물받는 관계로서 언어를 사용하고 있다고 표현할 수 있을까.

이러한 추측에 덧붙여 생각해볼 시 형식의 특징은 『순례』의 시편 중상당수가 말 건네는 방식으로 쓰였다는 점이다. 「푸른 잎 속에 며칠 더 머물며」「아름다움은 남의 나라」 등의 작품에서는 반문하듯, 「序서 3」에서는 토로하듯, 「이 가을에는」에서는 기도하듯 그는 어떤 이를 향해 말을 건넨다. 그렇다면 이러한 맥락에서 눈여겨볼 작품은 「回信회신」이다. 편지의 형식으로 쓰인 이 작품은 외견상 소포를 보낸 타인과 대화하는 내용으로 되어 있다.

거제도에서 소포로 보낸 그대의 바다를 잘 받았습니다. 무수리와 노래미의 喊聲함성, 喊聲이 끝난 뒤의 바다의 목소리가 무척 잘 낚인다는 그대의 바다는 우리집 마당을 南海남해의 바다와 바다의 목소리를 내게 합니다.

　그 바다는 胎兒^{태아}의 바다, 홀로 있는 者^자가 홀로 본 바다, 홀로 뒤로 물러서서 다시 본 바다의 나무잎입니다. 그대는 무심코 보냈지만 나는 무심코 받지를 못하고 무심코 받지 못한 만큼의 무게를 한 무수리와 노래미입니다.

―「回信」 전문(『순례』)

'나'는 누구에게 답신하고 있는가. 물론 내용상 수신인은 거제도에서 소포를 보낸 누군가다. 하지만 이 작품의 근원적 욕망이 향하는 시공간이 어디인지 유심히 살펴보자. 시인이 바라보는 근원적인 방향은 소포를 보낸 이가 아니다. 누군가의 소포를 매개로 시인은 잠시 "그대의 바다"를 떠올렸다가, 차츰 "우리집 마당"과 "남해의 바다와 바다의 목소리"라는 자전적 시공간을 향해 눈 돌리고 있다. 그리고 이미 1968년에 오규원이 상경했다는 사실에 비추어본다면, "우리집 마당"과 "남해의 바다"는 창작 당시 그가 거주했던 장소가 아니라 옛 고향을 암시할 가능성이 크다. "태아의 바다"라는 원초적 이미지 또한 그러한 연상 작용을 강화한다. 그렇다면 그는 결국 소년 오규옥이 살았던 유년의 시공간을 향해, 즉 자기 자신에게 편지를 쓰고 있는 셈이다.

따라서 오규원이 자신의 유년 체험을 어떤 마음으로 향수하고 있는지 우리는 이 작품을 통해 유추할 수 있다. 추억은 손안에 쥘 수 있는 선물처럼 온다. 또는 선물을 매개로 해야만 한다. "바다의 목소리"와 "태아의 바다"라는 비유가 가리키듯 유년의 파도는 말 건네듯 혹은 태아의 울음처럼 밀려올 것이다. 그런데 이 유년의 추억을 떠올리는 시인의 태도에는 어떤 징후가 있다. "홀로 있는 자가 홀로 본" 것이라는 표현처럼, 그 '바다'는 홀로 목격해야 하는 어떤 풍경으로 그려진다. 또한 그는 그것을 "무심코 받지" 못했다고 말한다. 이내 자신을 "무심코 받지 못한 만큼의 무게를 한 무수리와 노래미"라고 비유할 때, 유년의 추억은 어떤 의미로는 존재가 감당해야 하는 '무게'로 암시된다. 이처럼 유년의 추억은 쉽게 '소유할' 수 없는 것, 그래서 무심코 받을 수 없는 무게로 묘사된다. 섣부르게 이러한 징후를 곧 유년의 트라우마에 직결시킬 수는 없다. 하지만 적어도 우리는 오규원에게 유년 시절은 함부로 쥘 수 없는 것, 어떤 매개를 거쳐 간접적으로나마 쥘 수 있는 것으로 그려진다는 사실을 확인한다.

자신의 유년을 향해 편지를 쓰는 듯한 회신의 구조는 「김씨의 마을」의 핵심 상징인 '유서'와도 비교할 수 있다. 총 5장으로 이루어진 장시長詩인 「김씨의 마을」은 『순례』에 수록된 시 전반의 상징과 모티프를 하나로 엮어낸 듯한 작품이다. 이상의 소설 「날개」를 모토로 차용하거나 여러 문체를 혼용하는 등 쉽게 하나의 해석으로 환원하기 어려운 다성적 작품이기도 하다. 이 작품에서 '나'는 30년 전 유서를 남기고 세상을 떠난 '김씨'를 회상한다. 이때 각 장에서 김 씨의 유서는 다양한 이미지로 변용된다. 유서는 1장에서는 김 씨의 무덤에서 자라나 "마을을 덮고 있는 김씨의 언어들"이라는 풀의 이미지로 제시되고, 3장에서는 "그의 유서"가 곧 물결처럼 출렁이는 '공간'으로 묘사된다. 풀의 비유이든 물결의 비유이든 일관된 것은 죽은 자('김씨')의 언어가 '나의 마을'을 뒤덮는 운동으로 상상된다는 점이다.

'유서'의 상징적 이미지나 역설을 일일이 분석하는 것도, 반대로 '유서'가 곧 죽음 충동이 삶을 침범하는 순간을 암시한다는 단일한 해석으로 환원하는 것도 이 글은 목표하지 않는다. 강조하고 싶은 것은 이 작품 안에서 김 씨의 유서는 끝내 '나'를 인도하는 '길'의 이미지로 전이되어간다는 점이다. 일관되게 죽은 김 씨는 "그의 발자국 소리"나 "액자 속의 길"이나 "소설가 김씨의 죽음이/다녀가는 모습"처럼 '걷는 자'로 그려진다. 그리고 '나'는 그에게 매혹되는 듯 보인다. 그의 언어를 더듬어보며 '나'는 다시금 자신의 존재가 소생하는 듯한 감각을 느끼기도 한다. 이를테면 시인은 2장에서 "幼年^{유년}이 간직한 전쟁을 넘보며/서서히 경험을 넘어서는/한 남자의/싱싱한 다리가 놓인다"라고 쓴다. 마지막 5장에서는 "싱싱하게 뛰는/옆집 아이들"처럼 언어가 충동질한다고 쓴다. 표현을 그대로 따른다면, 유서는 '유년의 전쟁'을 넘어서는 싱싱한 다리를 얻게 한다. 이 역설적 사유의 함의는 무엇일까.

『순례』전반에서 반복된 주제인 타인의 절망과 고뇌를 살피는 것, 그리고 「회신」의 형식과 「김씨의 마을」에서 확인한 유서의 모티프에는 상동성이 있다. 그것들은 똑같이 타인의 절망에 '나'의 절망을 비추어 볼 수 있게 해준다. 그로부터 자신의 절망과 동행하는 법을 배우게 해준다. 『순례』는 수많은 시인과 선지자들의 목소리가 웅성거리는 다성적 시집이다. 오규원은 때론 그 목소리에 몸을 맡겨보기도 하고, 다시금 자기 몫의 절망을 움켜쥐기도 한다. 그리고 그는 「김씨의 마을」의 말미에서 자신의 여정을 "全身^{전신}을 들고/몇 번인가 갈/한 인간의 移徙^{이사}"라고 표현한다. 이처럼 그의 매 걸음은 존재의 터전을 바꾸려는 시도인 셈이다.

쓸 수 없었던 것

지금까지 오규원의 첫 시집 『분명한 사건』과 두번째 시집 『순례』를 살펴보았다. 그리고 어렴풋하게나마 이 글은 오규원의 유년 체험과 연결할 수 있는 두 가지 징후를 탐색했다. 뚜렷한 징후는 그의 초기 시 전반에서 느껴지는 실존적 불안과 절망이다. 이때 흥미롭게도 두 권의 시집 안에서는 왜 그가 실존적 고통을 겪고 있는지는 좀처럼 드러나지 않는다. 시인은 자신의 절망한 몸, 분열된 몸, 발 디딜 곳 없는 몸에 대해서는 말하고 있지만 그 고통의 원인에 대해서는 침묵한다. 따라서 우리는 단숨에 시인이 표현하는 절망의 풍경이 유년의 트라우마와 직결된다고 결론 내릴 수는 없다. 다만 우리가 오규원의 초기 시에서 읽는 것은 현실적 삶은 감춰진 채 그 무게만이 남아서 자신을 짓누르는 실존적 상황이다.

정신분석학자 맹정현은 『트라우마 이후의 삶』(책담, 2015)이라는 저서에서 트라우마와 언어의 관계를 해설한 바 있다. 그에 따르면, 고통에 관한 한 잊지 말아야 한다는 결심과 잊겠다는 다짐은 같은 것이다. 고통을 고통에 대한 언어로 바꾼다는 것은 결국 고통과 멀어지는 방식이기 때문이다. 그렇다면 반대로 말하지 못한다는 사실이 고통의 증거가 될 수 없을까. 확신할 수는 없다. 어쨌든 두 권의 시집에서 오규원은 방황하는 자아를 그리면서, 다만 고통의 가장자리를 더듬듯 자신의 절망을 유년이나 모성에 대한 모호한 암시나 비유로 말하고 있다. 실은 비로소 세번째 시집 『왕자가 아닌 한 아이에게』(문학과지성사, 1978)부터 오규원은 자신의 유년을 선명히 추억하기 시작한다. "어머니, 내 어릴 때부터의 모순의 나무"(「한 나라 또는 한 여자의 길—楊平洞양평동 3」)에 대해 그는 읊조리고, 또 「네 개의 편지—양평동 7」과 같은 시에서 아버지에 대한 분노를 표현하기도 한다. 어쩌면 그는 충분한 시간적 거리를 둔 이후에야 유년기의 감정을 직접 표출할 수 있게 된 것처럼 보인다.

또 다른 징후는 줄곧 자신을 이끌고 보듬어주는 포근한 시적 공간을 그려내면서도, 시인 자신은 그것을 환상이나 허위로 여겼다는 사실이다. 이와 함께 주목할 특징은 언어에 관한 메타 시에서 '언어'가 주로 모성적이거나 여성적인 존재로 의인화된다는 점이다. 『순례』에서도 "잡다한 관념의 女子여자들./그들의 머리카락 끝에서는/바람이 일고 언어가 흩어지고"라는 문장처럼 언어를 여성으로 은유하거나 "女子들의 가방에서 쏟아지는 象形文字^{상형문자}"라는 시구처럼 여성적 사물로 환유하는 경향은 두드러진다. 이러한 특징 역시 오규원 시 전체를 살피면 더 뚜렷해진다. 오규원 스스로 자신의 시를 해명하는 데 중요한 작품으로 꼽은 바 있는 『사랑의 감옥』(문학과지성사, 1991)의 「세헤라쟈드의 말」에서 언어는 자궁, 더 나아가 죽음을 양분으로 삼아 우주를 밝히는 일종의 등불처럼 비유되고 있다.[6] 마찬가지로 같은 시집에 수록된 「손」은 더 뚜렷하게 언어를 아내 또는 어머니로 비유하는 작품이다. 여기서, 개울가에서 피 묻은 자식의 옷을 빨래하고 돼지죽을 쑤며 장독뚜껑을 열어 장맛을 보는 여자의 생활을 묘사한 뒤, 그 '손'을 "언어이리라"라고 선언하는 시다. 어쩌면 이러한 특징들은 근원적으로 시인에게 언어 행위가 어머니의 마음을 떠올리며 세상을 쥐는 방식 혹은 아니마(anima)적인 것, 즉 남성의 무의식 안에 깃든 여성성으로 세상을 쥐는 방식일지도 모른다고 추측하게 만든다.

다시 두 권의 시집으로 돌아오자. 손짓으로 비유하자면, 『분명한 사건』은 세상을 크게 쥐는 손짓이다. 시인은 고고학자처럼 화석에 관해서 이야기하다가, 돌연 물리학자처럼 수소와 산소 원자에 관해서 이야기하기도 한다. 중세와 현대를 아우르는 갖가지 비유를 활용하며 자신만의 미학적 환상을 만들어본다. 이때 시인은 그가 만들어낸 환상에 만족하는 것이 자신의 손으로 자신을 껴안으려는 시도나 다름없다는 역설 또한 자각하고 있다. 한편 『순례』는 자신의 고통을 회피하지 않고 직면하는 자세를 취하는 시집이다. 그 여정에서 시인은 때론 타자의 손짓에 인도받기도 하고, 때론 타자의 손을 쥐듯 타인의 절망에 기대어 자신의 마음을 견딜 수 있다고 말해본다. '한 인간의 이사'라는 오규원의 표현처럼, 우리가 떠올리게 되는 것은 자기 자신의 마음을 새

6 오규원·이광호 대담, 앞의 글, p. 24.

로운 위치에 놓아두려는 시도이다. 이 두 권의 시집 모두 자기 실존에 대한 물음을 중핵으로 품고 있다.

아마도 어떤 독자는 간파했을 테지만, 이 글은 오규원이 작가 이상의 글을 읽던 방식을 모사하고 있다. 그가 시를 대하던 방식을 모사하며 조금이나마 그의 마음에 가까워지기를 바라며 말이다. 오규원은 작가 이상을 향해 이렇게 물었던 것처럼 보인다. 당신의 가장 깊은 고통은 무엇이었을까. 마찬가지로 나는 끈질기게 묻는다. 어떤 질문이 오규원의 시를 우리에게 의미 있는 것으로 남길까. 어떻게 그의 실존이 고뇌했던 문제를 우리가 나눌 수 있을까. 이를테면 나는 시인이 될 수밖에 없었던 소년 오규옥을 상상해본다. 그를 향해 이렇게 묻는다. 당신의 삶을 결정하는 유일한 사건은 무엇이었을까. 삶의 궤적을 미리 결정해버린 그 무엇은, 자기 존재의 허기를 채우기 위해 언어를 탐닉하게 만들 수밖에 없게 한 그 일방통행은 무엇일까. 그리고 반대로 묻는다. 당신은 시인이 되지 않을 수도 있었을까. 사람은 자신의 삶과 다른 가능성을 택할 수 있었을까. 정말로 우리에겐 가지 않은 길이 있는 것일까. 오규옥이 오규옥이 아니듯 시인이 시인이 아닐 수 없다면, 사람은 자유롭다고 할 수 있을까. 시인이 될 수밖에 없었다고 말하는 것과 시인을 선택했다고 말하는 것 중 어느 쪽이 우리에게 삶을 견딜 수 있게 해줄까.

나는 오규원이 근본적으로 고뇌했던 바가 이와 멀지 않다고 생각한다. 그가 유년기에 겪은 상실을 떠올려보자. 오규원은 석 달간 자신을 돌보다가 떠난 생모가 선택한 길을 '사랑의 길'이라고 불렀다. 그리고 삶에 순응했던 다른 어머니와 달리 그녀가 가장 생생하게 자신에게 인상을 남긴다고 말했다. 선택하는 실존, 자신의 존재를 다른 존재로 '이사'할 수 있다는 믿음, 그렇게 존재를 탈바꿈하려는 갈증이야말로 그에게는 가장 깊은 것이 아니었을까. 그렇게 자기 몫의 존재를 여실히 감당해야 한다는 것이 '분명한 사건'의 의미이고, 주어진 존재를 자기 손으로 다시 쓰기 해야 한다는 것이 '순례'의 의미일지도 모른다. 그렇게 그의 시는 고뇌로 우리를 실존의 갈림길 앞으로 인도하는 것이다.

틈의 시학, 불일치의 모더니즘
─오규원 초기 시(『분명한 사건』, 『순례』)를 중심으로

선우은실

프란츠 카프카에서 시작하기

─MENU─

샤를 보들레르	800원
칼 샌드버그	800원
프란츠 카프카	800원
이브 본느프와	1,000원
에리카 종	1,000원
가스통 바슐라르	1,200원
이하브 핫산	1,200원
제레미 리프킨	1,200원
위르겐 하버마스	1,200원

시를 **공부**하겠다는
미친 제자와 앉아

커피를 마신다

제일 값싼

프란츠 카프카

　　—「프란츠 카프카」 전문(『가끔은 주목받는 生^생이고 싶다』)

「프란츠 카프카」를 통해 오규원의 시를 처음 만났다. 기억이 정확하다면 한창 주입식 교육에 몰두할 고등학교 때였다. 제도의 가장 안쪽에 안착한 시기에 더 안쪽의 질서로 편입하기 위해 읽은 작품이 「프란츠 카프카」였으니 인생이란 참 아이러니한 것이다. 이 작품은 유수한 문필가의 이름 옆에 값을 매겨 메뉴판 형태를 고안함으로써 '팔리는 시'에 대한 기호 놀이를 보여주며 자본주의 체제하에서 작동하는 시의 명사名詞적 고정성을 꼬집는다.[1] 요컨대 기존의 기호화되고 명사화된 형태로는 계속해서 시간과 공간을 지나치는 동사적 '현재성'으로부터 미끄러질 수밖에 없으며, 이는 곧 쓰인 것으로서의 시-명사의 세계

1　이와 관련하여 오규원의 에세이 일부를 덧붙인다. 「거리에서 본 파리」에서 오규원은 1982년 프랑스에 방문했다고 적고 있다. 그는 그곳에서 "J형의 안내로 대학가의 서점과 카페, 그리고 좀 묘한 몇 군데를 둘러"보다가 프랑스에서는 "책의 정가가 인쇄되어 있지 않다는 점"을 발견하고 즐거웠다고 말한다. 그야말로 부르는 게 값으로 책정된 '동일하고 다른 값의 책'을 보면서 그는 "왜 책에 정가를 인쇄해 넣지 않는가" 하는 질문을 던지고 제 나름의 두 가지 대답을 내어놓는다. 하나는 "자본주의 사회의 악긴은 장난기 있는 속셈"으로서 "자유경쟁외 입장에서 보면 흥미가 있을 법"한 상황이라는 것이다. 다른 하나는 "책이 갖는 상징적 가치를 아직도 사랑하고 있다는 속셈"을 타진해보는 것으로, "문화란 정찰제와는 어차피 무관하"기 때문이지 않겠느냐 말한다. 이와 관련해 시기상으로 이 에세이가 실려 있는 에세이집 『아름다운 것은 地上(지상)에 잠시만 머문다』(문학사상사)가 1987년 6월에 출간되었고 시 「프란츠 카프카」가 수록된 시집 『가끔은 주목받는 생이고 싶다』의 초판이 같은 해 10월에 출간되었음을 고려해보자. 시가 82년의 경험보다 먼저 쓰였을 가능성을 염두에 두면서도 적어도 출간 시기상으로 볼 때 프랑스에서 겪은 책 정찰제의 경험은 이 시와 선후 관계에 있거나 적어도 연관 관계 속에서 파악될 여지가 있다. 따라서 두 텍스트 사이의 연관성을 전제하고 시를 다시 읽어본다. 「프란츠 카프카」에서 값으로 언급되어 있는 문필가의 이름이란 정찰제화되어 드러나는 '가치'에 대한 모던한 비판이다. 값을 매김으로써 그것의 허황성을 드러내는, 반대의 것을 언어화하는 전략의 방식 또한 '모던'의 양식 안에 속하는 것이겠다.

와 그러는 사이에 포착되지 않고 움직여버리는 현실-동사 사이의 차연(Différance, 差延)을 함축한다. 이는 결국 명사화로 고정된 질서를 전면화함으로써 그것이 포착하지 못하는 운동성을 드러낸다는 점에서 질서에 대한 언어적 저항이다. 시는 그저 쓰이는 동안에야 가까스로 동사형을 띨 수 있는데 그것을 공부하겠다는 것은 '시'를 행위성이 아니라 명사적으로 고착화시키는 것을 전제하며, 일종의 사물화된 질서를 표상한다. 이는 "시를 공부하겠다는" 제자 앞에 "미친"이라는 수식어가 붙는 이유이며, 질서에 본격적으로 편입하려던 학습의 와중에 이 시를 읽었다는 것이 아이러니하다고 말하는 까닭이다.

이 시는 시기상 오규원의 중기 작품으로 분류되는 『가끔은 주목받는 생이고 싶다』(문학과지성사, 1987)에 수록되어 있다. 초기 시를 논하는 이 지면에서 이 시를 가져온 것은 다음의 이유에서다. 오규원의 시를 접하는 경우의 수를 고려하자면 초기 시보다는 조금 전에 살핀 「프란츠 카프카」와 같은 중기 시에서 적극적으로 드러나는 "물신 사회에 대한 관심의 연장선상에 있는 시세계" 또는 "개념이나 사변과 대립하는 사실과 현상을 통한 의미"[2]로서의 날이미지를 본격화하는 후기의 시가 더 근접성을 가지리라 예상한다. 물론 중후반의 시들이 보다 정돈된 형태로 오규원의 스타일을 확보하고 있는 것은 사실이다. 오규원의 초기 시에서 드러나는 모더니즘적 면모는, 『삼사문학』 동인으로부터 시작되는 1930년대 모더니즘에 근간을 둔 근대시적 양상[3]과 모종의 연

---

2 이원, 「'분명한 사건'으로서의 '날이미지'를 얻기까지」, 『오규원 깊이 읽기』, 이광호 엮음, 문학과지성사, 2002, pp. 60, 62.

3 "그러나 따지고 본다면 단순히 해사적[解辭的-인용자]인 면만으로 오규원의 시가 오늘 우리 주변에서 퍼득이는 기폭으로 군림하는 것은 아니다 그저 해사적인 면으로만 이야기한다면 그 이전에도 이미 우리 주변에는 이상(李箱)이 있었고 『삼사문학』 동인이 있었다. 그리고 6·25 전쟁 후 나타난 일군의 시인들에 의해서도 그런 유의 작업은 결코 드물지 않게 시도되었던 것이다. 오규원의 시에 나타나는 또 다른 일면은 그의 작품이 해사적인 동시에 기지에 차 있는 점이다." (김용

관성을 가졌다고 평가된다. 또한, 1960년대 이후 자본화/현대시로의 변화를 적극적으로 끌어당기는 (중)후기 시 사이에 일정한 단절이 발생한다고 보는 견해[4]를 수용한다면 더욱 그렇다.

다만 이러한 견해들에서도 주지하다시피 추상적 언어를 시작詩作의 주제나 방법론으로 삼는 초기의 형태가, 작법적 차원의 숙련도 또는 언어를 다루는 방법론적 변화가 돋보이는 중후기로 이행하는 과정에서 일어나는 변화로 완전하게 반전되었거나 완고하게 단절되었음을 의미한다고 보기는 어렵다. 무엇보다도 이 모든 이행의 작업이 최초의 시적 발화 형태를 의식한 변화라는 점에서 그러하며 궁극적으로 오규원의 시가 '시'로서 뱉어짐과 동시에 규범화되는 언어적 질서에 대한 배반이기를 원했다는 점에서 그러할 것이다. 또한 이러한 오규원 시의 미학은 2000년대 이후 진은영을 필두로 전개된 바 있는 '감각의 재분배'라는 인식의 틀 위에서 다시금 검토될 수 있기도 하다.

이에 본고에서 규명하고자 하는 것은 크게 두 가지다. 먼저 첫번째로는 오규원의 초기 시 세계를 다시 점검함으로써 초기 시에서의 언어적 규범과 기호화 작업에 대해 살펴보는 것이다. 이는 궁극적으로는 초기 시의 특징이 중·후반부의 시적 세계로 확장될 가능성을 내재하고 있음을 전제한다. 맨 처음에 중기 시 중 한 편을 언급한 이유도 이 때문이다. 그 해석의 과정에서 언급했던 차연의 작법은 초기 시 곳곳에서 드러나며 주로 추상적 언어의 세계로 표현된다. 언어를 주어 삼아 추상의 세계를 그려내는 것은 초기 시의 주된 작법적 특징이며, 시인이 대담에

직, 「에고, 그리고 그 기법의 논리」, 같은 책, p. 73)

4 "오규원의 후기시들은 초기시들과 인식론적·미학적 단절을 이루고 있다. 그것은 시인의 언어가 시인의 꿈의 세계를 드러내지 못할 뿐 아니라, 오히려 그것을 배반하고 장식하고 있다는 인식 때문이다. 그 인식 후, 시인은 현실의 세계로 내려와 언어와 세계 사이의 밀착을 의도적으로 가르며, 세계의 구조를 자발적으로 시 형식에 수용하고, 그 세계의 내부에서 세계를 해체한다." (정과리, 「안에서 안을 부수는 공간」, 같은 책, pp. 157~58)

서 직접 밝히고 있듯 명사적 세계와 동사적 세계 사이의 틈에서 비롯된 시도와 긴밀하다. 실제 세계를 인식하는 시 쓰기의 과정과 쓰인 시로 유비되는 동사와 명사 세계의 불일치는 필연적으로 어떤 틈을 가지며 이것은 차연의 다른 이름이라 하겠다. 이는 추상을 근간으로 하는 시에서 '소리'로 도착하는 죽음이나, '골목' 등과 같은 공간을 언어가 깃드는 빈틈으로 구체화하고 있는 여러 시편에서 확인할 수 있다.

한편 언어를 전면으로 내세워 하나의 추상적 세계를 세우는 이 과정은 시인이 직접 밝히고 있듯 실제로는 두번째 시집 『순례』의 끝에 실려 있으나 사실 첫 시집 『분명한 사건』과 두번째 시집 『순례』 사이에 쓰였던 장시 「김씨의 마을」에서 정리되어 드러난 바 있다. 따라서 오규원의 초기 시집으로 불리는 『분명한 사건』 『순례』를 중심으로 그 시적 원리를 살피고 난 뒤, 오규원의 시가 표방하는 현대보다 갱신된 현재적 현대의 관점에서 '감각의 재분배'로서 「김씨의 마을」의 현대적 독해 가능성을 타진해보고자 한다. 규명하고자 하는 첫번째 주제와 완전하게 분리되지는 않을 두번째 작업은 첫번째 주제를 분석한 결괏값으로서 비평적 분석이 궁극적으로 오규원의 시를 '읽는 이'로 하여금 어떠한 감각적 재편을 유도하는지 살피는 일이 될 것이다.

추상 언어의 탈기호화와 시 언어의 자기부정성 시차

첫 시집 『분명한 사건』을 말할 때 자주 언급되는 표현은 추상과 언어다. 초기 시에서 '언어'가 직접적 표상으로 등장하는 경우가 많은데 이는 이러한 언어적 형식 기교를 통해 관념화된 세계에 대한 원초적 무질서로서의 언어-해방을 추구하는 것으로 그 의미를 헤아릴 수 있다. 송상일은 『분명한 사건』에 대해 "사물이 오직 언어를 위하여 존재하며, 언어와 사물이 등가를 이루는 경우는 퍽 드물다"고 말하면서 상투성이 덧입혀진 기존의 언어적 사물로부터 "언어를 자유롭게 할 필요가 있었던 것"이라고 본다. 따라서 초기 시집에서 두드러지는 사물보다 우위에 있는 "언어의 우월성"은 "사물에 부착되어 낡아버린 관념을 부식시키려는 시도"로 읽히며, 이 지점에서 객관적/구체적 세계는 구태의연한 것으로 해체되고 재검토되어야 하는 상투적인 것이므로 추상성의 세계를 강조한다고 이해할 수 있다.[5]

정과리는 『분명한 사건』에 더해 『순례』 『사랑의 기교』로 연결되어 드러나는 추상적 언어의 세계를 "그의 후기 시들을 관류하는 관념과의 싸움 이전에 순수한 시적 이상"의 발현이라 언급하고 있다.[6] 요컨대 추상적 언어 세계의 추구란 객관적/구체적 언어에 대한 당대적 요청의 맥락에서 오히려 그것이 관념적 질서에 구속받고 있음을 반증한다. 때문에 시의 언어가 그 자체로 자유로운 것, 질서에 대한 저항으로 스스로를 포지셔닝 하기 위해서는 추상성을 드러내는 방식으로 허구적 객관성을 전복시켜야 한다. 이러한 이해를 바탕으로 언어가 직접 언급되는 두 편의 시를 읽어보자.

> 1//언어는 추억에/걸려 있는/18세기형의 모자다./늘 방황하는 기사/아이반호의/꿈 많은 말발굽쇠다./닳아빠진 인식의/길가/망명정부의 청사처럼/텅 빈/상상, 언어는/가끔 울리는/퇴직한 외교관댁의/초인종이다.//2//빈 하늘에 걸려/클래식하게/서걱서걱하는 겨울./음과 절이 뚝뚝 끊어진/시간을/아이들은/공처럼 굴린다./언어는, 겨울날/서울 시가를 흔들며 가는/아내도 타지 않는 전

5 송상일, 「자유를 뭐라 이름 지을까」, 같은 책, pp. 110~12.

6 정과리, 앞의 글, p. 126.

차다./추상의 위험한 가지에서/흔들리는, 흔들리는 사랑의/방울 소리다.//3//언어는, 의식의/먼 강변에서/출렁이는 물결 소리로/차츰 확대되는/공간이다./출렁이는 만큼 설레는,/설레는 강물이다./신의/안방 문고리를/쥐고 흔드는/건방진 나의 폭력이다./광장에는 나무들이/외롭기 알맞게 떨어져/서 있다.

—「현상실험」 전문(『분명한 사건』)

환상의 마을에서/살해된 낱말이/내장을 드러낸 채/대낮에/광화문 네거리에 누워 있다.//초조한 눈빛을 굴리는/약속이/불타는 西市^{서시}의 거리를 지나다가/피투성이가 되어 그 위에 쌓인다.

—「대낮」 전문(『분명한 사건』)

「현상실험」은 '언어는 ~다'라는 은유를 사용한 문장을 거듭 병치하는 방식으로 쓰여 있다. 이러한 기술법은 시 작법의 차원에서는 매우 기초적인 것이며 원관념과 보조관념의 관계를 규명해야 할지언정 문장의 구조가 복잡하거나 현실 언어라는 기호를 크게 배반하고 있지 않다는 점에서 결코 난해한 시는 아니다. 그리고 바로 이러한 관습적 시 작법의 특징과 생활 언어의 나열이라는 일반적/일상적 규칙에 의거하여 언어의 추상성을 전개한다는 점이 이 시가 지니고 있는 특징인 '지시적 배반'이다. 이 작품에서 지시적 배반은 시의 언어가 구속받는 현실의 규칙을 활용하여 일상의 구체와 밀접하게 연결되고 있으나 실제로 그러한 기호들은 일상의 질서로 환원되지 않고 추상적 언어를 위시함으로써 보이는 것과 드러내는 것이 서로를 배반하고 있음을 의미한다. 가령 '현실의 규칙'이란 이미 규격화되어 알려진 시 작법에서의 기본적인 표현법으로서 은유나, 단순한 문장의 구조, 비록 "언어"나 "의식"이란 단어를 사용하고는 있으나 언뜻 보기에 그 이외의 다른 단어들 중 특별히 주의를 기울여야만 이해할 수 있는 시적 코드화된 난해한 표상이 아닌 지극히 일상적 단어로 드러나는데, 이 모든 평범성/일상성의 규칙은 "언어는……"이라는 주어에 귀속됨으로써 추상적인 것으로 변모한다.

그런데 이때 질서가 추상적 언어화되는 과정에 기여하고 있는 것은 시간의 격차라는 점에 반드시 주목해야 한다. 글의 앞머리에서 잠시 언급했던 차연의 시작법은 시간의 틈을 공간화함으로써 드러난다. 「현상실험」의 내용을 잘 뜯어보면 "언어는" 뒤에 오는 설명들은 늘 시간적으로 지체되어 있거나 지나치게 앞서 있다. "모자"는 "18세기형"이고, "기사" 또한 시적 맥락의 현재가 자신의 시간성에 부적합하기 때문에 "방황"하고 있는 것이다. "망명정부의 청사"에는 더 이상 정부가 존재하지 않고 "외교관"은 "퇴직"했다. 지금까지 나열한 것 중에서 물체(또는 존재)가 놓여 있는 현재적 공간과 동일한 시간성을 갖춘 것은 없다. 이후 시의 전개에서도 사정은 비슷하다. "시간"은 음과 절이 끊어져 있으며 "전차"는 "아내"를 신지 않았으므로 전차에 타지 않은 아내와 동일한 시공간성을 가지지 않는다.

이런 방식의 시간의 격차는 마치 시의 본질적 괴리(그렇다. 역설적이게도 이것을 설명하기 위해 그렇게도 벗어나고 싶어 했던 본질의 질서를 다시 언급할 수밖에 없다.)를 보여준다. 이는 궁극적으로 비정형 상태의 시가 '시'로 완결되어 비유적 의미의 명사 고정형이 되기까지의 괴리의 과정을 의미하는 것이기도 하다. 다시 말해 쓰임이 완료되어 하나의 '시 작품'으로 고정되는 순간, 시는 다시 시적 규칙을 형성하게 된다는 점에서 자기부정성을 가지게 되는데, 앞서 살핀 시구와 같이 끝내 도달하지 못하는 시간적 틈을 기술함으로써 그 과정을 드러낸다. 따라서 "3"에 이르면 "언어는, 의식의 먼 강변에서/출렁이는 물결 소리로/확대되는 공간"이다. 즉 '지금 여기'를 동시적으로 서술하려고 하는 순간 시간의 격차가 벌어지므로 언제나 현재와는 좀 뒤떨어져 걸어올 수밖에 없는 것이자 시간적 격차 속에서야 조금 늦게 도착하는 것이다. 이러한 시의 본질성, 즉 자신이 부정하고자 하는 말로 자신을 설명해야만 하는 비정형성이야말로 시와 시 쓰기 사이에 놓여 있는 것이라 할 때, 하고자 하는 것을 부정하는 방식으로 도달해야만 '하는 것'이 된다는 점에서 이는 "건방진 폭력"이기도 한 셈이다.

이러한 설명 위에서라면 그다음에 놓인 「대낮」 역시 이해하기 어렵지 않다. "낱말"과 "언어"를 마치 하나의 주체처럼 묘사하는 이 시는 오규원 초기 시의 추상성과 직접적으로 연관된다. 이연승은 이를 "반추상의 공간"이라 칭하면서 "시공의 붕괴나 해체된 이미지, 분열된 자의식의 편린은 모더니스트로서의 미학적 준거점, 혹은 미학적 전의식을 이루는 것"[7]이라 판단한 바 있다. 이연승의 이 설명은 「분명한 사건」의 해석으로 이어지고 있으나 「분명한 사건」으로의 연결 지점에 「대낮」과 같은 직관적 추상성의 사례가 놓여 있음을 언급해도 좋을 것이다. 「현상실험」에 비하면 「대낮」은 좀더 초현실주의적이다. 우선 "환상의 마을"을 공간으로 설정하고 있다는 점이 그렇거니와 등장인물이 다름 아닌 "낱말"이기 때문이다. 언어적 관념이 의인화됨으로써 언어는 물적 구체성을 입고 사물화된다. 그것이 "누워" 있을 수 있는 까닭이다. 짧지만 줄곧 죽음을 환기시키는 이 시는 다음 연으로 넘어가면서 주어를 바꾼다. 이번에 주어는 "약속"이다. 그런데 "낱말"이 "내장을 드러낸 채/[……]/누워" 있음으로 하여 죽음을 암시하는 것과 마찬가지로 "약속" 또한 "피투성이"인 채로 쌓여 있다. 그런데 어떤 "약속"이 죽어 있는가? 언어라는 추상성의 현시화 작업이 일차적으로는 규격화된 세계 질서를 거부하고 매번 그 규칙을 새롭게 조직해내는 것이란

7 이연승, 「오규원 초기시의 창작 방법과 이미지 연구」, 『한국시학연구』 5호, 한국시학회, 2001, p. 176.

50

점에서 저항성을 가진다고 할 때, 바로 그 시적 언어화 즉 코드화의 작업은 다시 탈규격의 작업을 규격화한다는 점에서 자기 배반적이다. 이를 넓게 해석하면 곧 구체적 실제의 억압을 드러내기 위한 방편으로 취해진 추상의 공간화로서의 시 쓰기란 그것이 쓰이는 순간 하나의 규격으로서 구체적 실제화된다. 이 과정에서 언어는 필연적으로 자신으로부터 살해당하고야 마는 것이다.

선행하는 현실과 쓰이는 시 사이의 틈: 시공간의 격차 읽기

오규원의 초기 시를 이처럼 추상과 관념적 언어의 물화로 볼 때 죽음의 이미지란 '막연한 죽음'이 아니라 오히려 불확실한 실체를 가진 '분명한 사건'으로 드러난다는 점을 떠올려 「분명한 사건」을 다시 읽어보자.

> 안경 밖으로 뿌리를 죽죽 뻗어나간/나무들이/서산에서/한쪽 다리를 헛짚고 넘어진 노을 속에/허둥거리고 있다./키가 큰 산오리나무의 두 귀가/불타고 있다.//시간의 둔탁한 대문을/소란스럽게 열고 들어선/밤이/으스름과 부딪쳐/기둥을 끌어안고/누우런 밀밭을 밟고 온/그 밤의 신발 밑에서/향긋한 보리 냄새가/어리둥절한 얼굴로 고개를 내밀고 있다.//골목에서/작년과 재작년의 죽음이/서로 다른 표정으로/만나고/그해 죽은 사람의/헛기침 소리 하나가/느닷없이/행인의 뒷덜미를 후려치고 간다.
>
> —「분명한 사건」 전문(『분명한 사건』)

우리는 이제 '분명한 사건'이란, 시가 질서를 겨냥하여 그것의 파열을 유도하는 과정에서 완성된 형태의 자기 파괴를 수반할 수밖에 없는 시공간적 격차를 의미함을 안다. 언뜻 보기에 이를테면 「대낮」에서 보여주듯 '언어의 죽음'만큼의 사건조차 없어 보이는 이 시를 잘 뜯어보자. 우선 이 시가 배반을 도모하는 방법 중 하나는 시각적 감각의 전환에 있다. 이 시에 놓인 사실적인 배경만을 보자면 이렇게 정리할 수 있을 것이다. 화자는 노을이 질 무렵 나무를 보고 있고 어딘가에 도착해 누군가가 벗어놓은 신발을 보고 있다. 만약 이러한 시공간에 놓인 이가 자신이 보고 있는 것으로부터 어떤 충격을 얻은 것이라면 아마도 뒷덜미를 얻어맞은 행인이란 화자 자신일 것이다. 그런데 내용을 잘 살펴보면 대체로 시선에 의해 옮겨지는 장면의 끝은 시각이 아니라 다른 감각으로 대체되면서 전환된다. 붉은 풍경은 "불타고 있다"는 촉각으로, 낯선 이의 신발은 "향긋한 보리 냄새"로 표현된 후각으로 드러난다. 이런 감각의 전환은 '보는 것＝말하는 것＝의미를 헤아리는 것'의 등식이 시간의 틈(혹은 불일치)에 의해 끝내 불가능함을 드러내는 하나의 장치다. 어떤 것을 '말하려고 하는 순간'에 '현재의 언어'는 언제나 뒤로 밀려난다. 현재에 대해 말하는 것은 '과거의 것'이 되어버리고 현재는 저 미래로 도망가버린다.

이것을 오규원의 시적 언어화 작업이 응시하고 있는 시간의 틈이라 할 때 이 '틈'에 대한 인지가 마지막 연에서 서술되고 있음에 면밀히 살펴보아야 하겠다. 먼저 이 시에서 등장하는 "골목"은 건축물과 건축물 사이의 빈 공간이다. 사람이 지나다닐 수 있는 큰 대로변이 말 그대로 '길'이라면 "골목"은 그 거대한 통로 사이의 작은 틈이다.[8] 후기 시에서

8 이 길은 후기 작업으로 분류되는 『길, 골목, 호텔 그리고 강물소리』(문학과지성사, 1995)와 연관 점이 있다. 이 시집의 제목이 초기 시 「분명한 사건」이 시적 사건을 전개해나가는 방식에서 활용하고 있는 '틈'을 지시하는 것들이라는 점부터가 그러하다. 시간과 공간의 틈에 주목함으로써 시 쓰기의 틈(보이는 것과 그것을 시적 언어화하고자 함에 지연되는 시간성과 마침내 그것이 쓰임으로써 시 하나만큼의 부피를 차지한다고 할 때의 그 (시)공간성의 불일치를 의미한다)은 이 시집

이 부분은 조금 전 살펴보았던 초기 시의 '죽음'이 현실과 언어의 지연에서 발생하는 것과 연관되어 있기도 하다. 감각의 전환으로 드러났던 현실과 시적 언어화 세계의 시간적 틈은 "그해 죽은 사람의 헛기침 소리"가 느닷없이 도달하는 것으로 좀더 구체적으로 표현된다. "죽은 사람"의 사건이 먼저이고 그가 죽기 전 기침했던 것을 떠올린 것은 아마도 살풍경한 해 질 녘 귀갓길 누군가의 신발을 보면서 찾아온 기억일 수 있는데 만약 이것이 실제 세계에서 일어난 일이라고 한다면 메마른 시각적 정봇값 속에서 느닷없이 다가오는 신발의 훈김 같은 것이 과거의 시간을 불현듯 현재로 끌어당기는 것에 대한 묘사로 볼 수 있다. 그런데 때로 다른 시들에서 언어를 의인화하여 마을이라는 거주 공간을 설정하고 있음을 고려한다면 이 역시 기존 은유적 장치의 해체 위에서 다시 코드화한 언어적 풍경으로 해석할 수도 있다. 다시 말해 그 풍경을 시상화하는 과정에서 발생하는 시간과 공간의 지연을 드러내는 것이다. 어떤 것이 시가 되어 도착했을 때 그것은 이미 과거의 것이 되어버린 어떤 것이 너무 미래에 도달한 형태가 되니 "뒷덜미를 후려치"는 듯한 충격을 수반할 것이라 예측 가능하다.

이어 이 시집의 또 다른 '사건' 중 하나인 「무서운 사건」도 간략하게나마 덧붙여본다.

에 수록되어 있는 「대방동 조흥은행과 주택은행 사이」에서 그 외연을 넓혀 드러난 바 있다. "대방동 조흥은행과 주택은행 사이에는 플라타너스가 쉰일곱 그루, 빌딩의 창문이 칠백열아홉, 여관이 넷, 여인숙이 둘, 햇빛에는 모두 반짝입니다."로 시작되는 이 시는 그 이후에도 이러한 방식으로 전개된다. 제목에서 말해주듯 "대방동의 조흥은행과 주택은행 사이"에 있는 가게, 사물 등이 죽 나열되고 마침내 그 사이에 "마름모꼴로 놓인 보도블록"의 개수를 세는 것으로 마무리된다. 초기 시와는 달리 언어를 주어 삼거나 추상성의 구체성을 걷어낸 형태로, 이는 현실에 대한 언어적 우월성을 강조하는 목적을 소거하고 틈, 사이의 사물을 나열함으로써 틈의 사물화를 진행시킨다. 틈에 대한 형상화의 방법은 비록 초기 시와 다른 형태를 취하고 있으나 일정한 연관선상에 놓여 있음을 강조하고자 언급해둔다.

피곤한 인질의 잠이/소집당하고 있다/탐욕의 어둠 허위의 어둠
이/오늘 하루를 이끌고 온 당신의 엉큼한 협상의 눈이/소집당하고
있다/거리에 깔린 불안을 다리로 질질 끌며 이/아름다운 밤의 식
탁에 초대되고 있다//[……]//눈을 반쯤 감은 어제의 죽음이/끌려
오고/오늘의 거리를 구경한 나뭇잎의 신경이/공포의 그 순간이 끌
려오고/주인의 손에서 칼이/식탁과 의자와 장롱과 방바닥이/방바
닥 밑의 그림자가 천천히 눈을 뜨고//24시간 1,440분 86,400초가,
차례로/검토되고 있다/86,400초의 관계가, 살을 내놓고/옷을 벗
는다 그리고 과거가 소집당하고 있다/독립할 수 없었던 미래가, 아
순진한/미래가 체포되어 식탁 위에 오르고 있다

—「무서운 사건」 부분(『분명한 사건』, 강조는 인용자)

이 시를 「분명한 사건」과 연달아 읽을 때 주목해야 하는 부분은 강
조 표시된 말미에 있다. 이 시에서는 뒤처져 있던 "어제의 죽음"과 "공
포의 순간"이 현재로 끌려옴으로써 "과거가 소집당하고 있다"고 표현
된다. 이 역시 '시의 마을'이라는 추상적 언어 세계에 대한 한 비유 위
에서 읽을 때, 날것의 객관세계(현실 세계)를 시적 표상화하는 과정에
서 수반되는 지연의 양상은 보고 있는 것의 동시성을 담보하지 못하
고 약간 늦게 도착하는데, 그것은 다만 뒤처짐에 그치는 것이 아니라
소집당한 과거로서, '저 시절'의 것을 현재화함으로써 날것의 이미지
를 추동한다. 그것은 결코 경쾌하지 않고 오히려 섬뜩하다. 어떤 하루
를 서술하기 시작하면서 뒤처진 현재의 감각은 바로 그 지연된 시간의
격차로 인해 그것이 도달한 미래적 시점에서 다시 '(지나간) 현재'로서
회자되었을 때 그보다 더 이후라는 의미의 미래의 시간들은 과거를 되
돌이키는 데 소용("미래가 체포되어 식탁 위에 오르고 있다")되기 때문
이다.

명사적 세계와 동사적 언어

위에서 살펴보았던 시간의 격차로서 틈을 응시하는 작업은 두번째 시집인 『순례』에서도 어렵지 않게 찾아볼 수 있다. 특히 시간의 격차 즉 어긋나는 시간에 도착함으로써 현재라는 인식을 낯설게 만드는 경우는 "바람이 분다 살아봐야겠다"를 반복적으로 제시하고 있는 「순례 서序」⁹나, "비가 온다, 비가 와도/강은 젖지 않는다. 오늘도/나를 젖게 해놓고, 내 안에서/그대 안으로 젖지 않고 옮겨 가는/시간은 우리가 떠난 뒤에는/비 사이로 혼자 들판을 가리라."는 표현으로 세계의 흐름으로서의 시간과 그것을 고정화하는 인식의 틈을 보여주는 「비가 와도 젖은 자는—순례 1」에서 드러난 바 있다. 이 시들이 "시간"을 직접적으로 물화시킴으로써 시간이 초래하는 인식의 간극을 구체적으로 드러내고자 했음을 염두에 둔다면 여기에서 움직이는 것은 다만 '시간'일 뿐이다. 이는 "시간의 잎이 몸 하나 다치지 않고/그곳을 통과한다/얼마나 가벼운지!"(「허공의 그 무게—순례 5」) 또는 "눈이 저렇게 쌓여도 제 발자국을 지우고 인간을 자기 뒤에 남기는 시간"(「행진」)과 같은 구절을 이어 읽음으로써 시간과 시간을 감지하는 '나' 사이의 움직임의 비등을 확인할 수 있다.

이러한 심상의 전환이 종합적으로 드러나는 시는 「별장別章 3편—순례 20」(이하, 「별장」)이다. "1. 상像" "2. 소리" "3. 말"로 구획되어 있는 이 시의 각 부분에서 일부를 떼어 차례대로 살펴보자.

---

9 이 시의 주된 소재는 "바람"과 "길"이다. "살아봐야겠다"는 성찰은 나와 다른 방향에서 시간의 격차를 두고 불어온 것이므로 의식은 사후적인 것이다. 중요한 것은 바람이다. 바람은 기압 변화에 따른 공기의 '이동'에 의해 발생한다. 이 사실을 시에 유비하자면 현재 아닌 곳으로부터 어떤 시공간이 이동해오는 것에 의해 인식이 전환됨을 알 수 있다. "바람"은 "저기 저 길을 몰고" 온다고 표현되어 있는데 만약 이것이 '골목'이라면 공간의 틈을 의미하는 것일 테다.

1. 상像//때때로 그것은 들에서/서걱이는 나뭇잎과 나부끼는/옷자락 사이로/그 형체를 나타낸다./잠시 그리고/영원히.//[……]//우리가 그 앞에 멈추었을 때/그것은 흔들리는 나뭇잎과 옷자락/그리고 바람만을/우리 앞에 내놓는다.//번번이 실패하고 다시 기대하면서/우리는/우리를 위하여/단 하나/단 하나의 확신을 구한다.//수면은 가장 음험한 얼굴로/우리를/길 밖에 머물게 한다.

　　　　　　　　　　　　　　　　　　—「별장」부분(『순례』)

　이 시의 제목인 '별장'이 이별과 관련돼 있다는 점을 고려하여 시에서 언급되는 "그것"의 정체에 대해 생각해본다. '나'(혹은 "우리")는 "그것"과 이별하는 관계다. 무엇이 "우리"와 이별하는가? 이 질문에 답하기 위해 오규원의 시가 보편 규칙으로 포섭되는 시(-쓰기)에 대한 거부를 큰 주제 의식으로 가지고 있음을 다시금 떠올려 그가 쓴 「이상李箱과 쥘르의 대화」의 일부를 가져와보겠다. 이상과 쥘르의 가상의 대화로 구성되어 있는 이 산문에서 두 인물은 시인이 자기를 바라보는 자아로, 자신 혹은 시에 대한 메타적 편린의 객관화된 정체성이다. 이에 화자인 이상 또한 시인의 일부[10]라 보고 시인 혹은 그의 시가 자인하는 한 구절을 살펴본다. 시에서 이상은 "시란 결국 한 시인이 부닥친 세계와의 조응임을 알고 있"다고 보며 "그는 한 시대가 거느리는 역사적 또는 지적 조작의 어떤 관념과 그 흐름이 어떻게 구역질 나는 보편성

10　그러나 부분의 합이 전체와 같지 않고 전체의 일부로서 부분의 자의성을 고려할 때 이 편린이 결코 시인과 같지 않은 존재임은 물론이다. 그러므로 이상이나 쥘르 또한 그의 한 부분이거나 그가 쓴 시의 한 부분일지언정 그 자신의 그저 다른 이름인 것은 아니다. 일차적으로 '나'라든지 '오규원'과 같은 현실적 표상과 일치하거나 거리가 가까운 시어를 구태여 배제하고 있다는 점을 들어 그들 사이에 일정한 틈이 가로놓여 있음을 짐작할 수 있다. 이차적으로는 지금까지 이 글에서 살펴온 바대로 직시하는 현실과 그것에 대한 시 쓰기, 그리고 쓰인 시가 도착하는 과정에서 어긋나는 시간과 공간성이 발생시키는 '틈'을 고려할 때, 이러한 화자의 설정 또한 좀체 시인(혹은 시)과 동일시하지 않으려는 하나의 전략으로 읽을 필요가 있다.

으로 멈추는가도 알고 있"[11]다고 말한다. 그렇다면 오규원이 시 쓰기를 통해 결별하고 싶은 것은 보편성으로의 회귀되는 시(의 문법)일 것이며 이를 「별장」에서의 이별의 의미라 추측해볼 수 있겠다. 시기상 「별장」이 선행해 쓰였음은 명백하나 시가 현실을 뒤따라가듯, 시 쓰기에 대한 정합적 언어 또한 한 시기 이후에 뒤따라가는 것이라 한다면 오늘날 이 두 시를 겹쳐놓아 서로를 해석하는 텍스트로 삼는 것이 무리는 아니리라. 이러한 맥락을 고려하여 「별장」을 다시 읽으면 "그것"은 명사로서의 시가 아니라 쓰기로서의 시, 즉 행위로서의 시-쓰기다. "그것"은 지각되거나 손에 잡히는 것이 아니라 마치 바람과 같이 보이지 않는 움직임의 형태로 자각된다는 점에서 추상의 시 언어가 표상화된 것이다. 이러한 추상적 언어가 현실을 견인하는 방법인 시공간의 격차 속 움직임에서 "우리"는 "단 하나의 확신"을 구하고자 한다. 그러나 이는 가까스로 현재에 도달한 시를 유일무이한 객관적 실체라는 실재와 보편 그리고 이상이라는 허상에 가두는 행위로서, 그 갈급함에도 불구하고 적어도 오규원의 시 세계에서는 영영 실패할 수밖에 없는 "확신"이다.

이러한 격차, 틈에 대한 인식은 "2. 소리"에서 "명사"와 "동사"라는 품사의 차이로 드러나는데 이는 오규원의 시 세계를 관통하는 주요한 용어다. 이에 "2. 소리"의 일부와 다른 참고 자료 일부(번호는 인용자)를 나란히 놓아 읽는다.

①
　2. 소리//그대는 들을 것이다 밤중에/모든 것들이 자기 이름을 빠져나와/거기 그대 옆/풀밭을 거니는 발자국 소리를.//[……]//

11　오규원, 「구상과 해체—되돌아보기 또는 몇 개의 인용」 1 재인용, 앞의 책, 이광호 엮음, p. 411.

명사로 부를 수는 없으나/동사로/거기 있음을 확신하는,/명사로 부를 때까지/오오래 서늘한 발자국 소리를/그곳에서 내는/그대는 볼 것이다/소리가 사라진 뒤에 남는/소리의 이슬 몇 방울을.

—「별장」부분(『순례』)

②

2-1/나는 말(언어)이나 대상의 정체성正體性을 명사로 믿지 않고 동사로 믿는다. 그러므로 나는 꽃이나 한국이나 인간을 명사로 믿지 않고 동사로 믿는다.[12]

③

문법적 비유로 말해보자면 세계는 동사인데, 언어는 명사이다라는 나름의 절망적 판단에 도달한 시기가 태평양화학으로 옮기고 약 2년쯤의 시간이 흐른 뒤가 되는 셈입니다. 이런 점에 대해서는 90년대 초에 『현대시사상』에서도 이미 이야기한 바 있습니다만, 세계에 대한 동사적 접근은 시의 변화를 동반했습니다. [……] 즉, 생산 시설의 허와 실, 제품의 허와 실, 생산 과정의 허와 실, 생산과 소비의 허와 실, [……] 그 자본주의의 언어의 허와 실 등등을 어느 정도 알고 난 다음인 셈입니다. [……] 결국, 데뷔할 무렵부터 저를 괴롭혔던 언어와 세계와의 관계가, 자본주의의 현장에 와서 노골적으로 충돌했다고 보면 될 듯합니다.[13]

먼저 「별장」의 "소리"는 구체적 실물로 보이지는 않지만 진동으로

---

12 같은 글, p. 411.

13 오규원·이광호 대담, 「언어 탐구의 궤적」, 같은 책, p. 32.

느껴지는 것, 즉 움직임으로서 감지되는 "동사로/거기 있음을 확신하는" 존재다. 오규원의 시가 추상적 언어의 세계를 지향할 수밖에 없음을 다시금 보여주는 구절이기도 하다. 아이러니한 것은 이렇듯 지나감으로써만 말해질 수 있는 어떤 것을 언어적으로 명시할 때 그것은 규칙에 의해 고정화되어 드러난다는 점에서 명사적 표상에 가까워지며 제아무리 추상적 언어라 할지라도 기본적으로 '언어'의 틀을 하고 있는 이상 그것은 고정화되어버린다는, 자기 실패를 담보하는 것이다. 그렇기에 ③에서의 "세계는 동사인데, 언어는 명사이다라는 나름의 절망적 판단"이라는 응답이 가능하다. 세계는 감지하는 순간 흘러가버리고 그것을 고정하려는 언어적 장치는 모두 '말' 자체에 사로잡혀버리기 때문이다. 오규원이 이 자가당착을 극복하기 위해 선택하는 것은 바로 이성적 문법으로서의 언어로 매우 불명확한 것(추상적인 것)을 말하는 것이다. 다시 말해 이는 언어적으로 포착하지 못하는 순간을 말할 때에만 겨우 극복될 수 있는 것이기에 그의 시는 표상적으로는 구체적일지라도 내용 자체를 추상화할 수밖에 없다. 이것이 동사화되는 세계를 보여주는 시의 노력이며 ②에서 "말(언어)이나 대상의 정체성을 명사로 믿지 않고 동사로 믿는다"라고 말한 까닭이다.

그런데 결국 명사로서 쓰인 시가 동사로서 흐르는 세계를 포착하지 못한다는 근원적인 문제가 있는 한 그 시도가 자못 절망적이지는 않은가. 떠오르는 염려는 「별장」의 마지막 파트 "3. 말"에서 해소된다.

> 3. 말//나는 확신하기 위하여/나의 말을 믿는다./모든 것을 확신하기 위하여/나의 말을 믿는다.//[……]//나의 말이 지금 이 순간까지 한번도 확실하게 나의 형체를 드러내지 못했고 미래까지 이 순간이 반복된다 하더라도 나의 믿음은 내가 믿음으로 믿음, 허위의 믿음이라도 믿음으로 믿음이다.//꽃을, 꿈을, 한국을, 인간을

하나의 명사로 믿을 때, 꽃도 꿈도 한국도, 물론 인간인 그대도 행복하다. 행복하기를 바라는 사람은 믿으라. 이 말은 예수의 말이 아니므로 믿으라.

—「별장」 부분(『순례』)

'나'는 분명 시가 동사적 현실을 따라잡지 못했고 앞으로도 계속 그럴 것이라 예상하면서도("지금 이 순간까지 한번도 확실하게 나의 형체를 드러내지 못했고 미래까지 이 순간이 반복된다 하더라도") 믿음을 믿겠다고 말한다. 이때 여러 차례 등장하는 "믿음"을 잘 구분해야 하는데 "나의 믿음①은 내가 믿음②으로 믿음③"(숫자는 인용자)이란 문장에서 믿음①은 명사 '믿음'이고, 믿음②은 명사형이며(본래 동사의 성질을 가졌다는 의미로, 믿고 있음의 유동적 상태를 구문에서 명사처럼 사용하고 있을 뿐이다), 믿음③은 그 둘의 간극으로 인해 잠깐 마련되는 틈으로서 믿어지고 있는 상태를 의미한다. 이것은 단순한 말놀이가 아니라 그다음에 전개될 문장의 잠정적 규칙 즉 바로 다음의 문장에서만 한정적으로 적용되는 기호화의 원리에 대한 소개다. 시인이 명사적 세계에 대한 동사적 대응을 방법론으로 삼고 있는 한 "꽃을, 꿈을, 한국을, 인간을" '명사를 믿으라'는 문장을 분명 의심 없이 받아들이기는 어려울 것이다. 이 구절에서 읽어내야 할 것은 사실 '명사를 믿으라'는 것을 앞선 "믿음"의 체계로서 재기호화한 다음의 내용이다. '믿어지는 것으로서 명사의 믿음은 믿어진다.' 명사의 세계에 믿음이란 행위가 침투되는 순간 그것은 '믿어짐으로써 믿음' 즉 동사적 응시 안에서야만 가능해진다.

감각의 재분배와 자기 정체화 과정의 시

　『순례』의 뒤에 실려 있는 장시 「김씨의 마을」은 시기상으로 『분명한 사건』과 『순례』 사이에 쓰였다.[14] 이 시가 초기의 추상적 언어에 대한 자기반성이자 자기 해체의 도정 속에서 쓰인 것이라 볼 때, 질문하고 싶은 것은 그 전후로 쓰인 두 권의 초기 시집의 양상이 어떻게 달라졌는가가 아니다. 초기에서 중기로, 중기에서 후기로 건너갈 때[15] 자기부정과 해체의 국면을 넘어서는 매 과정마다 자기 갱신(또는 반성적 폐기)이 어떤 방식으로 이루어졌을 것이냐는 점이다. 이를 고려함에 최초의 자기부정과 새로 쓰기의 시도로서 「김씨의 마을」을 참고해볼 필요가 있는데 여기서 '정체화'를 키워드로 꼽아보고자 한다.

　「김씨의 마을」의 "김씨"가 김해경(이상의 본명)을 지시하고 있음은 『순례』의 해설에서 언급된 바 있다. 김준오는 이 시가 "30년대 이상의 작품세계(또는 작가정신)를 탐색한 것"으로, "「날개」의 프롤로그로 설정한 패러디적 구성면이나 작품 도처에 「날개」의 외출 모티프와 작중

14　"실제로 「김씨의 마을」은 "독신을 즐기는 쌍문동 종점"(12:51) 근처로 거주지를 옮긴 때 씌어진 시이다. 물론 『분명한 사건』과 『순례』의 중간 반성이 되는 이 시에서는 아직 관념적인 공간에 머물고 있기 때문에 "무너지고 무너지는 나라의 변두리"(2:126) 정도로만 나타나 있지만 이후에 씌어지는 그의 시들은 지명(地名)이 적극적으로 시에 관여한다. 거주지와의 연관은 그가 시를 멀리서 구하지 않고 가까운 곳에서 얻고 있다는 것으로도 이해할 수 있다." (이원, 앞의 글, pp. 50~51)

15　"그러니까 언어를 믿고 세계를 투명하게 드러내려는 노력을 하던 시기(초기)를 거쳐, 언어와 세계에 대한 불신이 내 나름대로 관념과 현실을 해체하고 재구성하려던 시기(중기)를 지나, 명명하고 해석하는 언어의 축인 은유적 수사법을 중심축에서 주변축으로 돌려버린 지금의 위치에 서 있는 셈이다. 그러니까 지금까지 나도 그것을 중심축에 두고 있었고, 또 인간 모두가 명명하고 해석할 때 중심축으로 사용하고 있는 은유적 수사법이 아닌, 사물을 묘사하고 서술할 때 주로 사용하고 있는 환유적 수사법을 중심축에 옮겨두고 세계를 보고 있는 것이다. 그 환유의 축은 함부로 명명하거나 해석할 수 있는 언어 체계가 아니므로 인간 중심적 사고의 횡포를 최소할 수 있으리라는 내 나름의 믿음이 작용하고 있는 것이다." (오규원, 「날이미지의 시—되돌아보기 또는 몇 개의 인용 2」 재인용, 같은 책, p. 423)

인물의 잠재의식적 독백들을 은유의 원천으로 채용하는 데서 확인할 수 있다"[16]고 밝히고 있다. 그런데 이 시가 그저 이상에 바쳐지는 시라고 하기에는 본질적인 의문이 제기되는데 자연인 김해경의 소설적 자아로서 '이상' 즉 '이 씨의 마을'이 아니라 '김 씨의 마을'이라 명명하고 있기 때문이다. 이는 기호화된 정체성의 해체임과 동시에 결코 기호 이전의 자연으로 회귀할 수는 없는 기호화된 날것의 태동이 여기에서부터 시작되었음을 알리는 표증이다. 즉 이 시에서 호명되는 "김씨"란 이상의 본래적 존재인 김해경A로 회귀되지 못하고 이상이라는 정체성 위에서 다시금 소환되고 구성되는 김해경B다. 즉 기호화된 날것인 김해경B를 "관념의 마을"로 불러내고 있으면서 정작 시는 김해경A의 소설이 아닌 김해경A의 구조화된 정체성인 이상의 것을 가져오고 있으니, 이 시는 탈구조화의 문법을 차용하여 재구조화/재기호화한 작업의 결과다. 여기서 이 시가 결국 탈-기호인가 재-기호인가를 묻는 것은 크게 중요하지 않다. 그 간극을 드러내 보이는 것으로서 이 추상의 마을이 존재하는 것이기 때문이다.

　　그런데 여기에 한 겹의 장치를 더 생각해볼 필요가 있는데, 바로 그러한 마을을 써내려가고 있는 주체의 정체성이다. 그는 이상을 통해 김해경B의 마을을 재구성해내고 있고 그것은 30년대 이상이 추구했던 모더니즘의 억압적 세계로부터의 탈출과 괴리를 당대적 의식으로 이어온 동시에, 이 시가 쓰였을 1960년대 말의 현대에 준거하여 그것을 불러냈다는 점에서 60년대 시인의 자의식 속에서 재배치된 30년대의 의식이라 하겠다. 즉 이상의 사상에서 단서를 얻되 그것을 바라보고 해석하는 '나'의 정체성이 좀더 두드러진다는 것이다.

16　김준오, 「해체주의와 존재론적 은유」, 오규원, 『순례』, 문학동네, 1997, p.109.

62

저는 4·19 세대를 '나'라는 존재를 대문자로 의식한 최초의 세대가 아닌가 합니다. 물론 대문자적 존재로 의식한 근거는 다른 세대와 달리 반토막이 났지만 어떻든 독립 국가에서 한문이나 일본어가 아닌 한글로 교육을 받고, 민주를 배우고, 배운 민주를 실천에 옮기고 또는 실패를 체험한 주체로서의 의식입니다. 그럴 때의 그 주체인 '나'는 여기 이곳에서의 '나'는 물론이고 '나' 속의 우리와 우리 속의 '나'와 '나' 속의 나까지 의식하고 체험하고 있다고 보여지기 때문입니다. [……]
그리고 시인의 입장에서 보자면, 모더니즘의 자기 반성적 내면 탐구와 리얼리즘의 새로운 토대 구축, 그리고 서정주와 청록파의 영향력 감소와 김수영, 김춘수의 영향력 증대라는 흐름 속에서, 그 4차선 거리에 있는 신호등의 색깔을 '나'가 어떻게 읽었느냐에 따라 행보가 달라졌다고 보여집니다.[17]

이 구절에서 중요한 것은 자기 자신을 어떻게 정체화하고 있는가와 관련한 감각이다. 오규원은 대담에서 '나'가 자기를 무어라 규정할 것이며 이로써 현대로 이어져오는 기왕의 것을 객관적 실체로 받아들이는 것이 아니라 현대적 자기 감각 위에서 재구성하는 것이라 말하고 있다. 다소 먼 짐작일 수도 있겠으나 이 부분을 2022년이라는, 더 나중의 현대(그러나 이 글이 쓰이는 한 최대치의 현대)적 감각 속에서 '감각의 재배치'로서 모더니즘의 감각으로 읽어볼 수는 없을까. 2022년 현대는 오규원이 초기 시집들을 발표하고 또 2000년대에 이르러 자기의 시 세계를 조명하는 더 먼 시간까지도 지나 '자기 정체화'를 감각하는 시대다. 시에서 '나'를 강조하는 것과 자기 정체화의 과정으로서 탈/재

17 오규원·이광호 대담, 앞의 글, pp. 29~39.

기호화하는 작업은 분명히 다른 것이다. 위의 인용에서 오규원의 말을 빌리자면 "'나'라는 존재를 대문자"화한 시기를 건너 대·소문자라는 규범의 해체와 탈각의 시도로서 '작은 나', 그러나 동시에 세계의 한복판에 놓여 있는 가장 정치적인 존재로서 '나의 세계'에 이른다. 시인 오규원이 실제로 자기 정체화의 작업을 "대문자"의 흐름 속에서 규정하고 있었는지와는 별개로 그의 시적 흐름은 어떤 규정성들을 계속해서 탈각하고자 하는 시도로 보이는데 이는 그야말로 오늘날의 자기 정체화의 감각과 마주친다는 점에서 현대적(modern)이다.

이런 관점에서 본다면 초기 시가 일상적 소재를 활용하는 내용적 측면에서는 차라리 문학사적 계보를 따르는 모더니즘의 전통을 차용하면서도 그 방법을 고안하는 원리적 차원에서는 틈을 발생시킨다는 점에서 영영 낯선 감각을 유발할 수밖에 없었던 것은 아닌가. 그렇다면 이는 시대를 겪는 자-시인-화자를 아우르는 자기 정체화의 틈을 끝내 좁히지 않는다는 점에서, "미학의 정치는 몫을 갖지 못한 자들이 감각적 영역 전체에 작동하는 기존의 분배 방식에 대하여 불일치의 견해를 제기하고 새로운 공동의 세계를 형성하는 활동"[18]의 의미를 포함하는 모더니즘적 감각의 재배치이기도 할 것이다. 어쩌면 오규원의 시에 붙이는 가장 현대의 해석으로서 다음의 한 문장을 덧붙이는 것으로 그 재분배의 가능성 정도를 남겨둘 수 있을지도 모르겠다. 2022년에 아직도 유효한 오규원의 시 세계란 세계의 경험자와 쓰는 자와 화자 사이의 불일치의 자기 정체화가 가져오는 불화의 모더니즘일 것이라고.

---

18 진은영, 「숭고의 윤리에서 미학의 정치로」, 『문학의 아토포스』, 그린비, 2014, p. 77.

사랑의 방법
─오규원의 중기 시¹ 읽기

안지영

사물의 온기 혹은 슬픔

  오규원의 시는 실패와 집착, 그리고 사랑의 산물이다. 이는 오규원
이 좋아했던 세잔과 마찬가지이다. 세잔은 생트빅투아르 산을 20년간
그렸다. 그리고 그 산을 그리는 데 실패를 거듭했다. 그 실패의 과정
속에서 그는 사물을 보는 것이 아닌 사물과 더불어 보는 '사랑'의 상태
에 이르게 된다. 세잔에 대해 쓴 글에서 오규원은 말한다. "한 사람의
화가가 하나의 산을 20년간 그렸을 때, 그런 경우 그가 '산'을 그렸다는

---

1 이 글은 오규원의 중기 시를 주로 검토한다. 중기 시는 『왕자가 아닌 한 아이에게』(1978), 『이 땅
에 씌어지는 서정시』(1981), 『가끔은 주목받는 생이고 싶다』(1987)까지로 대략 분류되어왔는데,
연구자에 따라 『사랑의 감옥』(1991)까지를 중기 시로 보기도 하고 『길, 골목, 호텔 그리고 강물소
리』(1995)를 중기 시와 후기 시의 분기점으로 다루기도 한다. 중기 시와 후기 시를 구분하는 기
준으로는 날이미지 시론의 정립 및 반영 여부를 드는데, 후기 시를 날이미지 시론으로 환원시켜
서 해석할 수 있을지는 의문이다. 시론이 도달하고자 하였던 구체적인 지점을 파악하기 위해 시
를 참조할 수는 있겠지만, 시론에 시를 대입시킨 독해는 시를 편협하게 해석할 우려가 있다. 이는
시론에 부합하지 않는 시가 있다고 시인을 비판할 수 없는 까닭이기도 하다. 아울러 시론이 먼저
고 시는 시론에 따라 창작되는 것이라는 관점 역시 시 창작 과정에 개입되는 수많은 변수들을 무
시할 가능성이 있다. 오규원처럼 메타 시를 의식적으로 꾸준히 창작해온 시인이라면, 시를 쓰는
과정 속에서 시론이 성립되었을 가능성도 배제할 수 없다. 가령 『사랑의 감옥』에 실린 「후박나무
아래」 연작시에는 날이미지 시론의 단초가 발견되기도 한다. 한 시인의 시론과 시가 긴밀한 관계
에 있다는 것은 당연한 일이지만, 그 관계를 조금 더 역동적으로 파악하여 해석할 때, 오규원 시
의 다양한 면모를 발견할 수 있을 것이다.

표현이나 "자연에 대한 철저한 탐구"라고 한 그의 말은 적당하지가 않다. 그는 '산'을 '살았다'고 해야 한다!" "그는 산이건 인물이건 사과건 그것이 무엇이건 그렇게 함께 '산다'."[2] 오규원이 추구한 것도 결국 이와 다르지 않았다. 그는 사랑을 기반으로 얼어붙은 자본주의의 세계를 녹일 수 있는 뜨거운 시를 추구했다.

오규원에게 사랑이란 '함께 사는 것'이었다. 그리고 자신과 다른 존재와 함께 살아 있기 위해서는 현실을 깨어 있는 눈으로 봐야 한다고 보았다. 자신의 시론에 '날[生]'이라는 수식을 붙인 데서 알 수 있듯이 그는 죽은 관념에 덧칠되지 않은 순수한 이미지야말로 '살아 있는' 것이라고 여겼다. 관념적 언어의 속박에 갇히지 않고 세계를, 그리하여 자신을 사랑하는 방법을 찾고자 하였다. 사물의 존재 그 자체를 포착하기 위해 시인은 그것과 함께 살아야 하는데, 이는 바로 사물에 대한 지극한 사랑을 전제로 하기 때문이다. 하지만 "사물과의 접촉을 통해 욕망의 어두운 피를 몸속으로 잠재우고 그 사물의 꿈을 받아들"이는 과정에서 그는 온기와 더불어 오롯한 슬픔을 발견하게 된다.[3]

오규원과 사랑을 연결 짓는 것이 조금 낯설게 느껴지기도 하지만, 날이미지 시론이 제출되기 이전인 1980년대 초반부터 이에 대한 견해가 지속적으로 표명되었다. 그의 수필집 『볼펜을 발꾸락에 끼고』에는 이와 관련한 세 개의 인상적인 만남이 그려진다. 첫번째 사랑은 부재하는 것에 대한 사랑이다. 천경자의 그림에 대해 쓴 글에서 그는 "아직도 사랑하고 있다는 느낌"[4]을 받았노라고 고백한다. 대담한 설정을 두려워하지 않는 천경자의 화풍은 그녀가 배우라는 꿈을 이루지 못했

---

2 오규원, 『날이미지와 시』, 문학과지성사, 2005, p. 66.

3 오규원, 『가슴이 붉은 딱새』, 문학동네, 2003, p. 85.

4 오규원, 『볼펜을 발꾸락에 끼고』, 문예출판사, 1981, p. 168.

기에 그림으로 이를 구현한 것이었다. 그녀에게 그림은 부재하는 꿈을 현실화시키는 사랑의 방식이었던 셈이다. 그렇게 천경자의 그림은 불가능한 사랑이 어떠한 방식으로 지속될 수 있는지에 대한 비밀을 오규원에게 일러주었다.

두번째는 『솔로몬의 반지』를 쓴 동물생태학자 콘라트 로렌츠의 이야기다. 오규원은 로렌츠가 자신을 사랑하게 된 갈까마귀가 애정의 표시로 가져온 짓이긴 벌레를 더럽다고 거부하지 않았다는 데 감동을 받았다. 파브르의 『곤충기』나 시튼의 『동물기』 등에 나오는 관찰자들과 로렌츠의 차이는 그가 동물들과 "함께 머물고 함께 살"[5]았다는 데 있다.[6] 누군가와 함께 산다는 것은 내 존재 방식을 그에게 강요하지 않는다는 것이자 그를 오롯이 이해하고 그가 사는 세계를 받아들이는 것이다. "우리가 우리와 「함께」 있는 세계를 어떻게 이해하고 사랑할 수 있는가"[7] 하는 문제는 이처럼 간단하면서도 누구나 쉽게 행할 수 없는 숭고하기까지 한 행위이다. 내가 원하는 방식대로만 사랑을 할 수 없다는 사실을 받아들인다면 오규원이 어째서 사랑을 '함께' 살아가는 것이라고 정의하였는지가 이해된다. 내가 사는, 그리고 사랑하는 세계가 원하는 방식이라면 그에 따르리라는 것, 이는 다소 도착적으로 보이는 세번째 사랑의 방식으로 연결된다.

---

5 같은 책, p. 66.

6 이에 대한 일화는 『언어와 삶』(문학과지성사, 1983)에도 반복해서 소개된다. 해당 부분(p.17)은 다음과 같다. "그가 그런 행위를 하는 까닭은 그 갈까마귀와 함께 살고 있다는 바로 그 점이며, 함께 산다는 것의 의미는 서로 대화의 통로를 열고, 이해하고, 기왕에 가지고 있는 삶을 각자 나름으로 <~답게> 영위하고자 함이다./우리가 사랑을 누누이 강조하고, 또 인간다움의 가장 보물스런 그것으로 강조하는 이유도 따지고 보면 바로 이 사랑이 이해의 가장 깊고도 풍족한 샘이라는 데 있다. 이해 없는 사랑이란 맹목적이고 본능적이고 일방적이기 때문이다."

7 오규원, 앞의 책, 1981, p. 67.

이상李箱·마누라 얼굴이 왼쪽으루 비뚤어져 보이거든 슬쩍 바른쪽으로 한번 비켜서 보게나.

나·아닙니다. 마누라 얼굴이 왼쪽으루 비뚤어져 보이거든 왼쪽으루 한번 비켜서 보십시오.

이상·그렇다면 더 비뚤어져 보이잖아.

나·아니오, 혹시 더 비뚤어지게 보이지 않을지도 모릅니다. 비뚤어져 보여도 할 수 없지요. 비뚤어진 그것이 혹시 더 아름답게 보이는 요인이 될지 누가 아나요? 만약 그렇지 않더라도 비뚤어진 것을 비뚤어지지 않은 오른쪽을 보고 안 비뚤어졌다고 믿는 것보다는, **비뚤어진 그것이 아름답게 보이지 않아도 어차피 사랑할 수 있고 없고는 마음속에 있고, 착각보다는 사랑이 훨씬 중요한 문제이니까요.**

이상·자네는 내가, 바른쪽으루 슬쩍 한번 비켜서 보게나, 다음에 흥―하는 말을 쓴 뜻을 아는구먼.[8] (강조는 인용자)

오규원은 「환시기」에 나타나는 이상의 반어법을 간파하고, 사랑하는 사람의 얼굴이 삐뚤어져 보이거든 더 삐뚤어져 보이도록 왼쪽으로 비켜서야 한다고 본다. 이 세계가 어느 방향으로든 삐뚤어졌다면 삐뚤어지지 않았다고 착각하면서 거짓된 사랑을 하느니보다, 더 삐뚤어졌대도 사랑할 수 있다는 식으로 삐뚤어짐을 더 비틀어내야 한다. 이러한 가상의 대화 자체가 오규원 시의 대화적 특성을 보여주는 것으로, 오규원은 자기 안에서 불화하는 타자들의 목소리를 통해 '극기' 즉 자기 초월의 운동을 반복한다. 이는 후일 날이미지 시론에서 언급된 임제식 방법론으로, 이상을 만나면 이상을 죽이고 쥘르를 만나면 쥘르를 죽이

---

8 같은 책, pp. 152~53.

는 철저한 해체론으로 구현된다.

이상의 소설을 반어적으로 해석하는 것만큼이나 오규원이 세계에 대한 사랑을 증명하는 방식 또한 반어적이다. 그러니까 오규원은 "그대는 이따금 그대가 제일 싫어하는 음식을 탐식하는 아이러니를 실천해보는 것도 좋을 것 같소. 위트와 파라독스와……."(「날개」)라는 이상의 아포리즘의 의미를 자기 방식대로 실천하고자 하였다.[9] 이상의 아이러니가 삐뚤어진 얼굴을 가진 세계와 함께 살아가려는 깊은 사랑에 기반한 것처럼, 세계를 깊이 사랑하기 위해 그는 자신이 제일 싫어하는 자본주의 세계의 한복판으로 뛰어들어 가장 '시답지 않은 시'를 써 내려갔다.

사랑이 없는 나라에서

삐뚤어진 세계에서 사랑의 방법을 찾는 것, 이는 성배가 없는 세계에서 성배를 찾아야 하는 불가능한 모험이다. 오규원은 여기에서 시인의 존재론을 발견한다. 즉 시인이란 환상과 현실을 오가며 사랑을 구원하려 했던 돈키호테처럼, 우스꽝스럽고도 지독하게 슬픈 중세의 기사와 같은 존재이다(「등기되지 않은 현실 또는 돈키호테 약전」, 『왕자』[10]). 이는 위에서 언급한 이상 역시 마찬가지였다. 사랑마저도 물신

---

9 이상의 단편소설 「단발」에는 다음과 같은 구절이 나타나기도 한다. "가령 자기가 제일 싫어하는 음식물을 상 찌푸리지 않고 먹어보는 거 그래서 거기두 있는 '맛'인 '맛'을 찾아내구야 마는 거, 이게 말하자면 '패러독스'지." (『이상 전집』, 권영민 편, 뿔, 2009, p. 173)

10 시를 인용할 때는 시집명을 줄여서 다음과 같이 표기하였다. 『왕자가 아닌 한 아이에게』는 『왕자』로, 『이 땅에 씌어지는 서정시』는 『서정시』로, 『가끔은 주목받는 생이고 싶다』는 『가끔은』으로 썼다. 아울러 분석 대상으로 삼은 시 텍스트는 『오규원 전집』(문학과지성사, 2002)을 참조했다.

화되어버린 자본주의 시대에 이상은 패를 보여주고 승부를 짓는 도박이나 게임으로서의 연애를 연출함으로써 폐허가 되어버린 세계에 대한 절망을 드러냈다. 그리고 오규원은 이상이 보여준 절망의 수사학이 사랑이 불가능해진 시대에, 그 불가능성조차 깊이 사랑하려는 열정에서 비롯한 것임을 이해하고 있었다.

그 외에도 오규원의 시 세계에서 이상은 각별한 존재로 등장한다. 비극적인 이상의 삶에서 고흐를 연상한다거나(「김씨의 마을」, 『순례』), 이상이 결국 추구했던 것이 '동화' 같은 세계를 부활시키는 것이었음을 비관적으로 직관하는(「亡靈童話^{망령동화}」, 『왕자』) 등 반복적으로 이상을 호명하면서 오규원은 이상의 문제의식을 자기 목소리로 흡수해 나간다. 아울러 그는 이상과 자신의 시대를 신이 죽어버린 허무주의의 시대로 이해했다. 이를테면 수필 「이상과 쥘르의 대화─또는 자기 분해」에는 이상과 쥘르 라포르그(Jules Laforgue)의 가상 대화를 통해 허무주의 시대를 살아가는 자로서의 절망이 표명된다. 그는 횔덜린과 디킨슨을 사랑하면서도 그들의 순정한 사랑을 따를 수 없는 자신의 절망을 이상이나 라포르그가 이해해주리라 여겼다. 이런 점에서 그는 '비시적非詩的'인 시를 추구하였던 이들의 모험이 "하잘 것 없는 페시미즘의 소산"이 아니라 "가장 아름다운 자기 방기"[11]에 근거한 사랑의 표현이라는 점을 강조한다. 이는 『왕자』(1978)에서 순정한 사랑의 가능성이 존재하지 않는 세계에 대한 절망으로 나타난다.

> 나에게는 어머니가 셋. **아버지는 여자는 가르쳐주었어도 사랑은 가르쳐주지 않았다.**
> 사랑이란 말을 모르고 자란 아버지와

---

11 오규원, 『현실과 극기』, 문학과지성사, 1976, p. 50.

사랑이란 말을 모르고 죽은 아버지의 아버지의 나라.
　　―「한 나라 혹은 한 여자의 길―楊平洞^{양평동} 3」부분(『왕자』, 강
조는 인용자)

나의 생애를, 저 이적밖에 바라지 않는 사람들을 위해 이적에서
누군가가 나를 구해주어야 한다. 사랑은 이적이 아니라는 사실을,
사랑은 즐겁게 고통을 이해하는 힘이라는 사실을 모르는 저 사람
들을 위해 나를 네가 구해주어야 한다. 부탁이다 유다여. 사람들은
극적인 것을 좋아한다. 극적인 것의 허구를 모르는 저 사람들은 영
원히 허구를 모를 것이다. 그 사람들을 위해 나는 극적으로 죽어야
한다. 부탁이다. 유다여, 너만이 나를 위해 배반해줄 수 있다.
　　　　　　―「유다의 부동산」부분(『왕자』, 강조는 인용자)

　―나를 사랑해야지
내가 남보다 먼저 나를.
구두를 닦기 싫어하는 나를
구두에 먼지가 좀 있어야 내가 사실임을.
　　　　　　―「경복궁―아관파천」부분(『왕자』, 강조는 인용자)

늘 시인하기만 하고
늘 패배하기만 하고
그리고 사랑밖에 모르는
그래서 **사랑의 방법만 생각하는**
　　　　　　　―「한 구도주의자의 고백」부분(『왕자』, 강조는 인용자)

얼지 않은 겨울은 비참하다. 이 비참하고

사랑의 방법　　　　　71

긴 겨울의 삼강오륜과

冬夜^{동야}를 사랑하는 밤 불빛과

불빛을 따라가서 자주 외박하고 오는

나와

빌어먹을 시를 쓰는 나를

너는 용서하라

너는 패배하라

나에게 패배하라.

—「冬夜」 부분(『왕자』, 강조는 인용자)

    오규원이 끊임없이 사랑을 갈구하는 것은 그것이 이 세계에 부재하기 때문이다. "군신유의, 장유유서, 부자유친, 부부유별, 붕우유신의 동화"(「한 나라 혹은 한 여자의 길—양평동 3」)는 있어도 사랑의 동화는 없는 이 세계에서 그는 유다의 배신으로 완성되는 러브 스토리를 열망한다. 유다의 배신은 이 세계에 사랑이 부재함을 상기시키면서 사랑을 현실화하는 것이 불가능해져버렸음을 상징한다. 유다는 오규원의 신약에서 '구두의 먼지'와도 같은 배역을 맡은 셈이다. 구두에 먼지가 쌓일 수밖에 없는 메마른 세계에서 시인은 늘 패배에 직면한다. 자본에 지고 죽음에 진다. 관념에 지고 사랑에 진다. 다만 시인은 그 패배의 방법을 고민할 따름이다. 그것이 곧 오규원이 생각하는 유일한 사랑의 방법이기도 하다.

    하지만 시인은 패배할지언정 시는 패배하지 않을 수도 있다.[12] 자기

---

12 "詩人(시인)의 패배는 처음부터 약속되어 있다. 그러나 詩는 그 반대여야 한다. 때문에 詩人은 선택을 받은 사람이 아니라, 선택을 해야 하는 사람이다. 삶과 죽음을 선택해야 할 뿐만 아니라 그 방법까지를 선택해야 한다. 現狀(현상)이 어떻든 詩의 행복을 위해 시인은 비극을 無化(무

삶을 어딘가에 구속하려는 것은 "진정한 의미에서의 자기에 대한 사랑으로부터 연유"[13]하는 것이었음을 설명하며, 시를 쓰는 행위가 자기에게 절망만을 안겨주는 세계에 대해 사랑을 고백하는 방법임을 그는 말한다. 다만 사랑을 배신하게 될 유다가 바로 자신이 될 수 있다는 사실로 인해 그의 시에는 자기모멸과 조소의 제스처가 반복되기도 한다. 시인은 늘 자기 자신에게 용서를 구하고 또 패배할 수밖에 없는 운명을 지닌 것이다. 자신을 넘어서야 하는 것은 결국 자신일 뿐이다.

사는 일이 사랑하는 일이므로

그러니까 오규원에게 시인이란 이 세계에 환상으로서의 사랑이 작동하게 하는 돈키호테와 같은 존재다. 세계를 오롯이 사랑할 수 없다는 비극에도 불구하고 그는 어딘가에 있을 사랑의 가능성을 찾아 헤매는 중세의 기사가 되고자 한다. 물론 그때의 사랑은 이전까지 존재했던 사랑과는 어딘가 다른, 어쩌면 다소 일그러진 모습을 하고 있을지도 모른다. 오규원은 그러한 사랑까지도 긍정할 수 있는 것이 바로 사랑을 굳어진 관념의 감옥에서 해방시키는 길이라고 보았다. 맹물처럼 무미한 사랑의 맛에 길들여지기를 거부하고 철저하게 시궁창 같은 현실에 깊이 발을 담글 것을 제안하는 반어적 태도의 이면에는 현실이 비참한 그만큼 더욱 격렬하게 생을 사랑하리라는 극기의 정신이 새겨져 있다.

화)시키고, 그 비극 위에 비극이 아닌 詩를 세우는 자기 삶의 방법을 선택하지 않으면 안 된다." (같은 책, p. 241)

13 오규원, 앞의 책, 1981, p. 57.

내일 나는 출근을 할 것이고
살 것이고
사는 일이 사랑하는 일이므로
내일 나는 사랑할 것이고,
친구가 오면 술을 마시고
주소도 알려주지 않는 우리의 희망에게
계속 편지를 쓸 것이다.

손님이 오면 차를 마실 것이고
죄 없는 책을 들었다 놓았다 할 것이고
밥을 먹을 것이고
밥을 먹은 일만큼 배부른 일을
궁리할 것이고,
맥주값이 없으면 소주를 마실 것이고
맥주를 먹으면 자주 화장실에 갈 것이고
그리고 이 모든 것을
사랑하며 만질 것이다.

보이지 않는 미래에게 전화도 몇 통 할 것이고,
전화가 불통이면
편지 쓰는 일을 사랑할 것이다.
　　　　　　—「빈약한 상상력 속에서」 부분(『서정시』, 강조는 인용자)

　사는 것에 별다른 고민 없이 그저 살아 있기 때문에 사는 이들이 얼
마나 많은가, 혹시 그중에 자신도 포함되어 있지 않은지를 시인은 반
성한다. 그러다가 문득 "일상이 무미건조하게 보임은 내가 현실에 눈

을 뜨지 않고 있기 때문이라는" 사실을 깨닫는다. "내가 죽어 있기 때문에 그 현실도 죽어 있는 것이다."[14] 시인이 살아 있는 눈으로 현실에 눈을 뜬다면, 이 세계가 사랑의 대상으로 변모하리라. 이는 술을 마시고 친구가 오면 술을 마시는 행위 속에도 희망이, 사랑이 깃들 수 있다는 사실에 대한 시적 발견이다. 사는 일이 사랑하는 일이 되기 위해서는 무수한 뒤척임의 시간이 필요하다. 빈약한 상상력이 지배하는 세계에서 서정시를 살아 있게 하는 방법은 사는 일이 사랑하는 일이라는 명제를 몸으로 살아내는 데 있을 따름인 것이다.

오규원은 문학을 "행복하고 싶은 우리 인간들의 권리의 하나"[15]라고 했다. 사랑이 없이 메마른 현실에서 문학은 행복해지고 싶어 하는 우리의 소망을 충족시켜주는 마법의 열쇠가 될 수 있다. 이는 환상에 의해 가능하다. 환상은 굳은 관념에 의해 지배되는 현실에서 설 자리를 잃어버린 상상력이 설 공간을 마련해준다. 환상은 삐뚤어진 얼굴을 더 삐뚤게 보는, 즉 관념의 비틀기를 통해 아직 의미화되지 않은 잠재성의 영역("보이지 않는 미래")을 환기시켜주는 역할을 한다. 그의 중기 시에 나타나는 산문성 역시 이러한 인식에서 연유한다. 시적이지 않은 것으로서 산문성을 추구함으로써 관념에 구속하지 않고 시를 사랑하는 법을 탐색하려 했다. 시는 항상 그 자신을 배반한다.("배반을 모르는 시가/있다면 말해보라"—「버스 정거장에서」, 『가끔은』) 시인도 그럴 수 있어야 한다. 이는 시의 해방이자 시인의 해방이다.[16] 이러한 태도는 언어와 존재를 비틀어보는 패러디의 수사법으로 이어진다.

14 같은 책, p. 234.

15 같은 책, p. 240.

16 "시라는 형식이 주는 압력으로부터 시인은 모두 해방되기를 바란다. 이것은 곧 적극적인 의미에 있어서의 자유, 즉 자기 실현을 통한 외부세계와의 화해를 이룩하는 일과 일치한다." (오규원, 앞의 책, 1976, p. 33)

내가 그의 이름을 불러주기 전에는
그는 다만
왜곡된 순간을 기다리는 기다림
그것에 지나지 않았다.

내가 그의 이름을 불렀을 때
그는 곧 나에게로 와서
내가 부른 이름대로 모습을 바꾸었다.

내가 그의 이름을 불렀을 때
그는 곧 나에게로 와서
풀, 꽃, 시멘트, 길, 담배꽁초, 아스피린, 아달린이 아닌
금잔화, 작약, 포인세티아, 개밥풀, 인동, 황국 등등의
보통명사나 수명사나 아닌
의미의 틀을 만들었다.

우리들은 모두
명명하고 싶어했다.
너는 나에게 나는 너에게.

그리고 그는
그대로 의미의 틀이 완성되면
다시 다른 모습이 될 그 순간
그리고 기다림 그것이 되었다.

　　　　　　　—「「꽃」의 패러디」 전문(『서정시』)

이 시는 현재가 "음흉하게 불순"(「이 시대의 순수시」, 『왕자』)한 서정시를 쓸 수밖에 없다는 고백이다. 사물이 언어를 떠나서는 존재할 수 없던 시대가 있었다면 그 시대의 언어는 하이데거의 말대로 '존재의 집'이었으리라. 하지만 세계에 대한 순정한 사랑을 고백할 수 있었던 시대는 이제 없다. 이러한 현실 속에서 김춘수는 관념에 의해 언어가 오염될 가능성을 차단하기 위해 '비대상의 시'로서 무의미 시론을 주장한 바 있다. 그런데 이와 달리 오규원은 언어에서 현실을 제거하는 데 대한 거부감을 가지고 있었다. 그는 언어든 존재든 현실을 벗어나서는 살아 숨 쉴 수 없다고 보았다. 인간은 언어를 통해서만 사물을 인식할 수 있는 존재론적 한계를 지니고 있다. 하지만 바로 그 한계까지 사랑해야 하는 것이 시인의 운명이다.

"내가 죽어 있기 때문에 그 현실도 죽어 있는 것이다."[17]라는 시인의 각성과 언어관의 변화는 불가분의 관계에 있다. 시인은 언제나 사물의 본질 그 자체에 도달하지는 못하고 사물이 "다시 다른 모습이 될 그 순간"의 그 기다림만을 목격할 뿐이다. 번번이 실패에 이르렀다는 사실을 재확인하면서도 시인은 그것이야말로 자신이 언어와 더불어 살아 있다는 증거로 받아들인다. 언어도 현실 안에서 생생히 살아가고 있는 것이라는 사실은 언어에 대한 믿음을 전과는 다른 형태로 회복시켰으리라. 시인은 단 하나의 언어로 존재의 본질을 못 박아두기보다 사물이 다른 이미지로 탄생하는 순간을 포착하는 존재일 뿐이다. 그는 이러한 사실을 기꺼이 수용하지 않았을까. 오규원은 언어에 대한 불신으로부터 오히려 시인의 의무를 발견해낸다. 언어가 불완전한 것이기에 시인은 더욱 언어를 사랑하지 않으면 안 된다. 언어와 함께 살며 죽은

---

17 오규원, 앞의 책, 1981, p. 234.

현실에 사랑을 부활시켜야 한다.

동사이자 명사로서의 생生

동시나 동화에 대한 오규원의 애착 역시 이 세계가 사랑의 동화를 상실해버렸다는 절망에서 비롯한다. 그는 동화 작가 안데르센을 평하는 글에서 다음과 같이 이야기한 바 있다. "안델센은 소박한 휴머니스트이다. 이 소박하다는 말이 갖는 단순 명료함은 우리가 일반적으로 알고 있기보다는 훨씬 큰 힘에 의해 둘러싸여 있다. 그것은 일종의 **회의를 모르는, 회의를 하지 않는, 거의 절대에 가까운 사랑에의 함몰**이다. 그 사랑이 사물을 둘러싸고 있을 때, 사물은 많은 양의 아름다운 이야기를 들려 주는 것이다. 생각해 보라, 사물을 사랑하지 않는 사람에게 그 사물이 마음을 터놓고 이야기해 줄 것인가를. 그것을 기대한다는 것조차 어리석은 이야기가 아닌가."[18](강조는 인용자) 오규원은 동화에서 사랑의 힘을 발견한다. 동화 속에서 인간은 사물이 들려주는 아름다운 이야기를 들으며 소통한다. 사랑하는 이에게 마음을 터놓고 자신의 존재 방식대로의 사랑을 전한다는 것은 동물학자 로렌츠의 저서에서 오규원이 감동을 받았던 '함께' 살아간다는 자세와 통한다.

이러한 오규원의 관점은 동화에 대한 벤야민의 해석을 상기시킨다. 벤야민은 동화에서 사물과 언어가 유사해지는 미메시스의 세계를 발견한 바 있다. 아이들에게 동화의 그림과 글은 동일한 것으로 파악된다. 문자 역시 그림처럼 읽히며 구연의 방식으로 이야기된다. 「이야기꾼」이라는 글에서 벤야민은 "최초의 진정한 이야기꾼은 현재도 그렇듯

18 오규원, 앞의 책, 1983, p. 171.

이 앞으로도 동화의 이야기 일꾼"이라고 말하며 "동화는, 신화가 우리의 가슴에 가져다준 악몽을 떨쳐버리기 위해 인류가 마련한 가장 오래된 조치들이 무엇이었는지 우리에게 알려준다"[19]고 풀이한다. 동화는 신화적 세계의 폭력에 맞서 어떻게 대처해야 할지를 알려준다. 사물을 해방시키는 마법인 동화는 자연이 해방된 인간과 연대 관계에 있음을 알려주며 인간이 행복해질 수 있는 유일한 길을 시사한다. 동화를 읽으며 느끼는 행복감은 우리가 두려움을 느끼는 사물이 실은 우리가 사랑을 주고받을 수 있는 존재임을 깨닫게 되는 데서 비롯한다. 이러한 벤야민의 견해는 오규원 시의 한 특성을 해명하는 데도 도움을 준다.

> 저기 저 담벽, 저기 저 라일락, 저기 저 별, 그리고 저기 저 우리 집 개의 똥 하나, 그래 모두 이리 와 내 언어 속에 서라. 담벽은 내 언어의 담벽이 되고, 라일락은 내 언어의 꽃이 되고, 별은 반짝이고, 개똥은 내 언어의 뜰에서 굴러라. 내가 내 언어에게 자유를 주었으니 너희들도 자유롭게 서고, 앉고, 반짝이고, 굴러라. 그래 봄이다.
>
> ─「봄」 부분(『가끔은』)

> 그러나 온몸의 무게로 앉으니까 앉은 자리와
> 주변이 슬그머니 정돈된다 자리와 주변을 정돈하는
>
> 그 조용한 무게는 크기와는 달리 나보다 오히려 무겁다
> 놓인 그 자리에서 밑으로 아무렇게 앉은 그는 그 무게 하나로

---

19 발터 벤야민, 『서사·기억·비평의 자리』, 최성만 옮김, 길, 2012, p. 448.

이미 내가 감당하기 힘든 한 세계의

중량이다 지금 내 앞에 있는 그의 무게는

—「귤을 보며」부분(『가끔은』)

　언어의 마법 같은 힘에 대한 발견은 그의 시를 존재론의 자리로 성
큼 이동시켰다. 다만 그것은 기존의 존재론과는 조금 달랐다. 다시 말
해 그는 언어가 '존재의 집'이라는 사실을 인정하면서도 주체가 어떠한
현실을 살고 있는지에 따라 그 집의 구조를 변경하지 않으면 안 된다
는 필연성을 수용한다.[20] 다만 동화가 인간과 사물을 신화로부터 해방
시키는 마법적 힘을 발휘하듯, 시의 언어를 관념의 구속에서 해방시켜
야 한다는 입장은 그대로 유지되었다. 「봄」에는 해방된 언어들이 사물
과 미메시스적으로 교유하는 만남의 장면이 그려진다. 김춘수가 '처용
연작'에서 유년 시절로 돌아가 동화의 힘을 회복하고자 했던 것과 마찬
가지로, "담벽은 내 언어의 담벽이 되고, 라일락은 내 언어의 꽃이 되
고, 별은 반짝이고, 개똥은 내 언어의 뜰에서 굴러라."라는 구절 속에서
사물과 언어는 서로 닮아 구분이 되지 않는 행복한 유년 시절의 기억
을 불러일으킨다.

　이에 따라 오규원의 시에는 존재의 무게를 실감하는 시편들이 더불
어 출현하게 된다. 「귤을 보며」를 보자. 이 시에는 자그마한 귤을 바라
보다가 "내가 감당하기 힘든 한 세계의/중량"을 느끼는 시적 주체가
등장한다. "자리와 주변을 정돈"하는 사물의 곁에서 그는 자기 역시
다른 존재로 변용되는 것을 느낀다. 그렇게 사물이 지닌 "전적인 존재

20　이는 날이미지 시론에서 다음과 같은 방식으로 표명된 바 있다. "실존의 문제를 그 바닥으로부
　　터 다시 생각해보는 사람들은, 언어라는, 피할 수 없는, 이 미끈거리는 존재와 부닥친다. 인간
　　이 세계를 의미화하고 조직화하는 존재가 언어이기 때문이다. 아니 한 철학자의 말을 빈다면 언
　　어가 바로 '존재의 집'이기 때문이다. 이 존재의 집을 구조적으로 지난날과 다르게 고쳐 인간인
　　'나'만이 아닌, 세계와 함께 언어를 '사는' 방법은 없을까?" (오규원, 앞의 책, 2005, p. 29)

의 본질"[21]을 실감할 때 그의 앞에는 이전에 보던 것과 다른 세계가 펼쳐진다. 이 순간은 시적 주체도, 사물도 모두 살아 있는 순간이다. 이들은 서로의 존재를 새로이 발견하고 살아 있음을 사랑한다. 이 순간이 바로 시적인 순간이다. 사람도 그럴 수 있다. 왜곡되지 않은 존재의 본질에 눈을 뜰 때 사람은 그 자체로 시가 된다. "사물이, 모든 사물이 그냥/그대로 한 편의 詩이듯/사람이, 사람들이 또한/모두 詩구나"(「詩人_{시인} 久甫氏_{구보씨}의 一日_{일일} 4—다방에서」, 『가끔은』) 이것이 오규원이 회복하고자 했던 사랑의 동화였다.

하지만 동화 같은 꿈에서 깨어나는 순간, 그러니까 이 세계가 사랑이 사라진 폐허라는 사실에 눈을 뜨게 될 때의 상실감은 얼마나 잔인한 것인가. 김소월이 「산유화」에서 산이 좋아 산에서 함께 사는 작은 새와 자신 사이에 '저만치'의 거리를 느낀 것처럼, 동화의 세계와 동떨어진 현실에 머물러 있는 언어에서는 쓸쓸한 고독감이 느껴진다. 동화의 말을 잊어버렸다는 자각("그렇지만 이건 童話_{동화}가 아니지요?/나는 童話의 말을 잊어버렸습니다"—「童話의 말」, 『가끔은』), 그리고 전적으로 있는 세계를 표현할 수 있는 상징 역시 상실해버렸다는 좌절감("Simple Life, 오, 이 상징의/넓은 사막이여/사막에는 生_생의 마빡에 집어던질/돌멩이 하나 없으니—"—「그것은 나의 삶」, 『가끔은』)이 오규원 시에 막막한 적막을 드리운다. 사랑을 고백하고 있는 다음의 시에서도 시적 주체의 목소리는 다소 무겁게 가라앉아 있다.

나는 한 女子_{여자}를 사랑했네. 물푸레나무 한 잎같이 쬐그만 女

---

21 "세계는 파편화된 이미지, 파편화된 개념 속에 있지 않다. 세계는 '전적'으로 있다. 그 **전적인 존재의 본질**, 존재의 언어는 왜곡되지 않은 '사실적 현상'을 통해서 보아야 한다. 그 왜곡되지 않은 '사실적 현상'이 '날이미지로서의 현상'이다. 그래서 나는 그것을 찾는다." (같은 책, p. 47. 강조는 인용자)

子, 그 한 잎의 女子를 사랑했네. 물푸레나무 그 한 잎의 솜털, 그 한 잎의 맑음, 그 한 잎의 영혼, 그 한 잎의 눈, 그리고 바람이 불면 보일 듯 보일 듯한 그 한 잎의 순결과 자유를 사랑했네.

정말로 나는 한 女子를 사랑했네. 女子만을 가진 女子, 女子 아닌 것은 아무것도 안 가진 女子, 女子 아니면 아무것도 아닌 女子, 눈물 같은 女子, 슬픔 같은 女子, 病身^{병신} 같은 女子, 詩集^{시집} 같은 女子, 영원히 나 혼자 가지는 女子, 그래서 불행한 女子.

그러나 누구나 영원히 가질 수 없는 女子, 물푸레나무 그림자 같은 슬픈 女子.
—「한 잎의 女子 1—언어는 추억에 걸려 있는 18세기형 모자다」 전문(『사랑의 감옥』)

이 시에서 반복되고 있는 '여자'는 하나의 관념이자 환상이다. 이 여자는 세계 어디에나 있는 여자이면서 또 어디에도 없다. 그야말로 '등기되지 않은' 환상의 존재로 시인은 이 존재에게 자신의 변함 없는 사랑을 고백한다. 이 시에는 관념과 환상 사이의 거리를 무화시키려는 오규원의 의도가 반영되어 있다. 특정한 의미로 환원되지 않지만, 언어를 통해서만 그 존재를 인식할 수 있다. 해서 이 시 속의 '여자'라는 시어는 '삶^[生]'으로 바꿔 읽어도 좋을 것이다. 우리의 삶 역시 동사이면서 명사이며, 어디에나 있는 것 같지만 어디에도 없기 때문이다. 다만 앞서 이야기한 것처럼 이 시에서는 사랑에의 열정을 발견하기가 쉽지 않다. '女子'라는 한자어 표기가 쓰인 것이나 '사랑하네'가 아니라 '사랑했네'라는 과거형 고백이 반복되는 것은 예사롭지 않다. 이 시에는 돈키호테가 술집 작부에게 바쳤던 열렬한 사랑 고백 대신 이미 사라져버린 사랑에 대한 비애감이 지배적이다.

오규원은 껍데기만 남은 관념의 허위를 벗겨내고 사물을 사랑하는 아이의 마음으로 시를 쓰고자 했다. 하지만 날이미지 시론 이후의 시들에는 「한 잎의 女子」와 같은 적막하고 쓸쓸한 분위기가 감돈다. 어쩌면 날이미지 시론은 환상이 사라진 자리에서 다시 사랑을 점화시키려는 불꽃과 같은 것인지 모른다. "사랑에는 길만 있고/법은 없네"(「無法무법」, 『가끔은』)라는 그의 말을 곱씹어본다. 시란 결국 시인이 세계에 대한 사랑을 표명하는 하나의 제스처다. 거기에는 모두가 따라야 하는 일관된 매뉴얼 따위는 없다. 순정한 사랑을 절절히 고백하는 시가 있는가 하면, 사랑은 거짓이고 배반일 뿐이라며 역설적으로 사랑에 대한 독한 애착을 드러내는 시도 있을 것이다. 어쩌면 이미 지나간 사랑에 대한 회한을 담담히 고백하는 것도 사랑을 지켜내는 하나의 방법이 될 수 있지 않을까. 시에 대한 변함없는 사랑에도 불구하고 오규원이 매번 다르게 세계를 사랑하는 방법을 고민한 것은 이러한 이유 때문일 것이다. 이렇게 오규원의 시는 여전히 우리 곁에서 살아 있다. 이 세계를 어떤 방법으로 사랑하고 있느냐고 질문을 던지면서 말이다.

고장 난 천국에 남는 글쓰기
—오규원의 중기 시 읽기

강보원

거리 두기가 의미하는 것

> 詩^시에는 무슨 근사한 얘기가 있다고 믿는
> 낡은 사람들이
> 아직도 살고 있다. 詩에는
> 아무것도 없다
> 조금도 근사하지 않은
> 우리의 生^생밖에.
>
> —「용산에서」[1] 부분

시에는 아무것도 없으며 조금도 근사하지 않은 우리의 생밖에는 없다는 이 선언이 지금 문학을 읽고 쓰는 이들에게 커다란 충격을 주리라고 생각하기는 어렵다. 너무도 유명해진 이 시구는 충격적이기는커녕 아마 현대시에 대한 표준적 이해를 제공해주는 바로 그 구절일 것이다. 이 시를 읽은 우리는 아마도 고개를 끄덕일 텐데, 시가 하나도 근사하지 않다는 것을 받아들이기는 생각보다 어렵지 않기 때문이다.

---

1 오규원, 『왕자가 아닌 한 아이에게』, 문학과지성사, 1978.

그 이유 중 하나는 이 시에는 '근사하지 않음'이라는 말이 구체적으로 어떻게, 얼마나 근사하지 않은 것을 말하는지 드러나 있지 않다는 것이다. 이로부터 이 '근사하지 않음'은 변증법적 함정에 사로잡힌다. 사실 근사하지 않은 것을 받아들이는 일은 어느 정도는 근사한 일일 수밖에 없는 것이다. 그러므로 시란 근사한 것들을 거부하기 때문에 근사한 것이라고 생각하는 사람에게 이 구절은, 표면적인 모순에도 불구하고, 여전히 근사하게 느껴질 것이다. 그리고 이때의 근사함은 근사하지 않음을 통과한 보다 순수한 근사함으로까지 여겨질 것이다.

시에 근사한 이야기가 없다는 것을 받아들이는 일이 이렇게 어렵지 않듯, 오규원이 말하는 '패배'를 받아들이는 일도 생각만큼 고통스럽지 않을지도 모른다. 예컨대 이 시가 수록된 시집의 해설에서 김병익은 위의 구절에 대해 이렇게 쓰고 있다. "오규원의 이러한 고해는 따라서 다분히 문명 비판적이지 않을 수 없다. 시에서 무언가를 기대하는 것이 "낡은 사람들"의 믿음이라는 선언에 이를 때 우리는 엘리엇의 이른바 '황무지'적인 세계에 우리가 속물적으로 수렴당하고 있음을 깨달으면서 이 시대와 이 시대의 삶이 시와 시인을 패배시키고 있다는 고통스런 인식을 얻는다."[2] 이 해설에 따르면 우리는 오규원의 시로부터 부정적인 현실에 대한 인식, 그리고 그 부정적인 현실에 순응하고 있는 우리 자신에 대한 인식을 얻는다. 오규원 자신의 언급을 기반으로 형성된 오규원 시 세계의 초기-중기-후기 구분법은 이와 같은 독해를 자연스럽게 확증한다. 표준적 분류법에 따르면 오규원의 시 세계는 투명하고 순수한 언어에 대한 믿음을 지니고 있던 초기로부터, 언어와 문명의 불순성을 깨닫고 이를 아이러니로써 표현하는 중기의 시를 지나, 날이미지 시론에 의거한 후기 시에 이른다. 그리고 중기 시에 두드

---

2 김병익, 「물신 시대의 시와 현실」, 같은 책, p. 106.

러지는 기법인 아이러니의 핵심은 "현실에 대하여 '거리'를 둔다는" 것이며 "이 거리는 예술가로 하여금 현실의 은폐된 리얼리티를 인식하게 하고 현실을 비판하게 하는 역할"[3]을 한다고 이야기된다. 이는 다시 해설의 표현을 빌리자면, "교환가치의 세계 속에 응고되어버린 자본주의적 삶과, 거기에 순응하여 자신도 모르게 젖어든 가짜 만족이란 허위의식"에 대한 비판인 것이다.

이런 독해에 일리가 전혀 없다고 할 수는 없다. 그렇지만 이는 여전히 한 가지 의문을 남겨둔다: 시가 이렇듯 우리가 사용하는 언어의 불순성을 깨닫게 해주고 이데올로기에 파묻힌 우리의 삶에 경종을 울려주는 것이라면, 그것은 사실 충분히 근사한 것이 아닐까?

이런 질문을 던지게 되는 이유는 아이러니와 그 속성으로서의 거리 두기가 무엇보다 승리의 형식이기 때문이다. 오규원 시의 아이러니를 이야기하는 글의 첫머리에서 이광호는 아이러니의 기원에 대해 이야기하는데, 여기서 아이러니가 거두는 승리는 명백해 보인다. 이 글에 따르면 "에이론은 표면적으로는 알라존에 비해 약자이고 패배자였지만, 힘과 지혜를 감추고 천진함을 가장함으로써 알라존에 대해 승리를 거두"는데, "에이론이 알라존에 비해 우위에 설 수 있"었던 이유는 그가 "세계의 복잡성 그리고 세계에 대한 인간 지각의 상대성을 간파하고 있었기 때문이다." 에이론은 상대인 알라존보다 "삶에 대한 폭넓은 인식을 소유하고 있었"던 것이다.[4] 말하자면 **인식이 곧 승리이다.** 거리를 둘 수 있다는 것, 그것은 자신이 처한 상황에서 어떤 식으로든 자율성을 획득할 수 있다는 것이며, 어떤 의미에서 그 상황과 무관해질 수

---

3 이연승, 「산업 사회에서의 미적 성찰과 아이러니의 시쓰기」, 『한국시학연구』 12호, 2005. 4, p. 308.

4 이광호, 「에이론의 정신과 시쓰기」, 『오규원 깊이 읽기』, 이광호 엮음, 문학과지성사, 2002, pp. 237~38.

있다는 것을 의미한다. 어떤 상황이 아무리 절망적인 패배를 가리킨다 할지라도, 그 패배로부터 거리를 둘 수 있다면 패배는 더 이상 '나의' 패배가 아닌 것이다. 사정이 이러하므로 진형준이 오규원의 시로부터 패배 의식을 읽은 정과리를 비판적으로 인용하며 "내가 보기에 그것은 엄밀한 의미에서 패배 의식도 아니다"[5]라고 단정적으로 말하기에 이르는 것도 놀라운 일은 아니다.

에이론의 사례에서 확인할 수 있듯, 거리 두기란 패배를 말하며 승리를 뒷문으로 들여오는 전형적이면서 유구한 방식이다. 하지만 오규원의 시를 이런 방식으로 읽는 데에는 크게 두 가지 문제가 있다. 하나는 오규원의 시가 현실로부터 거리를 두고 그것을 비판하는 것이라면, "詩에는 [……] 조금도 근사하지 않은/우리의 生밖에" 없으며 그 "남아 있는 우리의 生은 우리와 늘 만난다"는 「용산에서」의 구절이 설명될 수 없다는 것이다. 왜냐하면 그 말의 뜻대로, 거리를 둔다는 것은 만나지 않는다는 뜻이기 때문이다. 다른 하나는 위와 같은 독해가 아이러니를 단순히 부정적 현실에 대응하기 위해 선택된 전략적 수사로 축소시킨다는 것이다.

그러나 오규원이 "정말이다 우리는 아직도 敗北^{패배}를 승리로 굳게 읽는 방법을/믿음이라 부른다 왜 敗北를/敗北로 읽으면 안 되는지 누가/나에게 이야기 좀 해 주었으면"(「우리 시대의 純粹詩^{순수시}」)이라고 썼을 때 여기에는 앞서 언급한 두 가지 문제에 대한 고민이 함께 있었다. 우선 "패배를 승리로 굳게 읽는" 그 유구한 방법이란 아무리 설득력이 있더라도, 오히려 설득력이 있기에 그에게 일종의 사기로 느껴졌던 것이다. 그러므로 그는 "나의 사기도 사기의 확실함도/확실한 그만큼 확실하지 않"(「용산에서」)다고 다시 말해야 했다. 거리를 둔다는 것

5 정과리, 「안에서 안을 부수는 공간」, 같은 책, p. 125.

은 어떤 패배를 '나의' 패배가 아니게 만드는 방법이지만, 그에게 중요한 것은 그것이 "너의 패배가 아닌 나의 패배임을"(「콩밭에 콩심기」) 명확히 하는 것이었다. 다른 한편으로 그는 위의 구절을 통해 패배를 승리로 읽지 말아야 한다는 것만을 얘기하는 것이 아니라, 그러한 읽힘이 속절없이 관철되는 언어의 무능을 함께 이야기하고 있다. 이 언어의 무능은 그 자체로 시인으로서 오규원이 언어에 대해 고민한 끝에 도달한 하나의 결론이며, 그로 하여금 아이러니라는 형식을 차용하게 했던 이유이기도 한 것이다.

물론 오규원의 패배를 패배로 읽는다는 것이 오규원의 시에 그 어떠한 가치도 없으며, 그의 시에서 어떤 전망도 발견할 수 없음을 증명해야만 한다는 것을 의미하지는 않을 것이다. 하지만 우리가 아이러니의 본질을 거리 두기로 이해하는 이상, 그 패배는 기껏해야 전략적 수사에 머무는 것을 피하기 힘든 것처럼 보인다. 그렇다면 우리는 이 아이러니를 어떻게 이해해야 하는가?

일치의 형식으로서의 아이러니

이를 위해 먼저 검토해야 할 것은 아이러니가 가장과 거리 두기의 수사가 아니라, 반대로 극단적인 동일시와 일치의 형식이라는 것이다. 하지만 아이러니가 표현된 것과 표현되지 않은 진의 사이의 거리로서 정립되는 수사가 아니라면 무엇일까? 사실 '가장'과 '진의'라는 이분법이 생각보다 분명치 않다는 것을 먼저 지적할 수 있겠지만, 여기서는 이 둘의 대립을 일단 인정한다 하더라도, 아이러니가 발생하기 위해 그것들은 적어도 표현의 층위에서 일치해야만 한다는 사실로부터 출발하는 것이 좋을 것 같다.

조금 길기는 하지만 이에 대한 사례로서 아이러니가 드러난 소설의 한 장면을 살펴보자. 이 장면에는 자신이 하느님에게서 볼품없는 것만 받아 태어났다고 생각하는 다이애나라는 인물과, 다이애나가 상담을 하는 사람이자 소설의 주인공이기도 한 엘리엇 로즈워터가 등장한다. 다이애나는 천둥 번개를 '비정상적으로' 무서워하는데, 그래서 천둥 번개가 칠 때마다 그가 유일한 구원이라고 생각하는 엘리엇 로즈워터에게 전화를 걸어 하소연을 하고 천둥 번개를 멈춰달라고 부탁한다. 엘리엇은 당연히 자신이 천둥 번개를 멎게 해줄 수는 없다는 사실을 알고, 이를 다이애나에게 거듭 말하기도 하지만, 그래도 어쨌든 다이애나의 하소연을 끝까지 들어준다. 아래 인용된 장면은 그 긴긴 하소연의 끝을 맺는 대화이다.

"검사했어요. 로즈워터 씨 말대로. 오늘 윈터스 박사님한테 갔죠. 나를 젖소처럼 다루더군요. 꼭 술 취한 수의사 같았어요. 여기저기 때리고 이리저리 굴리더니, 세상에, 껄껄 웃더라구요. 그리고 로즈워터 군에 사는 모든 사람이 나처럼 콩팥이 건강하면 좋겠다고 했어요. 그러면서 나는 콩팥이 아니라 머리가 아픈 거라고 하대요. 오, 로즈워터 씨, 이제부터 내 의사는 당신뿐이에요."

"아줌마, 난 의사가 아니에요."

"괜찮아요. 인디애나에 있는 의사를 몽땅 합쳐도 당신이 고친 가망 없는 병이 더 많으니까요."

"자, 그만해요."

"돈 레너드는 십 년 동안 부스럼을 달고 살았는데, 당신이 고쳐 줬죠. 네드 캘빈은 어렸을 때부터 눈을 실룩거렸는데, 그것도 멈추게 했어요. 펄 플레밍은 당신을 보러 가서는 목발을 집어던졌고요. 나도 더 이상 콩팥이 아프지 않아요. 당신의 친절한 목소릴 들었을

뿐인데요."

"정말 기쁘군요."

"그리고 천둥 번개도 멈췄어요."

사실이었다. 어느덧 창밖에는 구슬픈 음악 소리처럼 비가 내렸다.[6]

물론 여기서 우리는 분리된 의식을 발견한다. 이 소설에서 그 분리된 의식은 분리된 두 인물로 구현되고 있다. 엘리엇은 '현실적'인 인물로서 다이애나의 생각이 비현실적이라는 사실을 알고 있다. 그러나 다이애나의 하소연 끝에 (그리고 아마도 그 하소연이 충분히 길었기에) 천둥 번개가 멈췄을 때, 엘리엇은 그것을 자신의 '도움'의 결과라고 생각하는 다이애나에게 반박하지 못한다. 즉 여기에는 적어도 그 순간에는 다이애나를 반박할 수 없다고 생각하는, 그것이 하나의 진실임을 거부하지 못하며, 그것을 믿지는 않더라도 **그것에 승복하는 순간, 그에 대한 모든 반박이 무력해지는 순간**이 있는 것이다. 다이애나의 말은 이 상황을 표현하는 유일하고 단일한 언어의 자리를 차지하며, 아이러니는 바로 이 일치의 순간으로부터 발생한다. 이 장면을 그려내는 서술자의 입장에서 보자면 이러한 일치는 물론 의도된 것인데, 다이애나의 말이 끝나자마자 "사실이었다. 어느덧 창밖에는 구슬픈 음악 소리처럼 비가 내렸다."라는 문장으로써 엘리엇의 말을 차단하며, 다이애나의 비합리적인 생각을 사실의 층위로 끌어올리는 것이 바로 이 서술자이기 때문이다.

거칠게 말하자면 일상에서 우리가 **선택적으로** 사용하는 가벼운 반어법과 구분되는바, 세계를 바라보는 시선으로서의 아이러니를 특징짓는 것은 이 일치를 피할 수 있는 방법이 부재하는 상황, 그러한 일치가

6 커트 보네거트, 『신의 축복이 있기를, 로즈워터 씨』, 김한영 옮김, 문학동네, 2010, pp. 92~93.

강제되는 상황이다. 후자는 전자가 불가능해지는 지점, 그것이 실패하는 지점에서 출현한다. 오규원에게도 아이러니는 이와 같은 일치이자 승복이다. 그런데 그에게서는 표현의 부재라는 상황의 부정적 측면이 보다 극적으로 드러난다. 다음의 시는 그의 아이러니가 어떤 상황에서 발생하는지를 명확히 보여준다.

> 이 아이들의 공복으로 배가 접혀오는 내 머리 위의 도시에 그늘
> 을 펴고 있는 라일락의 꿈이 당신은 꽃을 피우는 일이라고 쉽게 짐
> 작하겠지만 그러나 사실을 말하면 라일락의 꿈은
> 시든 꽃을 흔들어버릴 4월의 바람이고
> 바람도 아니 부는 4월의 봄은
> 꽃피는 절망이다
>
> —「분식집에서」[7] 부분

아이러니를 거리 두기로 이해하고, "이 거리는 예술가로 하여금 현실의 은폐된 리얼리티를 인식하게 하고 현실을 비판하게 하는 역할"을 하는 것이라고 바라볼 때 위의 구절에서 우리는 꽃 피는 봄의 아름다움에 거리를 두고 그 안에서 은폐된 절망을 읽어내는 시인의 시선을 본다. 이렇게 읽을 때 시의 고민거리는 가령 "이 아이들의 공복으로 배가 접혀오는" 도시의 부정적인 현실이다. 하지만 이는 이 시에서 발생한 아이러니에 대한 해석이지, 아이러니가 어떻게 발생했는지에 대한 분석은 아니다. 라일락의 입장에서 바라보았을 때, 우리는 이 시의 가장 강렬한 아이러니가 라일락이 가진 언어의 단수성으로부터 발생하는 것임을 알 수 있다. 라일락의 꿈은 "시든 꽃을 흔들어버릴 4월의 바

---

7 오규원, 『가끔은 주목받는 生(생)이고 싶다』, 문학과지성사, 1987.

람"이며, 다시 말해 라일락의 소망은 꽃을 피우는 것이 아니라 꽃이 지는 것이다. 그러나 바람, 즉 자신이 가지지 않은 외부의 언어 없이 그소망은 이루어질 수 없으며 또 표현될 수도 없다. 그리고 여기서 아이러니가 발생하는 지점은 엄밀히 말해 이루어질 수 없음이 아니라 표현될 수 없음에 있다. 라일락이 가진 유일한 언어는 꽃을 피우는 것이기 때문에 그는 절망마저도 꽃을 피우는 것으로 표현할 수밖에 없으며, 무엇보다 꽃이 지는 순간을 기다리는 라일락의 꿈이 그와 정반대인 "당신"의 쉬운 짐작과 표현상으로 일치할 수밖에 없다는 것, 바로 그 일치가 라일락의 해소할 수 없는 절망이 되는 것이다.

"죽음은 버스를 타러 가다가/걷기가 귀찮아서 택시를 탔다"라는 구절로부터 시작해 "건강이 제일이지—/죽음은 자기 말에 긍정의 뜻으로/고개를 두어 번 끄덕이고는/그래, 신문에도 그렇게 났었지/하고 중얼거렸다"로 끝나는 시 「이 시대의 죽음 또는 우화」에서도 아이러니를 만드는 것은 이 표현상의 일치이다. 이 시에서 죽음은 그 자신의 언어를 박탈당하며, 삶의 언어만이 총체적인 수준에서 관철된다. 다시 말해 이 시의 문제의식은 단순히 우리의 일상적 삶이 '죽음'과도 같다는 비판에 맞춰져 있지 않다. 그보다 두드러지는 것은 우리의 삶이 죽음임에도 불구하고 그것이 실현되지 않는다는 것, 도무지 죽음이라는 것이 불가능하다는 것, 이미 죽은 상태임에도 불구하고 죽을 수 없다는 것, 삶이라는 언어에 도무지 바깥이 존재하지 않기 때문에, 죽음 자신마저도 이 삶의 언어 속에서 표현되어야만 한다는 사실이다.

이 사례들로부터 우리는 아이러니가 어떤 부정적인 현실에 대한 비판의 수단이기 이전에 바깥 없음에 대한 의식이라는 것을 확인한다. 그것 안에서 기쁨이나 괴로움이 찾아지는 것이다. 커트 보니것의 소설과 오규원의 시가 다른 점은 커트 보니것이 아이러니로부터 어떤 고양을 끌어내는 반면, 오규원은 그로부터 절망을 읽어내고 있다는 점이다.

이는 아이러니에 대해 취할 수 있는 두 태도를 보여준다. 하나는 이 동일성을 삶 자체로 승인하며, 그러므로 거기서 유일한 삶의 터전을 발견하는 기쁨이다. 다른 하나는 이 동일성 바깥에 삶이 없으므로 그것에 숨 막혀 하는 태도다. 말하자면 아이러니는 바깥의 부재로부터 숨 막혀 하는 인식이자, 동시에 그럼에도 그 안에서 숨을 쉴 수 있다는 사실을 단 한순간도 잊지 않으려는 인식이다. 말하자면 아이러니에서 분리되는 것은 동일성에 대한 이 태도 내지는 관점이지, 표현된 것과 표현되지 않은 것의 비동일성이 아니다. 아이러니에게 이 관계는 단일할 수밖에 없는 것이다.

언어의 파산과 자유의 문제

우리가 그의 시를 통해 쉽게 짐작할 수 있는 것처럼 그에게 현실에 대한 비판적인 의식이 없었던 것은 아니다. 그러나 현실에 대해 비판적인 의식을 가지고 있다는 것이 곧바로 그것에 대응하기 위한 시적 형식으로서 아이러니를 선택하게 만드는 것은 아니다. 오규원이 아이러니를 시의 주된 형식으로 차용했던 것은 아이러니가 무엇보다 바깥 없음에 대한 인식임을 알았기 때문이다. 그리고 오규원에게 바깥이 없는 것은 현실이기 이전에 언어였다. 어떤 것이 의미를 갖기 위해서는 그것과 비교되어야 할 그것이 아닌 다른 것, 즉 그것의 바깥이 있어야 한다. 따라서 언어에 바깥이 없다는 말은 언어가 궁극적으로 무의미하다는 것을 의미하게 된다. "사전을 찾아보니 협상은 협의를 보라고 하고, 협의를 보니 '화의로 의논함'이라고 한다만, 그렇다면 화의와 의논과의 그 먼 의미의 친족 관계는 어디에서 찾아보나."(「頌歌송가」)라는 구절에서 오규원은 언어의 이 바깥 없음으로부터 기인하는 피로를 호소하고 있다. 즉 그를 아이러니라는 형식으로 이끈 것은 현실에 대한 이런저런 비판적 의식이기 전에 언어의 무의미에 대한 고민이었던 것이다.

> 사랑하는 사람에게 우리는 모두
> 사랑이라는 말 하나로
> 사랑한다, 사랑한다고 한다.
> 사랑하는 사람이 바뀌어도
> 그 말을 그대로 옮겨
> 사랑한다, 사랑한다고 한다.
>
> 그래서 자유는 신성하고 봄은
> 잔인하다.
>
> —「그 말 그대로」[8] 부분

이 시에서 우리는 "바람도 아니 부는 4월의 봄은/꽃피는 절망이다"라는 구절에서 읽혔던 아이러니의 어떤 전모를 본다. 「분식집에서」에서 라일락의 절망이 꽃을 피우는 것 말고 다른 표현이 부재했던 상황에 기인했던 것처럼, 이 시에서도 봄이 잔인한 이유는 "사랑하는 사람이 바뀌어도" 여전히 "사랑한다"라는 표현만이 우리가 가진 전부이기 때문이다. 그러나 우리가 사랑하는 사람이 바뀌어서 바뀐 사람에게도 사랑한다고 말했을 때, 그 말이 같다는 이유만으로 거기에 진심이 없다고 할 수는 없다. 따라서 여기서도 아이러니는 어떤 표현과 그것의 '진의' 사이의 대립이나 불일치로 설명될 수 없다. 문제가 되는 것은 이 표현의 단수성, 사랑한다는 말이 거짓으로 쓰일 때가 있다고 하더라도

---

8 오규원, 『이 땅에 씌어지는 抒情詩(서정시)』, 문학과지성사, 1981.

여전히 사랑하는 사람에게는 사랑한다고 말할 수밖에 없으며, 사랑한다는 말은 이 말을 쓰는 사람의 '진의'와 무관하게 "그 말 그대로" 사랑한다는 것을 맹목적으로 의미할 수밖에 없다는 사실 자체이다.

　　　　성경에 가라사대 마음이 가난한 者^자에게 福^복이 있다 하였으니

　　　　2백억을 축재한 사람보다 1백 9십 9억을 축재한 사람은 그만큼 마음이 가난하였으므로
　　　　天國^{천국}은 그의 것이요

　　　　1백 9십 9억원 축재한 사람보다 1백 9십 8억을 축재한 사람 또한 그만큼 더 마음이 가난하였으므로
　　　　天國은 그의 것이요

　　　　그보다 훨씬 적은 20억원이니 30억원이니 하는 규모로 축재한 사람은 다른 사람과는 비교가 안 될 만큼 마음이 가난하였으므로
　　　　天國은 얻어놓은 堂上^{당상}이라

　　　　돈 이야기로 詩^시라고 써놓고 있는 나는 어느 시대의 누구보다도 궁상맞은 시인이므로
　　　　天國은 얻어놓은 堂上이라
　　　　　　　　　　　　　　　　　　　　　　　　　　―「마음이 가난한 者」[9] 전문

　　그래서 우리는 이 시를 단지 거짓으로 가난한 사람이 진짜 가난한

9　오규원, 같은 책.

사람처럼 행세하는 것에 대한 비판으로만 읽을 수는 없는 것이다. 이 시의 천국은 몇백 몇십억 원을 축재한 부자들부터 "어느 시대의 누구보다도 궁상맞은 시인"인 화자까지를 무차별하게 받아들인다. 이 시에 괴로움이 있다면 그것은 이 부자들의 마음이 거짓이라는 사실이라기보다, 마음에는 정말이지 거짓이 있을 수 없다는 사실, 그러므로 자신을 궁상맞다고 생각하는 시인 자신의 마음이 남보다 10억 원을 덜 축재한 부자의 마음과 구분될 수 없다는 사실에 대한 인식에서 온다. 마음에 거짓이 없는 것은 마음이 겉으로든 안으로든 말로 표현되는 것이며, 이 말에 거짓이 있을 수 없기 때문이다. 말에 거짓이 있을 수 없는 이유는 말이 애초부터 아무것도 의미하지 않기 때문이다. 이 시에서 드러나는 것은 가난이라는 말의 공허함, 이 말의 쓰임을 최종적으로 판단할 수 있는 천국이라는 공간의 파산이다. 언어의 바깥에서 언어에 기준을 부여하고 의미를 판단해줄 절대자가 부재하므로, 천국은 사실상 모든 사람을 통과시키는 무의미하며 무능한 공간으로 남을 수밖에 없는 것이다.

그러므로 모든 것이 허용된다─오규원이 수많은 시편들을 통해 끈질기게 다루었던 자유의 문제는 바로 이 언어의 바깥 없음, 의미 없음으로부터 비롯하는 것이다. 가령 "나는空공하므로나의소리도空이다나의소리가空이므로나의소리는옳은것도옳지않은것도없고옳고옳지않은것을가릴것도없고나는시비도찬도할것없는色색이다그러니까나는自由자유다"(「한 시민의 소리」)와 같은 구절에서 그는 자유를 무의미("空")로부터 직접적으로 도출해낸다. 즉 오규원에게 아이러니가 단순히 하나의 수사가 아니었던 것처럼, 자유는 단지 이데올로기에 매몰된 허위의식을 반영하는 여러 대상 중 하나가 아닌 것이다. 오규원은 아이러니가 무의미 속에서 자유를 찾는 형식이라는 것을 날카롭게 파악하고 있었다. 루카치에 의하면 그것은 "아이러니는 마지막 한계에 도달한 주관성의 자기지양으로서 신이 없는 세계에서 얻을 수 있는 최고의 자유"[10]라는 말로 표현된다. 물론 우리가 앞서 살펴보았듯 아이러니의 부정적 양상에 주목하는 오규원에게 이 자유는 마냥 행복한 것만은 아니다. 같은 시의 마지막에서 그는 이렇게 쓴다. "내가自由이므로나를구속하는것은自由뿐이다". 이 자유란 모든 것을 허용한다는 그 텅 빔 속에서 모든 의미를 잃고 더 철저하게 주체를 감금하는 것이다.

오규원이 그토록 강조했던 패배는 우선 이 언어의 파산, 그것의 궁극적인 무의미를 가리키는 것이다. 이 패배는 그에게 돌이킬 수 없으며 어떤 변증법을 통해서도 승리로 전환될 수 없는 절대적인 것이었다. 그런데 오규원에게 이 패배가 그토록 절대적인 이유는 단지 그것을 벗어날 수 없기 때문만은 아니었다. 다시 루카치의 표현을 빌려 말해보자면, 이는 아이러니가 이 패배가 절망적이라는 사실뿐 아니라 이 패배를 벗어나는 것은 더더욱 절망적이라는 사실을 알고 있기 때문이다.[11]

> 이 세상은 나의 자유투성이입니다. 사랑이란 말을 팔아서 공순이의 옷을 벗기는 자유, 시대라는 말을 팔아서 여대생의 옷을 벗기는 자유, 꿈을 팔아서 편안을 사는 자유. 편한 것이 좋아 편한 것을 좋아하는 자유, 쓴 것보다 달콤한 게 역시 달콤한 자유, 쓴 것도 커피 정도면 알맞게 맛있는 맛의 자유.
>
> ─「이 시대의 순수시」[12] 부분

---

10 게오르그 루카치, 『루카치 소설의 이론』, 박성완 옮김, 심설당, 1998, p. 101.

11 게오르그 루카치, 같은 책, p. 93. 원래 문장은 다음과 같다. "아이러니는 이러한 싸움이 아주 절망적이라는 사실뿐만 아니라 이러한 싸움을 포기하는 것은 더욱 더 절망적이라는 사실을 잘 알고 있다."

12 오규원, 앞의 책, 1978.

우리의 독해에 따르면 이 시는 '거짓 자유'를 열거하며 어떤 '진정한 자유'를 상정한다기보다 그러한 '진정한 자유'라는 것이 존재하지 않는다는 것, 자유라는 말이 자유라는 말 속에서 단일한 것이자 절대적인 것으로, 그러므로 무의미한 것으로 드러나는 양상을 드러낸다. 다시 말해 이 시가 겨냥하는 것은 이 모든 것을 자유로 여기는 허위의식이라기보다 자유라는 말 자체이다.

하지만 꼭 그래야만 할까? 가령 그것을 '자유'가 아니라고 말할 때 무슨 일이 일어나는가? 이 시의 서두에 쓰인 "나는 자유에 관하여서는 칸트주의자입니다"라는 문장은 이에 대한 힌트를 제공한다. 알렌카 주판치치는 우리가 어떤 경우에도 칸트적 의미의 자유에서 **면제되는 법이 없음**을 다음과 같은 구절을 통해 요령 있게 요약한다. "칸트가 덧붙이기를, 개인들이 아직 어렸을 때부터 악성을 보이고 어른이 될 때까지 점점 더 나빠지는 경우들이 있다. 그래서 우리는 그들을 태생적인 악한으로 간주하고, 성격에 있어서 전혀 개선의 여지가 없는 것으로 간주한다. 그럼에도 불구하고 우리는 그들을 그들의 행위를 가지고 판단하고, 그들의 범행을 죄로 질책한다."[13] 우리가 개선이 불가능한 것처럼 보이는 악한의 행위를 질책할 수 있는 것은 그들에게도 자유가 있기 때문이다. 만약 그들에게 자유가 없다면 우리는 그들의 행동에 대해 어떤 책임도 물을 수 없을 것임이 분명하다. 이는 단지 어떤 탓을 할 상대나 구실을 만드는 일이 아니라, 그들을 주체로서 인정할 것인가 인정하지 않을 것인가의 문제이다. 오규원에게도 자유를 박탈한다는 것은 주체성을 박탈한다는 것이며, 타자를 일종의 기계로 전락시키고 그들의 부자유를 지적하는 자신만이 자유로운 주체로 남는 일이었

---

13 알렌카 주판치치, 『실재의 윤리』, 이성민 옮김, 도서출판 b, 2004, p. 104. (알렌카 주판치치
   가 간접 인용한 내용의 출처는 임마누엘 칸트, 『실천이성비판』, 백종현 옮김, 아카넷, 2002, pp.
   217~18 참조)

다. 그렇다면 "詩에는 [……] 조금도 근사하지 않은/우리의 生밖에" 없다는 문장 역시 쓰일 수 없었을 텐데, 왜냐하면 이 타자들이 모두 기계에 불과한 것이라면 거기에는 남아 있는 어떤 생도 없었을 것이며, 그러므로 시가 만날 수 있는 어떤 생도 없었을 것이기 때문이다. 혹은 어떤 생을 만나더라도 그 생은 근사할 수밖에 없으며, 이 만남도 근사하기 이를 데 없었을 것이다. 왜냐하면 근사하지 않은 생들은 모두 생이 아닌 것으로 판단된 이후일 것이기 때문이다. 오규원은 무엇보다 시가 이 생을 걸러내는 도구가 되지 않기를 바랐다. 그가 언어의 무의미라는 수렁에 빠진 후에도 끝내 그곳에 머무르고자 했던 이유는 단지 언어에 대한 이론적인 탐구의 결과인 것뿐 아니라, 그곳에 근사하지 않은 생들이 여전히 남아 있었기 때문인 것이다.

만남의 형식으로서의 광기

이는 우리가 아이러니를 거리 두기의 수단으로 볼 수 없었던 이유를 다시 한번 알려준다. 현실의 언어를 타성에 젖어 있으며 허위의식에 물들어 있다고 한다면, 그것을 그런 방식으로 규정하는 다른 층위의 순수한 언어가 필연적으로 전제된다. 그러나 오규원에게 시 쓰기란 이 두 언어를 강박적일 정도로 일치시키는 일이었으며("나의 싸움은 순결과의 싸움"—「환상을 갖는다는 것은 중요하다」), 아이러니는 바로 이 오염되고 도구화된 언어와 그 현실에 투신하는 수단이기도 했던 것이다.

그런데 이렇듯 바깥을 남겨두지 않는 아이러니의 사유는 단지 현실을 현실로서 받아들이는 것을 넘어 어떤 광기에 다다르게 된다. 가령 "정상적인 것을 격렬하게 배반하는 표현과 만나면 새로운 아이러니가 탄생"[14]한다는 웨인 부스의 문장은 아이러니가 '정상적인 것'의 범주를 벗어나게 되는 순간이 있음을 말해준다. 하지만 이 문장은 그의 의도와 무관하게 세심하게 읽혀야만 할 텐데, 왜냐하면 아이러니가 정상적인 것을 배반한다고 말할 수는 있겠지만, 이 배반은 그저 정상적인 것의 표현을 문자 그대로 받아들이고 밀어붙이는 데에서 오는 것일 뿐이기 때문이다. 정말 미친 것, 이미 미쳐 있는 것은 '정상적인' 생각들이다. 그러나 정상적인 사유는 그 자신의 말에 빈틈을 남겨두며, 무언가를 믿지만 그것을 부인한다. 정상적 사유를 특징짓는 것은 무엇보다 이 빈틈에 대한 믿음이다. 아이러니가 거리 두기의 수사라는 통념과는 반대로 정상적이고 일상적인 말들이야말로 말해진 것과 거리를 두는 수사인 것이다. 그렇기 때문에 이데올로기의 가장 표준적 작동 방식은 '나도 그게 아닌 걸 알아. 하지만……'이다. 아이러니는 바로 이 빈틈의 존재를 인정하지 않는다. 그럼으로써 아이러니는 정상적인 사유들을 극단적인 진실로서 정립하며, 이 밖의 다른 어떤 진실도 존재하지 않는다고 선언한다.

> 커피나 한잔, 우리들께서도 커피나 한잔, 우리들의 緘默^{함묵}, 우리들의 拒좀^{거부}께서도 다정하게 함께 한잔. 우리들을 응시하고 있는 창께서도, 창밖에서 날개를 비틀고 있는 새께서도 한잔. 이 50원의 꿈이 쉬어가는 곳은 50원어치의 포도 덩굴로 퍼져 50원어치의 하늘을 향해 50원어치만 웃는 것이 기교주의라고 우리들은 누구에게 말해야 하나.
>
> ―「커피나 한잔」¹⁵ 부분

---

14 Wayne C. Booth, *A Rhetoric of Irony*, The University of Chicago press, 1974, p. 68; 이연승, 앞의 글, p. 327에서 재인용.

15 오규원, 앞의 책, 1978.

자본주의하에서 화폐가 모든 가치의 기준이 된다면, 그리고 그것이 그것에 대한 부인 속에서 실질적으로 세계가 돌아가는 방식이라면, 아이러니의 주체에게 그러한 기준은 모든 곳에 적용되어야 하며, 표현되어야만 한다. 그러므로 50원어치의 커피를 지불하고 우리가 얻는 것은 반드시 "50원어치의 꿈"이자 "50원어치의 포도 덩굴로 퍼져 50원어치의 하늘을 향해 50원어치만 웃는" 그러한 웃음이어야만 하는 것이다. 이 말이 이렇게 표현되었을 때 그것은 '미친 소리'처럼 들린다. 그러나 여기서 요점은 우리가 말을 하지 않을 때 혹은 이 말을 부인할 때조차도 어떤 의미에서 우리는 우리가 받은 만큼만 행하고, 타인에게는 그가 지불한 만큼만 누릴 것을 요구한다는 데에 있다.

즉 광기는 자신이 미쳤다는 것을 아는 정상적 사유다. 광기의 입장에서 정상적인 사유가 바보로 보이는 것은 그들이 스스로가 미쳤다는 사실을 모르기 때문이다. 반대로 정상적 사유의 입장에서 광기는 어떤 무능이자 실패로서 표상된다. 정상적 사유는 언어가 자신을 다 표현할 수 없다는 것, 언어로 결코 표현되지 않는 것이 있다는 것을 받아들임으로써 훨씬 더 많은 것을 얻을 수 있다는 사실을 안다. 그러나 이 광기의 주체들이 결코 받아들일 수 없는 것이 바로 이 표현된 것과 표현되지 않은 것 사이의 괴리이다. 가령 "쓴 것보다 달콤한 게 역시 달콤한 자유"(「이 시대의 순수시」)인 것처럼, '좋은 것이 좋은 것'이기 때문에 그들은 모든 좋은 것을 좋은 것으로 바라보고자 한다. 그것이 자신에게 좋은 것으로 느껴지지 않을 때조차도, 이 당위는 현실을 압도하고 차라리 재구성하더라도 관철되어야만 한다.

시를 **공부**하겠다는
미친 제자와 앉아
커피를 마신다

제일 값싼

프란츠 카프카

—「프란츠 카프카」[16] 부분

잘 알려진 것처럼 이 시는 자본주의 질서 속에서 시란 이미 상품과 구분되지 않으며, 한 명의 작가란, 또는 하나의 작품이란 가격표가 매겨진 하나의 상품일 뿐이란 현실을 드러내고 있다. 하지만 이 현실과 화자가 맺는 관계는 그렇게 단순하지만은 않다. 가령 "시를 표현법 공부하듯 공부하겠다는 미친 제자의 미친 욕망이 그를 못 견디게 한다"[17]는 독해를 전적으로 받아들일 수 없는 이유는, 그렇다면 도대체 그 미친 제자들과 마주앉아 커피를 마시는 화자는 어떤 사람인가라는 질문이 곧바로 따라 나오기 때문이다. 이 메뉴판에서 작가들의 이름을 보는 것은 그의 제자가 아니라 화자 자신이다. 말하자면 그는 "미친 제자"들보다 훨씬 미친 자다. 시를 공부하겠다는 것이 미친 짓이라면, 그것을 가르치는 것은 그보다 더한 짓이 아닐 수 없으며, 더군다나 이 시의 화자는 시를 공부하고 가르친다는 것이 미친 짓이라는 사실을 명확히 알면서도 그 일을 하기 때문이다. 이 시에서 세태에 대한 **비판의식 이전에** 드러나는 것은 **그러한 세계를 형상화하는 주체의 광기**이다. 일체의 거리와 바깥을 인정하지 않는 이 광기는 어떤 비판에 필요한 거리가 더 이상 존재할 수 없음을, 특히나 시를 통해서 그러한 거리를 발견할 가능성이 없다는 사실을 철저하게 승인한다.

선언 또는 광고 문안

16 오규원, 앞의 책, 1987.

17 김현, 「무거움과 가벼움」, 같은 책, p. 126.

단조로운 것은 生의 노래를 잠들게 한다.

머무르는 것은 生의 언어를 침묵하게 한다.

―「가끔은 주목받는 生이고 싶다」[18] 부분

이제 시의 언어는 더 이상 광고 문안과 구분되지 않는다. "머무르는 것은 생의 언어를 침묵하게 한다"는 이 키치한 문구가 오규원 자신이 날이미지 시론을 발전시키며 참고했던 『조주록』의 구절과 어떤 유사성을 띠고 있는 것은 우연이 아니다. ("무엇 때문에 정하지 않은 것입니까?"/"살아 있는 것, 살아 있는 것이기 때문이다."[19]) 시의 언어는 결코 현실과 일상의 언어와 구분되는 어떤 다른 장소를 가질 수 없는 것이다.

시는 추상的적이니 구상的은 오해 마라. 시인은 병신이니 안 병신은 오해 마라. 지금 한국은 산문이다. 정치도 산문 사회도 산문 시인도 산문이다. 산문적이기 위한 전쟁 시대, 시인들이 전쟁터로 끌려가는 모습이 보인다. 끌려가는 시인의 빛나는 제복, 끌려가지 못하는 병신들만 남아 제복도 없이 아, 시를 쓴다.

―「시인들」[20] 부분

그러므로 아이러니는 현실 비판적이라기보다, 그 말의 과도한 의미에서 현실 순응적이다. 「시인들」에서는 "도망가는 여자 앞에 꽃을 뿌리는 병신 素月소월"과 그것이 "흉한 거짓말"임에도 "이별을 찬미하는" 만해가 인용되지만, 이 인용은 그 시구에 원래 있던 아름다움과 화해

---

18 오규원, 같은 책.

19 오규원, 「구상과 해체」, 앞의 책, 이광호 엮음, p. 422.

20 오규원, 앞의 책, 1978.

의 어조를 제거한 채 날것의 패배를 부각하는 방식으로만 이루어진다. 이들의 패배를 자신의 편으로 끌어들이기 위해 오규원은 다시 "시는 언제나 패배이니 승리는 오해 마라"고 선을 긋는다. 시를 통해 현실의 기만과 모순을 폭로하고 패배 속에서 더 크고 궁극적인 승리를 찾아내는 것은 여전히 현실과의 전쟁을 벌이는 것이다. 그러나 오규원은 골짜기에 남아 이 숭고한 전쟁에 "끌려가는 시인들의 빛나는 제복"을 바라볼 뿐이다. "끌려가지 못하는 병신들만 남아 제복도 없이" 쓰는 시란 그렇게 끌려갈 이유가 없는 시, 현실의 질서를 현실 그 자신보다 더 인정하는 그러한 시인 것이다. 모든 것이 시가 된다는 것은 바로 이런 의미에서이다. 그는 시적이지 않다는 이름으로 부정할 모든 것을 포기함으로써 시와 생이 만나게 한다.

> 사물이, 모든 사물이 그냥
> 그대로 한 편의 詩^시이듯
> 사람이, 사람들이 또한
> 모두 詩구나
> [……]
>
> 정신의 비유인 비계와
> 삼겹살과 등심의 골편이며
> 지상의 욕망이며 비렁뱅이의
> 근성으로 흐르는 피인
> 나도 그냥 詩구나
>
> 서 있어도 詩
> 걸어다녀도 詩

다방에 앉아 있어도 詩

—「詩人^{시인} 久甫氏^{구보씨}의 一日^{일일} 4」²¹ 부분

서 있어도, 걸어 다녀도, 다방에 앉아 있어도 그 모든 것이 시라는 말이 마냥 시와 일상의 행복한 동거를 의미하는 것은 아니며, 모든 사람과 사물이 이미 시가 될 고귀함을 가지고 있다는 말이 될 수는 더더욱 없다. 여기에는 어떤 체념의 어조가, 그것을 딱히 부정할 수도 없고 부정해서도 안 된다는 것을 알지만 그렇다고 그것에 만족하지는 못하는 이의 복잡한 심경이 담겨 있다. 오규원은 이 복잡한 심경에 앞서 그에게 사실로서 주어진 것을 사실로 받아들이고자 한다. 그는 "정신의 비유인 비계와/삼겹살과 등심의 골편이며/지상의 욕망이며 비렁뱅이의/근성으로 흐르는 피인/나"를 그저 받아들인다. 이 받아들임으로부터 그는 시와 생을 기어코 만나게 하지만, 이 만남은 전혀 근사하지 않으며, 이 만남으로부터 얻게 된 시의 모습이라는 것도 전혀 근사하지 않다.

사랑과 기교와 동어반복

사실 나는 이렇게 말하고 싶다. 오규원이 "詩에는/아무것도 없다/조금도 근사하지 않은/우리의 生밖에."(「용산에서」)라는 구절을 쓸 때, 그리고 "남아 있는 우리의 生은 우리와 늘 만난다/조금도 근사하지 않게./믿고 싶지 않겠지만/조금도 근사하지 않게."(「용산에서」)라고 반복해서 썼을 때, 이 "조금도 근사하지 않"다는 것이 정말 구체적으로 얼

21 오규원, 앞의 책, 1987.

마나 근사하지 않다는 것인지, 또 그것을 **오규원 자신이 얼마나 믿고 싶지 않았겠는지**에 대해 생각해봐야 한다고 말이다. 아이러니스트로서, 그러니까 표현된 것의 외부를 인정하지 않는 글쓰기의 실천 속에서, 오규원이 시에 우리의 생이 있다고 했을 때, 도무지 빛나지를 않아서 "그들의 눈, 코, 귀, 입이라도 빛났으면 하지만/그들의 눈, 코, 귀, 입도/빛나지 않는"(「그들이 빛나지 않으므로」) 생이 있다고 했을 때, 그는 그들의 참을 수 없는 부분들, 도저히 받아들일 수 없는 부분들을 실제로 시와 삶 속에 들여놓아야만 했다. 그러니까 그의 시는 어떤 의미에서 받아들일 수 없는 것을 강제로 받아들이는 작업이었던 것이다.

그러니 우리는 오규원을 읽기 위해 그가 시에 들여놓은 이 온갖 추태들을 그가 비판적으로 인용하고 있다고 넘어가야 하는 것이 아니라, 반대로 이렇게 질문해야 한다: 도대체 이렇게까지 해야 하는 이유는 무엇이며, 애초에 이는 어떤 악덕을 부추기는 것 아닌가? 자본주의를 우리의 삶이라고 말하고, "시대라는 말을 팔아서 여대생의 옷을 벗기는 자유"(「이 시대의 순수시」)를 자유라 말하고, "술집 여자의 무릎을 베고 누워/취해서 깨닫는"(「사랑의 기교 1」) 사랑을 사랑이라고 말하는 것이 시라면 이런 시가 우리에게 어떤 의미가 있을 수 있을까? 그러고 나면 우리는 오규원이 이런 질문들에 대답을 가지고 있지 않으며, 단지 그것을 일축할 수 있을 뿐이라는 사실을 알게 된다. "떠들지 마라, 지금은 사랑의 밤이다."(「콩밭에 콩심기」) 그는 논쟁을 하려고 하는 사람이 아니다. 그는 이것이야말로 사랑이라고, 사랑은 원래 비루한 욕망 속에서 발견되어야 더 숭고한 것이라고 소리 높여 외치지도 않는다. 그가 그런 말을 믿을 수 있다면 차라리 편했겠지만, 그는 일이 그런 식으로 해결되지 않는다는 것 또한 알고 있다. "바보가 되기는 늦었다./(제기랄 늦은 것은 늦은 것이다)"(「콩밭에 콩심기」) 그는 이것이 논쟁으로 해결이 가능한 문제라고 생각하지도 않으며, 어떻게든 납득시킬 수 있는 문제라고 생각하지도 않는다. 이 모든 태도가 비겁한 회피에 불과한 것 아니냐고 물어도 그는 똑같은 대답을 들려줄 수밖에 없다. "떠들지 마라, 이것이 나의 패배임을/너의 패배가 아닌 나의 패배임을/내가 왜 모르랴."(「콩밭에 콩심기」) 이 패배에는 변명이 허용되지 않는다. 이 패배는 단지 자신의 절대성을 받아들이라고 요구할 뿐이다. 그것은 사랑 앞에 선 자가 요구받는 절대적인 복종과 같다.

> 콩밭에 콩심기 언어밭에 언어심기,
> 그와 같은 방법으로 아픔밭에 아픔심기
> 감자밭에 감자심기.
> [……]
>
> 되풀이해서 너는 너의 터밭에 터심기
> 나는 나의 터밭에 터심기.
> 떠들지 마라, 지금은 사랑의 밤이다.
>
> 우리의 사랑은 언제나 되풀이된다.
> 되풀이가 기교임을 안다고 해서
> 우리의 사랑이 진화하지 않는다고 해서
> 너나 나나 일이 끝난 건 아니다.
> 일이 끝난 것은 너와 내가 아닌
> 다른 사람인, 이것이 나의 밤이다 나의 기교이다.
> ──「콩밭에 콩심기」[22] 부분

---

22 오규원, 앞의 책, 1978.

하지만 분명한 건 이 근사하지 않은 생들은 시와 만나며 그 어떤 상승과 고양도 겪지 않는다는 것이다. 이는 오규원이 동어반복이라는 말로 명확하게 강조하고자 하는 바로 그것이다. 시와 일상이 다르지 않으므로 일상과 시의 만남은 동어반복이다. 그러므로 여기서는 아무것도 생산될 수가 없는 것이다. 그는 이것들을 '긍정'하며 우리의 자질구레한 삶들과 '화해'하지 않는다. 오규원은 탐미주의자가 아니었다. 그는 규범의 위반으로부터 어떤 억압되고 숨겨진 진리를 발견할 수 있다고 믿지 않았으며, 차라리 "위법은또하나의法법"(「시인 구보씨의 일일 1」)이라는 냉정한 인식 속에 머물러 있었다. 우리가 이때까지 말해온 것처럼 그는 어떤 바깥의 존재도 믿지 않은 것이다. 생은 그것이 생이라고 말해진다는 이유 자체만으로 어떤 고귀함을 얻거나, 보존되어야 하거나, 가치를 지녔다고 여겨지는 것도 아니다. 어떤 것을 받아들인다는 것이 곧바로 그것을 지향한다는 뜻이 되는 것은 아니다. 반대로 어떤 것을 지향하지 않더라도 그것을 받아들일 수 있다.

아마도 오규원의 중기 시 전체는 '그것은 그것이다'라는 말로 요약될 수 있을 것이다. 이 동어반복이 아무것도 의미하지 않는 것만큼이나 시는 아무것도 의미하지 않는다. 시 쓰기란 동어반복, 콩밭에 콩 심기, 아픔 밭에 아픔 심기, 슬픔 밭에 슬픔 심기, 심을 수 있는 것만을 심고 심었던 것만을 추수하는 노동이다. 그는 이것을 사랑이라고 부르지만 동시에 "우리의 사랑은 언제나 되풀이"되며 "우리의 사랑은 진화하지 않는"다고 말할 수밖에 없다. 여기에는 어떤 진전도 진전에 대한 전망도 없다. 우리는 예술의 역량 중 하나로 판단중지를 이야기하고는 하지만, 여기 있는 것은 판단의 중지가 아니라 판단의 완전한 포기다. 그에게 시는 몇백억을 축재한 부자를 제 안에 들이는 천국처럼, 그 어떤 자격도 없는 이들, 오히려 결코 있어서는 안 되는 이들을 받아들이는 무능하고 고장 난 장소였다.

시의 비폭력주의와 기교주의의 사랑이

이 집 대문을 두드리다 대문만 구경하고 다른 집으로 가야 하는

월부 책장수의 얼굴을 한

아프지 않게 기술적으로 포기하는 법을 익히고 마는 것들의

이름과 이름 사이로 쓸쓸히 걸어가는, 그 사랑의

처마 밑에서 '사랑해요, 당신만을 사랑해요'라고 사랑을 나는 고
백한다, 계속해서.

—「사랑의 기교 3」[23] 부분

　사랑을 고백하는 이 시에서 그는 문 앞에 있다. 하지만 이 문은 그가
다른 시에서 그가 "사실을 말하자면 마치 탕아처럼 내가 기웃거린//빈
집은 어느 곳이나 대문이 열려 있어 열쇠가 있어도/잠긴 곳이 없어 내
가 열 수 없었"(「바다의 길목에서」)다고 털어놓았던 그 문이기도 하다.
아이러니의 세계에 닫힌 문은 없으며, 열린 문만 있을 뿐이다. 문제는
사랑이 이 문의 열려 있음 자체이며, 내가 들고 있는 열쇠가 그 앞에서
무의미해지는 무엇이라는 것이다. 사랑은 이미 주어져 있다. 그러나 그
것은 기대할 만한 모습이 아니기에 이 사랑을 견디는 것이 고통스러운
것이다. 그러므로 사랑 안으로 들어가려고 하는 자는 반드시 길을 잃
는다. 그를 가두는 것은 사랑의 이 열려 있음이며, 그를 막는 것이 아
무것도 없다는 사실 자체이다.

　　평야—김해평야. 우리의 원근법 화폭을 충분히 만족시켜주는
넓고 아득함, 또는 아득한 풍성함의 땅. 그러나 풍성한 그것만큼

23 오규원, 같은 책.

아무것도 잡히지 않는 한 풍경만 보여주는 우리의 1977년의 삶,
김해평야.

이 평야를 떠나지 못하는 나, 말뚝, 말뚝이. 얼럴럴럴 내기럴 꺼.

—「김해평야」[24] 부분

Simple Life, 오, 이 상징의

넓은 사막이여

사막에는 生의 마팍에 집어던질

돌멩이 하나 없으니—

—「그것은 나의 삶」[25] 부분

　　이는 오규원에게 막다른 길을 보여주는 이미지가 다름 아닌 사방이
뚫려 있는 평야와 사막인 이유이다. 「김해평야」에서 보듯 이 사랑의 내
용 없음은 초월적이거나 탈역사적이지 않다. 이 평야는 슬픔을 심은
곳에서 슬픔을 추수하고 아픔을 심은 곳에서 아픔을 얻었던 그 텃밭의
확장인 동시에 세계와 역사의 환유로서 그 안에서 일어나는 모든 슬픔
과 비극의 실제적인 기억들을 가지고 있는 곳이다. 문제는 이 평야의
"아득한 풍성함" 속에서 그 비극들은 상징화되고 추상화되며, "생의
마팍에 집어던질/돌멩이 하나" 남기지 않고 사라진다는 것이다. 그러
므로 "어떤 한 사람을 사랑하는 일은 이 시대의 이상도 희망도 좌절도
아니라고 [……] 가치가 없다고, 가치가 없는 것은 무의미하다고, 이렇
게 나를 논리적으로 설득"(「아프리카」)하는 사람에게 오규원은 그 어
떤 의미 있는 반박도 할 수 없으며, 그는 그저 "내가 사랑하고 있는 일

24 오규원, 같은 책.

25 오규원, 앞의 책, 1987.

은 사랑의 일로 남아 사랑의 일이 여기 있다 하"(「아프리카」)는 소리가 여전히 들린다고 말할 수밖에 없다. 그것이 "사랑의 비극"(「아프리카」)이다.

 이 사랑의 추구란 떳떳한 일도 아니고 명쾌한 일도 아니며, 다만 그것 말고 다른 방법이 없을 뿐인 그런 일이다. 단지 이 동어반복은 그것을 그만둘 때까지는 결코 끝나지 않는다. 끝날 때까지 아무것도 끝나지 않으므로 그것은 소모될 수 없으며, 소진을 모른다. 사랑의 역량은 이렇듯 끝나지 않는 "일"을 우리에게 남겨두는 데에 있다. 그의 모든 기교는 이 동어반복을 위해, 즉 사랑을 위해 바쳐진 것이다. 사랑이 근본적으로 근거 없음을 받아들이는 일이라고 할 때, '나는 너를 사랑하므로 너를 사랑한다'는 말을 떠나서는 어떤 사랑도 있을 수 없다고 할 때, 동어반복을 떠나는 자는 사랑을 떠나는 것이며, 사랑에 머무르는 것은 곧 이 동어반복의 불모성 안에 머문다는 것 말고 다른 것을 의미할 수 없는 것이다.

>   사람이 할 만한 일 가운데
>   그래도 정말 할 만한 일은
>   사람 사랑하는 일이다
>
>
>   ─이런 말을 하는 시인의 표정은
>   진지해야 한다
>
>
>   사랑에는 길만 있고
>   법은 없네
>
>
>   ─이런 말을 하는 시인의 표정은

상당한 정도 진지해야 한다

사랑에는 길만 있고
법은 없네

—「無法^{무법}」[26] 전문

"사람 사랑하는 일"이 "그래도 정말 할 만한 일"이라고 말하는 시인
의 표정이 진지해야 하는 이유는 그 말이 비어 있고 실질적으로 아무
것도 의미하지 않기 때문이다. 이런 말을 하는 시인의 표정이 진지해
야 하는 이유는 그 표정으로 자신이 한 말의 위선과 공허를 벌충해야
만 하기 때문일 것이다. 이는 "사랑에는 길만 있고/법은 없네"라는 말
의 경우에도 같은데, 이런 말을 하는 시인의 표정이 "상당한 정도 진지
해야 한다"는 것은 이 말이 앞선 말보다 더욱 비어 있고 더욱 의미 없
다는 것을 뜻할 것이다. 그런데 우리가 이렇게까지 읽은 뒤에, 비정한
냉소로 이 사랑이라는 말들을 다 소진시켜놓고서, 오규원은 마지막 연
에서 다시 한번 "사랑에는 길만 있고/법은 없네"라는 말을 반복한다.
즉 이 시는 그럼에도 그것만이 그가 가진 말의 전부라는 사실을, 사랑
한다는 말을 반복한다는 것이 어떻게 말의 파산 속에 머무는 일과 다
를 수 없는지를 말해주는 것이다.

그의 말은 이렇게 끝난다. 그리고 이 시가 말해주지 않는 것, 그것
은 그럼에도 이 말을 다시 해야 하는 시인의 표정이다. 이때 시인은 무
슨 표정을 짓고 있었을까? 나는 그것을 난처한 표정, 다른 도리가 없
을 때 짓는 어떤 표정이라고 상상한다. 기쁨도 슬픔도 아닌 채로, 확신
없이, 할 수 있는 것이 해야 하는 것이며, 바랄 수 없는 것을 바라지 않

26 오규원, 같은 책.

겠다고 생각하는 사람의 표정으로. 이는 오규원에게 사랑의 시간이 밤인 이유이며, 동시에 그 밤에 그가 잠들지 못하는 이유일 것이다. 그는 거의, 희망을 바라지 않는 사람처럼 보인다. 이제 이 패배를 어떻게 할까? 그런데 이 패배가 도대체 누구에게 필요한 것일까? 어쨌든 그것이 필요하지 않은 사람들은 나아갈 것이다. 그는 미래를 모른다. 그는 미래를 가지고 싶은 사람에게 줘버린다. 그는 남겨진다. 그를 남겨두고 오규원은 또 다른 시들을 썼으므로 그는 더욱 남겨진다. 남겨질 사람은 남겨지고 나아갈 사람은 나아가듯이. 그는 자신의 남은 일, 사랑의 일과 함께 남아, 다른 일을 하는 사람들이 다른 일을 하도록 놓아둘 것이다. 예컨대 이런 시에서 그렇게 하듯이.

> 봄은 자유다. 자 봐라, 꽃피고 싶은 놈 꽃피고, 잎 달고 싶은 놈 잎 달고, 반짝이고 싶은 놈은 반짝이고, 아지랑이고 싶은 놈은 아지랑이가 되었다. 봄이 자유가 아니라면 꽃피는 지옥이라고 하자. 그래 봄은 지옥이다. 이름이 지옥이라고 해서 필 꽃이 안 피고, 반짝일 게 안 반짝이던가. 내 말이 옳으면 자, 자유다 마음대로 뛰어라.
>
> ─「봄」[27] 부분

27 오규원, 같은 책.

투명한 깊이
―오규원 후기 시의 사진적 특성

박형준

*

　나는 솔직히 말하면 오규원 선생님의 시와 시론에 대하여 비평적 거
리를 조금도 갖고 있지 못하다. 때문에 오규원 선생님의 15주기를 앞
두고 선생님의 시와 시론의 현대성과 현재성을 성찰하는 이 비평집에
내가 필자로서 참여할 만한가라는 질문 앞에 오랫동안 서 있었고 망설
였다. 제자라는 이유로 연락을 받고 쓰겠다고는 했으나, 마감까지는 분
명 핑곗거리가 있을 것이고, 그러다 보면 도망칠 만한 쥐구멍 하나는
있을 것이라고 막연히 추측했다. 그러다 결국 핑곗거리도 도망칠 길도
놓치고 막다른 곳에 이르자 지금 내 마음엔 구멍에 머리를 처박고 꼬
랑지를 흔들고 있는 쥐 한 마리가 떠오른다. 그러는 한편으로 몸이 갇
혀 오도 가도 못하는 쥐의 머릿속에 "우리 현대시의 뒤안길에서는 오
규원과 최하림이 기이하게도 천 리를 두고 사랑했었다고 말하게 되리
라"[1]는 예감 섞인 말이 울린다. 그러자 구멍 속에 몸통이 낀 쥐의 눈앞
에서 어둠이 조금씩 걷히고 빛이 안개 속에서인 듯 조금씩 풀려나온다.
　최하림 선생님과 오규원 선생님은 문단 등단 후 서로 그다지 친

1　최하림, 「두 남자가 있는 풍경」, 『오규원 깊이 읽기』, 이광호 엮음, 문학과지성사, 2002, p. 386.

한 관계는 아니었던 것 같다. 그러다가 두 분은 서울예대 문창과에서 80년대 중반부터 함께 학생들을 가르치면서 교분이 이뤄졌다. 그러나 두 분이 함께 제자들을 가르친 기간은 4년 남짓이었고, 그 이후 최하림 선생님께서 전남일보사의 논설위원으로 광주로 떠나신 후엔 두 분 성격으로 미루어보건대 연락마저 뜸해졌을 것이다. 두 분이 다시 연락을 하기 시작한 건 최하림 선생님께서 병에 지쳐 쓰러지고 오규원 선생님의 안부 전화가 가고 난 뒤였을 것이다. 이 무렵 오규원 선생님은 '날[生]이미지'라고 이름 했던, 최하림 선생님의 말씀에 따르면, "사물을 사물로서 존재케 하는 방법"으로 "현재형과 과거형을 섞어 쓰는 것 같으면서도 사물의 움직임을 정확한 시제로 그리고 있는 그 묘사력"[2]에 의해 형상화되는 새로운 시 세계의 광맥을 파고들고 계셨다.

두 분은 병환으로 인해 말년에 양평에서 거주하셨다. 오규원 선생님이 양평에 자리를 잡은 후 최하림 선생님께서도 인연이 그러했는지 뒤를 따라 충북 영동에서 그곳으로 올라오셨다. 그러나 두 분 선생님께서 양평에 함께 거주하시는 동안 최하림 선생님이 『오규원 깊이 읽기』에서 말씀하신 "천 리를 두고 사랑했었다"고 한 그 사랑과 우정의 거리를 얼마만큼 좁혔는지 나로서는 확인할 방법도 없고, 또 그것에 어떻게 접근해야 할지도 알 수가 없다. 다만 한 가지, 두 분이 자주 만나지는 못했으나 간혹 만나게 되면 오랜 시간 시에 대해 말씀을 나누셨고 더 이상 병환으로 서로 말씀을 잇지 못하면 시간을 두고 전화를 하셨다는 것을 최근에 알게 되었다.

그 이야기를 우연히 전해 듣고 나는 두 분의 시 세계가 각각 가지고 있는, 풍경의 배후를 통해 점진적으로 풍경의 사실이 드러난다는 것(최하림)과 풍경이 사실적 현상을 띠면 띨수록 겹겹의 풍경의 배후

2 같은 책, p. 385.

가 점진적으로 투명해진다는 것(오규원)에 대해 막연하게나마 생각해 왔다. 그와 연관하여 두 분이 어떤 말씀을 나누었을지 짐작하기는 어렵지만 두 분의 체질이 극단적으로 다를지라도 그러한 두 분의 거리가 오히려 시적으로 충만한 사랑의 공명을 낳았을 것이라 여겨진다. 두 선생님께서 깊어가는 병환 속에서 삶과 죽음의 시간들을 넘보고 엿보며 그 '천 리를 두고 한 사랑'과 우정의 기록은 이제 남은 것 하나 없지만 나는 그 두 분이 나누었을 대화를 짐짓 상상해봄으로써, 오규원 선생님에 대해 쓰는 이 글이 가진 부끄러움을 조금 가리고자 한다. 즉, 미욱한 이 글은 선생님께서 가장 엄하게 질책하셨던 인상적이고 주관적인 단상에 불과한 것이겠으나, 선생님이 남긴 시를 통해 스승의 여전한 사랑의 비호를 입고자 하는 모자란 제자의 가엾은 사랑만은 감싸주시길 바라는 것이다.

*

오규원 선생님은 자신의 시에 대해서 무엇인가를 말하는 것을 극도로 절제한 유형에 속한다. 거의 전적으로 그 '무엇'이 세계를 바라보는 인식과 그것의 시적 표현론인 수사를 지칭하는 시의 방법론에 초점이 맞춰져 있다. 그렇다고 하여 선생님이 자신의 시를 모두 시론과의 상관성으로만 접근한 것은 아니었다. 왜냐하면 선생님 스스로 자신의 시적 세계를 직접 토로한 바가 있기 때문이다. 선생님은 1985년에 시선집 『희망 만들며 살기』를 출간할 즈음 그렇게 제목을 붙인 이유에 대해 한 대담에서 자신의 시 세계가 "해방의 이미지"인 까닭으로 설명한다.

제 경우는 제 자신을 어떻게 위상지우는가 하면, 내가 쓰는 모든 시라는 것은 해방의 이미지다, 이렇게 말하지요. 그 해방의 이미지라는 것이 해방 자체는 아니죠. 해방이라는 것은 용감한 사람들이 쓸 수 있는 용어고 저는 해방 자체를 주장하거나 그것을 위해서 시를 쓰지는 않아요. 해방의 이미지라는 것은 인간이 해방할 수 있는 모든 것들이 그 속에 있다는 것이죠. 그 해방의 이미지를 끊임없이 내 스스로 찾아가는 것이죠. 그 해방의 이미지 하나가 이루어지면 그만큼 세상은 더 풍부해지겠지요. 속된 말로 하면 희망이라는 건데…… 우리의 상상이나 이상 또는 깨달음 속에 묻혀 있던 것을 창조행위를 통해 가시화해서 실재화시키는 과정, 이게 예술이라는 거 아니겠어요. 이 지구상에는 자연이 준 꽃이 수천, 수억 송이 있을 텐데, 한 편 한 편의 시가 그와 같은 거죠. 시인들은 끊임없이 그와 같은 인위의 꽃을 피우고 그걸 봄으로써 삶에 대한 긍정적인 인식을 얻게 되고 사회 변혁도 그 속에서 읽어야 되겠지요. 제가 지식산업사에서 시선집을 만들면서 '희망 만들며 살기'라는 제목을 붙인 것도 그 때문입니다.[3]

선생님이 거의 최초로 자신의 시 세계를 시론이 아닌 직접 직정적인 말로 언급한 이 해방의 이미지는 여기서 이념이나 관념과는 구별된 독자적인 시적 이미지로 구성된 '인위적인 꽃'에 비유된다. 즉, 해방의 이

---

3 오규원·김동원·박혜경 대담, 「타락한 말, 혹은 시대를 헤쳐 나가는 해방의 이미지」, 『문학정신』 1991년 3월호, pp. 19~20. 오규원 선생님은 이 대담에서 자신의 시 세계를 직접 밝혔다. '해방의 이미지'는 선생님이 자신의 시 세계를 시적 방법론이 아니라 육성으로 밝힌 드문 사례에 속한다. 아마 이러한 요인으로 대담이라는 성격이 작용한 것이겠지만, 2005년도에 날이미지 시론을 정리한 『날이미지와 시』에서 "내가 내 '시'에 대해 직접적으로 말한 것이 있다면, 아마도, 내 시를 '해방의 이미지'라고 부른 정도"(오규원, 「조주의 말」, 『날이미지와 시』, 문학과지성사, 2005, p. 41)라고 다시 언급한 데서 시차를 떠나 그 중요성이 확인된다.

미지라는 것은 인간이 해방할 수 있는 모든 것들이 그 이미지 자체 속에 존재하는 것이기 때문에 예술 행위 혹은 시작 행위란 상상이나 이상 또는 깨달음 속에 묻혀 있던 그것을 창조 행위를 통해 가시화해서 실재화시키는 작업을 의미한다. 그리고 실재의 자연 현상 속에 존재하는 무수한 꽃송이들처럼 시인이 해방의 이미지를 끊임없이 찾아 나서면 그 과정에서 해방의 이미지가 하나하나 이루어지면서 그만큼 더 세상은 풍부해진다는 것이다. 선생님은 실재 자연에 존재하는 꽃과 해방의 이미지에 의해 창조된 시라는 인위의 꽃을 등가로 봄으로써 이념이나 관념으로부터 해방된 독자적인 시적 이미지가 독자들로 하여금 삶에 대한 긍정적인 인식과 나아가 사회변혁까지 이끌어낼 수 있다고 보고 있다. 따라서 '개념화 이전의 의미'를 추구한 그의 날이미지시는 이 해방의 이미지가 독자적이고 독창적인 시적 방법론으로 정착화된 과정이라 할 수 있다.

> 기교가 두려운 사람은 절망해보지 못한 사람이다. 시적 수사란 기교가 아니라 어떤 가치, 어떤 세계관의 문학적 도전 방법이다. 그러므로 그 방법을 이론화하면 시론이 되고 현재화하면 스타일이 된다.[4]

제자인 소설가 안성호가 2002년 선생님의 양평 서후의 집에 서울예대 교지 『예장』의 인터뷰차 방문했을 때, 선생님께서는 제자에게 '횔덜린'의 책과 「대방동 조흥은행과 주택은행 사이」를 해설해놓은 「내 시의 사회학」 산문 하나를 주셨다. 위의 대목은 그 글의 일부다. 선생님의 '날이미지' 시론과 '날이미지'시는 한적한 시골 풍경을 관조한 것이

---

4 안성호, 「서후(西厚)의 창(窓)과 나무」, 『예장』 22호, 2002, p. 135.

아니라, 그것과 싸운 해방의 이미지를 향한 도전기다.

　한편, 선생님은 말년에 세잔의 그림을 늘 들여다보셨다. 세잔의 그림과 선생님의 시가 함께였다고 해도 될 정도로 세잔의 그림에 몰두하셨다. 작고한 2007년 무렵에도 선생님의 서재 책상에는 페터 한트케가 쓴 『세잔의 산을 찾아서』(아트북스, 2006)가 펼쳐져 있었다. 2020년 같은 출판사에서 새로 번역하여 재출간한 『세잔의 산, 생트빅투아르의 가르침』을 넘기다 보니, 다음과 같은 구절이 눈에 띈다. "그가 유일하게 관심을 기울인 주제는 사과, 바위, 인간의 얼굴 등과 같은 순수하고 무결한 지상의 사물을 '현실화'하는 일이었다."[5] 그러고 보면 선생님 또한 세잔처럼 내부에 안주하시는 법이 없었다. 늘 외부에 계셨다. 세잔의 작업 방식인 '보여진 것의 사색 속에서' 언어를 통해 사물과 자신이 끝없이 투명해지는 과정을 현실화하는 일에 매달리셨다. 페터 한트케가 세잔의 그림에 대해 말한 바를 변주한다면 선생님은 "자연을 따라 그대로" 시를 쓴 적이 한 번도 없으며, 선생님의 시는 그보다는 "자연과 평행을 이루는 구조와 조화"였다.

*[6]

　"다른 모든 예술은 허구로부터 생성되지만 사진예술은 사실이 그 구성요소다. 나는 그 사실적 요인 자체를 존중하는 사진을 찍고 있다."—『오규원 깊이 읽기』, p. 65.

　"인간을 극점으로 하는 자리의 가치와 아름다움이 지배하는 곳

5　페터 한트케, 『세잔의 산, 생트빅투아르의 가르침』, 배수아 옮김, 아트북스, 2020, p. 22.

6　이 부분은 선생님의 사진 산문집 『무릉의 저녁』(눈빛, 2017)에 내가 머리글로 쓴 「오규원의 사진, 날[生]이미지로 쓴 짧은 시」를 발췌, 조금 다듬은 것이다.

이 아닌 모든 존재가 극점인 곳."―『오규원 깊이 읽기』, p. 67.

선생님의 10주기를 추모하여 펴낸 선생님의 사진 산문집『무릉의 저녁』(눈빛, 2017)은「무릉」과「설악」으로 구성되어 있다.「무릉」은 선생님께서 1993년 여름부터 1996년 봄까지 약 4년간 강원도 영월군 무릉에 머물면서 촬영한 것들이다.「설악」역시 이 시기를 전후하여 찍은 것이다. 범우사에서 발간한 월간『책과 인생』에 포토 에세이 형식으로 연재(1994년 2월호~1995년 9월호)한 사진과 산문을 일부 수록하고 있지만, 사진만 떼어놓고 보면 대부분 미공개 사진들이다. 이 시기 선생님은 집중적으로 사진을 찍은 것으로 보인다. 이때의 정황을 날이미지 시의 전개 과정을 담은 시론과 대담을 엮은『날이미지와 시』에서 엿볼 수 있다.

> 어떤 분은 내가『책과 인생』에 연재하는「포토 에세이」를 보고, 즉 사진에 관한 나의 관심을 보고, 내 시의 변화와 어떤 연관 관계가 있는 것이 아닌가 합니다만, 내 시의 변화가 사진에 적극적인 관심을 두도록 한 것은 아닙니다. 그러나 어떻든 나는 지금 감상의 차원을 넘어 사진을 직접 찾아다니고 있습니다. 그것이 나의 사고에 어떤 영향을 주는지는 검토해보지 않았으며, 지금 내가 확인할 수 있는 것은 내 시의 시각적 이미지가 사진적인 것이 아니라는 점입니다.[7]

이 사진 산문집의 표제이기도 한「무릉의 저녁」이라는 산문에서 선생님은 무릉에 머무르는 마음 한 자락을 '삶의 무사들[武]의 무덤[陵]'이

---

7 오규원·이창기 대담,「한 시인의 현상적 의미의 재발견」, 앞의 책, 2005, p. 170.

라는 말로 내비치신다. 산 하나만 넘으면 '도원'이라는 사실은 "이곳 무릉의 위치를 상대적으로 더욱 초라하게" 하지만, 바로 그 서쪽 산에 자신의 그런 마음을 읽고 있기라도 하듯 "암시적인 저녁"이 온다는 것이다. 저녁 어둠에 까맣게 물든 서쪽 겨울나무들만이 전면에 펼쳐져 있는 사진 역시 선생의 마음 자체일 것이다. 저녁노을 속에서 검은 구름에 휘감긴 서쪽 산의 앙상한 겨울나무는 "인간들의 간절한 그리고 불가능한 그 욕망"으로만 존재하는 도원 대신에 이쪽의 "무릉에서의 삶을 똑똑히 보아 두어라" 하고 말하고 있다. 자신이 있는 곳은 도원이 아니라 도원을 바라보는 무릉이라는 인식. 다시 말하면 싸우는 사람들이 즐비하게 죽어 있는 무덤이 있는 자리가 바로 자신이 있을 자리라는 지독한 현실 인식. 그런 겨울나무의 메시지를 받는 날에는 선생님은 "뜰에 내려서서 밤하늘의 별들을 오오래 헤아"렸다.[8]

> 세계를 읽는 데는 사실을 사실로 읽을 수 있는 시각이 중요하다. 그러나 더 중요한 것은 그 사실들이 서로 어울려 세계를 말하고 있다는 것을 아는 것이다. 그것을 느낄 때, 우리는 어떤 현상에서 눈에 보이는 사실보다 더 무겁고 충격적인 심리적 총량으로서의 사실감을 자기의 것으로 받아들이게 된다. 그러나 이렇게 세계를 읽을 수 있는 사람이 얼마나 되는가![9]

이 글에서 알 수 있듯 '날[生]이미지'시는 단순히 사실을 사실 그대로 보여주는 것이 아니라 "사실들이 서로 어울려 세계를 말하고 있다"는 것을 보여주는 것에 초점이 맞춰져 있다. 그리고 그것은 "눈에 보이는

---

8 오규원, 앞의 책, 2017, p. 84 참조.

9 오규원, 『가슴이 붉은 딱새』, 문학동네, 1996, p. 135.

사실보다 더 무겁고 충격적인 심리적 총량으로서의 사실감"과 결부되어 있다. 그러므로 선생님이 무릉에 있을 때 찍은 사진들은 무릉이나 설악이 지닌 풍경의 아름다움을 사실적으로 보여주는 것에 있다기보다는 그러한 익숙하고 보편화된 관념적인 사실들을 뺀 선생님 자신을 보여주는 "심리적 총량으로서의 사실감"과 직결되어 있다.

이것은 롤랑 바르트가 말한 풍크툼을 떠올려준다. 바르트는 사진을 스투디움과 풍크툼으로 나누어보면서 스투디움이 사진가의 메시지와 관련되어 있는 전형적인 정보나 교양이 바탕이 된 것이라면 풍크툼은 스투디움을 전복하는 '나 자신을 찌르고 상처 입히는 것'이라고 하였다. 이러한 풍크툼적 인식은 선생님의 시「우주 3」에서 "상처가 깊으면/주체는 더욱 주체가 된다"라는 말로 요약되어 있다. 선생님은「무릉」과「설악」의 사진에서 바로 이 "심리적 총량으로서의 사실감"과 직결된, 선생님의 다른 표현으로 말하자면 "따로 시간을 잘라내어 만든"[10] 그 상처의 깊이를 담아낸 것이다.

그래서 이 책에 실려 있는 사진들은 선생님이 지향했던 '날이미지'에 근접하고 있는 것으로 보인다. 선생님은『날이미지와 시』에 수록된 한 대담에서 10년 전부터 짧은 시에 관해서 따로 관심을 가져왔다고 하면서 그것은 "건강 때문에 시가 짧아진 게 아니라 미래를 위해서 짧은 형식의 시를 탐구하고 있다"고 언급했다. 다시 말하면 종래부터 가지고 있던 시 호흡의 길이를 지닌 자신의 보편적인 시와 근래의 짧은 시를 따로 나누어 읽어야 한다고 역설하면서 "궁극적으로 내 체질에 맞는 어떤 형식의 짧은 시"[11]에 대한 소회를 밝혔다. 이 사진 산문집에서 공개되는 오규원 선생님의 많은 사진들은 마지막 시집『두두』(문학과

10 오규원, 앞의 책, 2005, p. 183.

11 오규원, 같은 책, p. 205.

지성사, 2008)에서 완결된 그 '짧은 시'에 대한 지독한 싸움이자 트레이닝으로 여겨진다.

이 책에 실린 사진들의 1부를 보자. 사진들은 무릉의 새봄부터 겨울 초입까지를 다루고 있다. 초봄의 분홍빛과 여름의 초록, 그리고 그것들이 안개에 덮여 점차 색을 잃어가다가 다시 가을의 바랜 분홍빛이나 누런 옥수수 댓잎의 색깔로 잠깐 되살아난다. 그러나 사진의 화면은 점차 대지에서 허공으로 이동하고 있고 그 하늘엔 불길한 저녁 어둠이나 노을이 깔리고 있다. 대지나 강에 중심을 맞추던 시선은 어느새 위를 향해 있다. 거기엔 앙상한 나목들의 가지가 있고, 그 가지에는 가시만 남은 물고기의 뼈에 붙은 살점 같은 눈발이 서려 있다.

2부 「설악」은 눈의 세상이다. 한겨울이다. 그런데 이 「설악」의 사진들이 가득 보여주는 눈들은 춥지 않다. 오히려 따뜻한 깊이로 충만해 있다. 그 속에서 솟구치는 겨울나무나 바위들은 완벽한 질서를 이루고 있는 기하학적 이미지로 서로를 껴안지 않고 서로 철저하게 자르고 있지만 그런 기하학적인 세계에 끼어든 시간의 그늘에는 '꿈을 꿀 수 있는 공간'이 숨어 있다. 기하학적인 세계가 인간이 지향하는 완벽한 세계의 표상이라면 그 세계에 균열을 내고 반대로 그 세계로 인해 상처를 입는 음지에 드리운 거미줄 같은 흔적들은 삶에서 싸우다 즐비하게 쓰러진 '무사들의 무덤', 곧 무릉의 또 다른 표현이다. 그러니 눈에 덮인 설악에서 정신의 질서정연한 높이만 보아서는 안 된다. 거기에는 피 흘리는 현실이 있다. 선생님은 「설악」에서, 인간인 우리는 "기하학적인 세계의 아름다움"과 더불어 그 기하학적 이미지의 그늘을 보여주는 "균열과 상처"에도 똑같이 주목해야 한다고 말한다. "그래서 기하학적인 이미지는 언제나 아름답고 또한 그 기하학적 이미지의 그늘을 보여주는 균열과 상처라는 영혼과 시간의 흔적은 흔적대로 아름답다."[12]

사진들은 「설악」의 후반부로 갈수록 더욱 역동화된다. 화면을 가득 채우고 있는 눈은 대지의 외투이며, 나무와 사물은 그 외투 안에서 튼튼해지다가 그 힘의 극한에서 외부로 튀어나와 투명 자체에 도달해버린다. 마치 대지를 덮고 있는 하얀 외투 같은 눈이 시라면 그 속에서 선명해지고 투명해진 세계는 사진으로 현상된 것 같다. 그러므로 사진 속에 투명하게 모습을 드러내는 겨울나무와 그 가지들은 "지상을 표현"하는 눈의 시가 된다.

선생님은 "그 눈의 시학은 물론 백색으로부터 나오며, 미덕은 언제나 지우는 것 속에 숨기고 있다"[13]고 말한다. 선생님이 무릉에서 찍은 사진들은 자기 자신을 포함하여 모든 것을 잘라내고 남은 자신과 세계를 보여준다. 오히려 사진이 시가 됨으로써 그것을 말한다. 즉 나를 버리고 지움으로 해서 영혼과 자연이 한데 울리는 지점을 사진으로 드러낸다. 그러니 선생님의 사진을 완벽한 세계의 실상과 그 그늘의 상처가 조화를 이루며 함께, 동시에 투명의 극점에 이른 날이미지의 세계라고 선언해도 좋을 것이다. 따라서 선생님의 후기 시와 그 안의 짧은 시들은 이 사진들의 검토 없이는 온전히 파악될 수 없을 것이다. 선생님은 이 사진들을 통해 후기 시의 "내 체질에 맞는 어떤 형식의 짧은 시"를 미리 선체험하고 있었던 것이다. 날이미지로서의 사진 작업은 선생님이 죽음과도 같은 끔찍하고 처절한 병중病中에서도 '아무것도 말하지 않으면서 모든 것을 말하는 시' '시가 아무것도 말 안 하고 그냥 그득한, 그러한 모든 걸 말하는 방법'으로서의 자신의 영혼과 몸을 극한까지 밀어붙인 혹독한 트레이닝의 결과물이었던 셈이다.

---

12 오규원, 「기하학적 이미지의 그늘」, 앞의 책, 2017, p. 122.

13 오규원, 「눈의 시학」, 같은 책, p. 102.

　나는 선생님의 유고시집 『두두』에서 세상의 중심을 본다. 선생님이 생애 최후에 요양했던 서후의 집은 선생님의 병증을 가라앉히기 위한 요양소이자 위대한 시인이 작업했던 세상의 중심이었다. 페터 한트케가 세잔의 그림 생트빅투아르 산이 태어난 작업실을 그렇게 여긴 것처럼.

　나는 『두두』의 시편 사이사이에서 선생님의 가쁜 숨결을 느낀다. 『두두』의 시편들은 움직이는 정물화, 움직이는 사진이다. 어디 한 군데에도 움직임을 멈춘 시행이 없다. 선생님은 일반인이 가진 폐의 4분의 1밖에 쓰지 못했는데, 경기를 하는 도중에 쓸데없는 곳으로 힘이 빠지지 않도록 적절하게 경기 중에 그 힘을 균형 있게 배분하는 운동선수의 몸놀림만큼이나 시를 운용한다. 그러나 격한 숨결은 느껴지지 않는다. 한없이 고요한 듯하면서도 보이는 움직임에만 주목하여 사물과 자신이 평행을 이루면서 떨어져 있는 듯 함께 있는 듯 서로에게서 존재의 극점이 드러나는 찰나를 언어로 그리거나 찍는다.

> 눈송이들이 조심조심 가지에 앉아 쉬다가
>
> 몸을 바꾸어 어디론가 떠나가고 있다
>
> 떠나갈 때는 앉았던 자리 모두
>
> 깨끗이 치워
>
> 물걸레질한 흔적이 한나절 더
>
> 남아 있다
>
> ―「눈과 물걸레질」[14] 전문

14　오규원, 『두두』, 문학과지성사, 2008.

이 시에는 풍경이나 사물이 그것을 바라보는 이의 내부에서 자기 자신을 현실화하는 데에 필요한 움직임만이 나타나 있다. 즉, 풍경이나 사물은 바라보는 이의 시선에 의해 명명되거나 규정되지 않는다. 오히려 바라보는 이의 시선을 교란하고 그 시선을 범람하게 하다가 마침내 바라보는 이의 고요하고 맑은 숨소리와 함께 하나가 된다. 이 시는 모두 대상이 저마다 가지고 있는 평등의 극점에서 존재의 에테르만을 모은 날이미지시의 정수를 보여준다. 그러나 이렇게 인간 주체가 가진 욕망을 모두 끊어내고자 한 선생님의 시라고 하여 어찌 대상을 바라보는 이의 정서의 과잉이 없겠는가. 하나의 풍경이 내 안에서 자기 자신을 사유하고, 또한 그러한 행위를 통해 드러난 내가 그 풍경의 의식이 되기 위해서는 수천수만 번 대상과 싸우며 정교하게 다듬는 과정이 필요하다. 세잔이 생트빅투아르 산을 그리던 과정처럼 말이다.

이 시에는 자기 자신의 모습을 잠시 나무에 드러냈다가 그것마저도 나무에게 상처가 될까 봐 어디론가 떠나는 눈송이들이 그려진다. 폭설도 아니고 진눈깨비도 아닌 마치 여윈 겨울 햇빛같이 하늘하늘거리는 눈. 빛 속에서 드문드문 내리는 것 같은, 그러나 푸근하기까지 한 눈송이들이 조심조심 가지에 앉아 쉬다가 떠나갈 때는 자기 자신이 앉았던 자리 모두를 깨끗이 치운다. 그를 통해 나무에게 남은 "물걸레질한 흔적". 시는 눈송이들이 나뭇가지에 내려왔다 녹거나 바람에 날리는 모습만을, 그에 필요한 움직임만을 스냅사진처럼 담아냈다.

하지만 눈송이들이 떠나고 나뭇가지에 남은 저 "물걸레질한 흔적"은 눈송이만의 것도, 그것을 바라보는 나의 것도, 또한 그 자리를 굳건히 지키고 있는 나무의 것도 아닌, 그 모두의 것이다. 선생님은 『두두』의 뒤표지 글에서 "끝없이 투명해지고자 하는 어떤 욕망으로 여기까지 왔다"고 하셨다. 이것은 앞 전의 시집 『새와 나무와 새똥 그리고 돌멩이』

(문학과지성사, 2005)의 뒤표지 글인 "시인의 작품 또한 하나하나가 세계이므로 그 세계 또한 시인의 안에서는 구조이며 밖에서는 '나'를 비추는 거울이다. 그러므로 그 거울은 정교할수록 그리고 투명할수록 좋다."는 말씀의 연장선상에 있다. 이 시에서 눈송이들이 나뭇가지에 내려와 잠시 녹다가 바람에 떠밀리며 사라진 뒤의 모습을 "물걸레질한 흔적"이라고만 해도 충분할 것이다. 그리고 우리는 거기서 눈송이가 남긴 그 흔적을 통해 욕망을 깨끗하게 비운 사람에게서만 얻을 수 있는 깨달음과 만날 수 있다.

그러나 이 시에는 결코 그러한 명사적 종식을 바라지 않는 우리들 눈에 보이지 않지만 미세한 동사적 움직임이 계속된다. 그 흔적이 사라지기까지 "한나절 더" 바라보는 시선, 그렇게 "물걸레질한 흔적"마저 하나의 운동으로 바라보는 시선, 그것을 바라보는 과정 중에서 끊임없이 동요하고 범람하며 운동하는 시선이 그것이다. 선생님께서 말씀하신 '해방의 이미지'란 모든 사물과 그것을 바라보는 시선이 서로 하나가 되기까지 서로가 가진 그 각자의 움직임을 존중하고, 그리고 그 움직임들이 사랑과 생동의 구조로서 가장 극적인 만남에 도달했을 때의 상태일 것이다. 날이미지시란 그 상태가 언어의 투명성으로 드러나도록 하는 방법적 사랑, 방법적 기교일 것이다.

시간, 흐름, 변화 그리고 살아 있음
―오규원 후기 시에 대한 소고

이날

    나는 오규원에 대한 두 편의 논문을 썼었는데,[1] 그 과정에서 생겼던 의문은 기존의 연구들이 오규원의 날이미지를 분석함에 있어 '사실적 현상'과 '사실적 환상'의 차이에 그다지 주목하지 않은 이유가 무엇인지와 오규원이 여러 번 언급한 불교가 오규원의 연구에는 정작 활용되고 있지 않은 이유가 무엇인지에 대한 것이었다. 나의 지난 글을 굳이 언급한 이유는 다음과 같다. 첫째, 앞선 작업에서 다루었던 '사실적 환상'을 통해 '시간 이미지'가 구현되는 방식에 대한 설명을 부연하면서 부족했던 부분에 대한 보충을 이루고자 한다. 둘째, 날이미지시에서 '시간성'이 나타나는 방식을 불교를 통해 설명하고자 한다.

    '시간성'에 대해서 다시 다루고 싶어진 이유는 오규원이 스스로 밝히길 '시간성'을 표현하는 것이야말로 문학이라고 하는 예술의 장르적 특징이자 강점을 드러내는 것이기 때문이다. 그렇다면 오규원 또한 자신의 시에 '시간성'을 담아내는 일을 중요하게 여겼으리라고 추측할 수 있을 것이다. 이러한 오규원의 생각은 그가 자신의 시 「우주 2」를 예로 들면서 세잔이라면 이 시에서의 현상을 어떻게 구현했을지에 대해서

---

1 김재민이라는 본명으로 발표한 석사 학위논문 「오규원의 '날이미지' 모색 과정 연구」(2013)와 소논문 「오규원의 시어 '높이'와 '깊이'의 의미―般若心經(반야심경)의 空(공) 사상을 바탕으로」(2019)가 있다.

의문하는 것을 통해서 드러난다.

> 뜰 앞의 잣나무가 밝은 쪽에서 어두운 쪽으로 비에 젖는다
> 서쪽 강변의 아카시아가 강에서 채전 방향으로 비에 젖는다
> 아카시아 뒤의 은사시나무는 앞은 아카시아가 가져가 없어지고
> 옆구리로 비에 젖는다
> 뜰 밖 언덕에 한 그루 남은 달맞이가 꽃에서 잎으로 비에 젖는다
> 젖을 일이 없는 강의 물소리가 비의 줄기와 줄기 사이에 가득
> 찬다
>
> 「우주 2」[2] 전문

세잔느라면 이런 현상을 어떻게 구현할까? '뜰 앞의 잣나무'에서 부터 '달맞이'가 비에 젖는 것까지의 현상은 공간적 동시성의 측면에서도 볼 수도 있지만 시간적 순차성의 측면에서도 볼 수 있다(개별적 사물 나름의 시간적 순차적 현상까지 포함하여). 이 현상의 시간적 순차성을 그림이나 사진은 표현하기 어렵다. 시에서는 가능한 이 시간의 순차성이 '살아 있는 현상'의 구현을 가능하게 한다.[3]

"세잔느라면 이런 현상을 어떻게 구현할까?"라는 물음에는 회화로 '시간성'을 표현하는 것은 사실상 불가능에 가까울 것이라는 오규원의 생각이 담겨 있는 것으로 보아도 될 것이다. 오규원이 느끼기에 회화는 "공간적 동시성"을 담아내는 것은 가능해도 "시간적 순차성"[4]을 담아

---

2 오규원, 『길, 골목, 호텔 그리고 강물소리』, 문학과지성사, 1995.

3 오규원, 『가슴이 붉은 딱새』, 문학동네, 1996, p. 169.

4 오규원이 직접 표현한 바로는 "시간적 순차성"인데, 이 글에서는 '시간성'으로 칭하려고 한다. 그 이유는 "시간적 순차성"이라는 말보다 '시간성'이 시간의 연속된 흐름이라는 의미를 담기에 더

내는 것은 불가능한데, "시간적 순차성"을 통해 "개별적 사물 나름의 시간적 순차적 현상까지"도 "포함하여" 사물을 작품으로 표현하는 것이 존재의 참된 의미를 담아내는 것이라고 오규원은 생각했다. 시간을 따라 사물은 변화한다. 변화는 그 자체로 생성이다. 오규원에게 있어서 현상이란 생성의 시간적 언어이다.[5] 생성이 자신을 드러내는 방식이 시간이고, 시간을 통한 생성의 드러남이 현상이라는 뜻이다. 사물이 생동하는 자체로 드러나는 것, 그것은 변화하는 것이고 그것이 살아 있는 이미지이기에 '시간성'은 날이미지에 있어서 아주 중요한 요소일 수밖에 없다. 이 정도면 오규원은 '시간성'을 문학이라고 하는 예술 장르의 특징적인 강점일 뿐 아니라 날이미지의 정수로까지 보았던 것이 아닐까? 살아 있음, 활물活物하고 있음을 보여주기 위해서는 움직이고 변화하는 것을 담는 것이 가장 좋을 테니 말이다.

'시간성'을 드러내기 위한 세잔의 방식은 한 폭에 그것을 담는 것이 아니다. 오규원은 세잔의 방식, 회화의 방식을 알고 있었다. 같은 것을 여러 번 그리는 것이다. 오규원의 표현을 가져와 쓰자면, 세잔이 산을 그리는 게 아니라 산을 살아야 했던 이유가 여기에 있다. 세잔은 산을 살면서, 다시 말해서 시간을 겪으면서 생트빅투아르 산을 그리고 또 그렸다. 같은 모습의 산은 매번 다르게 표현됐다. 계절에 따라 달라지기도 하고 작가의 컨디션에 따라 달라지기도 한다. 모두가 생트빅투아르 산이다. 어느 것이 더 생트빅투아르 산이고 덜 생트빅투아르 산인 것이 아니다. 각 그림들은 변화와 시간의 흐름을 담아 활물하는 산을 보여주고 있다. 모두가 생트빅투아르 산이기에 본질로서의 생트빅투아르 산 같은 것은 없다.

적절하다고 느껴지기 때문이다.

5 "이 생성의 시간적 언어인 현상을 기록할 수 있다면 그것은 '살아 있는[生] 언어'이며 동시에 굳어 있지 않은 의미로서의 이미지일 것이다." (오규원, 앞의 책, 1996, p. 170)

오규원이 같은 책에서 앤디 워홀에 대해 비평하는 부분도 좀더 살펴볼까 한다. "이제 인격은 작가와 작품 사이 그 어디에도 설 자리가 없는 것이며, 팝아트의 수용은 지금까지의 주체 중심의 인본주의적 가치관이 무너졌음을 공적으로 인정한 순간인 것이다."[6] 주체 중심의 사고 방식에 대한 반성은 인격을 밀어내고 물격을 중심으로 가져오기도 했다. 세잔이 말했던 '나는 풍경의 의식이다'를 앤디 워홀식으로 변용해 말한다면 '나는 물격의 의식이다'가 될 것이다. 물격의 의식인 앤디 워홀도 세잔과 같은 전략을 구사하는데 보다 현대적이고 공격적이었다. 그는 차이를 지닌 작품을 다수 생산했다. 차이 자체 또는 '시간성' 자체를 생산했다고 말해도 좋을 것이다. 그렇기 때문에 마릴린 먼로도, 캠벨 수프 깡통도, 1달러 지폐도 조금씩 다른 색으로 여럿 생산됐다. 세잔이나 오규원과 비교하면 다소 동의하기 어려울지 모르겠으나, 앤디 워홀의 작품들에도 분명 차이를 통한 변화를 담고 있는 '시간성'이 있다. 세잔과 마찬가지로 앤디 워홀의 작품에서도 본질로서의 팝 스타나 공산품은 없다.

오규원 연구의 초창기에는 그의 발언에 근거를 둔 현상학적 접근을 통한 날이미지에 대한 분석이 다수 시도됐었다. 그런데 오규원의 날이미지는 현상학을 토대로 하여 단초를 마련했던 것을 넘어서서 점차 다른 이론이나 사상을 흡수했던 것으로 보이는데, 나는 그것을 불교라고 생각한다. 날이미지를 설명함에 있어서 그 시작으로 현상학을 언급할 수는 있지만 현상학만으로 분석을 끝내서는 안 된다. 그렇게 생각하게된 이유가 바로 착시도 사실로 받아들이는 '사실적 환상' 때문이다. '사실적 환상'은, 사물이 사람에 따라 다르게 보이므로 일률적으로 어떠하다고 판단할 수 없으며 따라서 일체의 판단을 중지해야 한다고 말하

6 같은 책, pp. 139~40.

는 현상학의 판단중지와 잘 맞지 않는다고 봤기 때문이다. '사실적 환상'은 현상학보다는 두두시도 물물전진頭頭是道 物物全眞의 측면에서 이해하는 것이 더 합당하다고 여겨진다. '모든 존재 하나하나가 도이고, 사물 하나하나가 모두 진리'라는 두두물물의 자세를 취하면 착시 또한 존재 그 자체로서 하나하나의 도이자, 사물이 다른 사물과의 관계를 통해 만들어낸 또 하나의 진리로 받아들일 수 있게 된다.

날이미지는 '사실적 현상'과 '사실적 환상'으로 나누어볼 수 있다.[7] 오규원은 자신의 시를 두고 "개념화되거나 사변화되기 이전의 의미 즉 '날[生]이미지'로서의 현상, 그 현상으로 이루어진 시"[8]라고 말했는데, 이를 보면 날이미지의 근간을 현상학을 통해서 마련했던 것은 사실로 보인다. 그런데 이는 날이미지 중에서도 '사실적 현상'에 보다 적합한 설명이다. 현상학의 판단중지의 태도 또한 주체의 인식에 회의하기 시작한 날이미지 시작 단계에서는 참고할 부분이 있었을 것이다. 현상학적 태도의 시선으로 세계를 바라봄으로써 존재 그 자체의 사물, 그리고 사물과 사물 사이의 관계를 인식하게 되는 것, 그리고 이 과정을 통해 겪게 되는 사물의 순수한 상태를 '사실적 현상'으로 보아도 좋을 것이다.

'사실적 현상'의 활용이 비교적 뚜렷한 오규원의 시로 『길, 골목, 호텔, 그리고 강물소리』에서는 「대방동 조흥은행과 주택은행 사이」「안락의자와 시」「사당과 언덕」「뜰의 호흡」「우주 2」「탁탁 혹은 톡톡」, 『토마토는 붉다 아니 달콤하다』에서는 「식탁과 비비추」「토마토와 나이프」「새와 집」「부처」, 『새와 나무와 새똥 그리고 돌멩이』에서는 「골

---

7 참고로 오규원은 '현상적 사실'과 '환상적 사실'이라는 용어도 사용했다. 오규원은 사물을 인식할 때 '사실적 현상/사실적 환상'으로 인식하고, 그것을 작품으로 표현할 때 '현상적 사실/환상적 사실'로 표현한다고 했다. 이는 작품화 이전과 이후의 차이로, 후자의 것은 말을 통해 이미지가 부가된 것이다. (오규원, 『날이미지와 시』, 문학과지성사, 2005, pp. 92~93 참조)

8 같은 책, p. 103.

목과 아이」「그림과 나 1」「해와 미루나무」「아침과 바람」, 『두두』에서
는 「베고니아와 제라늄」「아이와 강」「덤불과 덩굴」「오후」 등이 있다.
이 중에서 「대방동 조홍은행과 주택은행 사이」를 대표적인 시로 꼽아
살펴보고 싶다.[9]

> 대방동의 조홍은행과 주택은행 사이에는 양념통닭집이 다섯, 호
> 프집이 넷, 왕족발집이 셋, 개소주집이 둘, 레스토랑이 셋, 카페가
> 넷, 자동판매기가 넷, 복권 판매소가 한 군데 있습니다. 마땅히 보
> 신탕집이 둘 있습니다. 비가 오면 모두 비에 젖습니다. 산부인과가
> 둘, 치과가 셋, 이발소가 넷, 미장원이 여섯, 모두 선팅을 해 비가
> 와도 반짝입니다.
>
> —「대방동 조홍은행과 주택은행 사이」[10] 부분

그 이유는 이 시가 골목에 들어선 가게와 건물의 수를 나타내는 등
수치화에 가까운 전략을 사용하면서까지 '사실적 현상'의 최대한을 보
여주고 있기 때문이다. 「대방동 조홍은행과 주택은행 사이」는 '사실적
현상'이 무엇인지 보여주기 위해서 마련된 전시라고 할 수 있다. 이러

9 이 글에서 다루고자 하는 것은 오규원 후기 시에 대한 것이다. 이 말은 날이미지나 날이미지 시
론 혹은 날이미지시에 대해서 다루겠다는 뜻이다. 『사랑의 김옥』(1991)이니 『길, 골목, 호텔 그리
고 강물소리』(1995)에서부터를 오규원의 후기 시로 보는 경향이 있는 것 같다. 이후의 『토마토
는 붉다 아니 달콤하다』(1999), 『새와 나무와 새똥 그리고 돌멩이』(2005), 유고 시집인 『두두』
(2008)까지의 4권 또는 5권을 오규원의 후기 시로 본다는 것인데, 후기 시 구분에 있어서 기준
이 되는 것은 대체로 날이미지적 특징이 나타나고 있는지의 여부다. 그리고 무엇보다도 오규원이
직접 밝혔던 자기 시집의 특성 또는 시인 스스로가 생각하고 주력했던 부분이 이러한 시기 구분
의 근거가 되고 있다는 사실을 다음의 인용을 통해서 알 수 있다. "시적 사고의 주축인 은유적 사
고에 대한 회의와 '의미'적 해석보다 '정황적' 해석의 시 세계로의 변모(『사랑의 감옥』), 그리고
이번에 펴낸 『길, 골목, 호텔 그리고 강물소리』에서의 현상적 의미의 재발견, 뭐 이런 정도로 변모
를 읽을 수 있지 않을까요." (같은 책, p. 160)

10 오규원, 앞의 책, 1995.

한 전시는 유고 시집 『두두』에 가서는,

아이 하나 있습니다
강가에

아이 앞에는 강
아이 뒤에는 길

—「아이와 강」[11] 전문

강 건너 돌무덤
강 건너 돌무덤 옆에
돌무덤
옆에
강 건너 여자
옆에
강 건너 애기똥풀

—「덤불과 덩굴」[12] 전문

이와 같은 식으로 가벼운 터치로 처리하게 된다.

날이미지는 관념과 사변은 지양하지만 불완전한 지각 능력은 인정한다. 완전하지 않은 지각 능력 때문에 발생하는 착시는 환상의 차원에서 사실로 받아들여지는데, 이것이 바로 '사실적 환상'이다. 인간의 불완전한 지각으로 인해 발생하는 착시라 할지라도 그것이 눈앞에서

11 오규원, 『두두』, 문학과지성사, 2008.
12 같은 책.

펼쳐지고 있는 것은 사실이기 때문이다. 관념과 사변을 배제한 '환유적 인식'으로 세계를 바라봤을 때 얻게 되는 것이 '사실적 현상'과 '사실적 환상'인데, '사실적 환상'은 인간의 불완전한 지각 능력인 착시와 관계한다고 할 수 있다. '사실적 환상'의 활용이 나타나는 오규원의 시로 『길, 골목, 호텔, 그리고 강물소리』에서는 「물과 길 2」「물과 길 3」「물과 길 4」, 『토마토는 붉다 아니 달콤하다』에서는 「사방과 그림자」「하늘과 돌멩이」「여자와 아이」「절과 나무」「봄과 길」, 『새와 나무와 새똥 그리고 돌멩이』에서는 「하늘과 두께」「숲과 새」「발자국과 깊이」, 『두두』에서는 「길」「부처」 등이 있다. 오규원이 직접 '사실적 환상'에 대해서 설명하기 위해서 예로 들었던 시는 「여자와 아이」였다. 오규원에 의하면 이 시는 전체적으로 '사실적 현상'에 바탕을 둔 가운데 "여자의 치마 끝에서/길이 몇 번 펄럭거린다"의 문장만 '사실적 환상'을 만들고 있다.[13] '사실적 환상'이 나타나는 시도 전체적인 배경은 '사실적 현상'이라는 점은 중요하다. '사실적 현상'의 바탕 없이 '사실적 환상'만 부각된다면 그것은 날이미지의 시가 아니라 환상 시에 가까운 느낌을 줄 것이다.

> 투명한 햇살 창창 떨어지는 봄날
> 새 한 마리 햇살에 찔리며 붉나무에 앉아 있더니
> 허공을 힘차게 위로 위로 솟구치더니
> 하늘을 열고 들어가
> 뚫고 들어가
> 그곳에서
> 파랗게 하늘이 되었습니다

13 오규원, 앞의 책, 2005, pp. 93~94 참조.

오늘 생긴

하늘의 또 다른 두께가 되었습니다

　　　　　　　　　　　　　—「하늘과 두께」[14] 전문

　'사실적 환상'을 보여줄 수 있는 대표적인 시로는 「하늘과 두께」를 꼽아봤다. '투명한 햇살' '붉나무' '하늘' 등의 '사실적 현상'을 바탕으로 한 가운데, '사실적 환상'의 구사가 비교적 높은 비율로 시를 차지하고 있다는 것과 이러한 '사실적 환상'이 시의 중심을 만들고 있다는 점이 그 이유다. 이 시에서 '사실적 환상'이 나타나는 부분은 "새 한 마리 햇살에 찔리며"와 (새가) "하늘을 열고 들어가"와 (새가) "파랗게 하늘이 되었습니다"이다. 이 문장들은 새의 동적인 움직임을 보여주는 동시에 새의 양태가 시간의 흐름 속에서 변화하고 있음을 나타낸다. 새는 햇살과 관계하고 하늘과 관계하고 하늘이 되기도 하면서 사물과 사물이 서로 간에 연관하고 있음을 나타낸다. 새가 파란 하늘이 된 것은 색色이 공空으로 변하는 것을 보여주는 것이자 이 둘이 다르지 않은 하나임을 나타내는 것이기도 하다. 시간의 흐름에 따른 변화는 결국 색이 공으로 변하는 모습을 나타내기에 이른다. 오규원이 날이미지를 통해 드러내고 싶은 사물 본래 그 자체의 모습에는 색이 변화해가는 과정뿐만 아니라 색이 공이 됨으로써 드러나는 색이 공이라는 진리 또한 담겨 있다. 오규원의 시에서 '허공'이나 '사이' 등의 시어가 중요한 이유는 이를 매개로 이 둘이 오가기 때문이다. 그렇기 때문에 날이미지시에서 나타나는 '시간성'은 결국엔 불교적 시간관에 닿게 된다.

　이쯤에서 '사실적 현상'과 '사실적 환상'에서 '시간성'이 드러나는 방식에 어떤 차이가 있는지도 말해보면 좋을 것 같다. 정확하게는 두 방

14　오규원, 『새와 나무와 새똥 그리고 돌멩이』, 문학과지성사, 2005.

식에 근본적인 차이가 있는 것은 아니다. 둘 모두 '시간성'을 드러내며, 사물이 변화해가는 다양한 모습과 그 모두가 사물의 본래 모습이자 진리임을 담아낼 수 있다. 그런데 '사실적 현상'에서 '시간성'이 드러나는 경우도 있고 그렇지 않은 경우도 있다면, '사실적 환상'에서는 모든 시에서 '시간성'이 드러난다. 애초에 '사실적 환상'이 나타나는 문장은 동사로 서술되고 있기에 '시간성'은 '사실적 환상'의 운명이었다.[15] 이는 '시간성'이 드러나지 않은 채 정지된 이미지를 보여주는 경우도 많은 '사실적 현상'의 시와는 차이가 있는 부분이다.[16] 품사로 비유하면 '시간성'이 드러나지 않는 '사실적 현상'의 시는 좀더 '명사'적이고, '사실적 환상'이 드러나는 시는 서술 방식을 통해서도 드러나듯이 좀더 '동사'적이다.

> [……] 문법적 비유로 말해보자면 세계는 동사인데, 언어는 명사이다라는 나름의 절망적 판단에 도달한 시기가 태평양화학으로 옮기고 약 2년쯤의 시간이 흐른 뒤가 되는 셈입니다.[17]

'동사'로의 지향은 언어가 지닌 한계를 두고 오규원이 '언어는 명사'라고 느낀 것에 대한 좌절로 인한 것임을 이로써 알 수 있다. 세계는 움직임과 변화를 통해 계속해서 차이를 만들어가는 곳, 그렇기에 '세계

---

15 "구불거리며"(「물과 길 2」), "자른다"(「물과 길 3」), "들어올릴"(「물과 길 4」), "오고"(「사방과 그림자」), "내려와" "엉힌다"(「하늘과 돌멩이」), "펄럭거린다"(「여자와 아이」), "길을 내고"(「절과 나무」), "갈라진다" "하나가 된다" "요동친다"(「봄과 길」), "찔리며" "열고" "하늘이 되었습니다"(「하늘과 두께」), "갈참나무가 되었다"(「숲과 새」), "뜯어내어" "붙이고"(「발자국과 깊이」), "들어가고" "펄럭인다"(「길」), "붙어 있다" "담고"(「부처」).

16 물론 '시간성'이 드러나는 '사실적 현상'의 시도 있다. 「사당과 언덕」 「뜰의 호흡」 「우주 2」 「아침과 바람」 등이 그 예다.

17 오규원, 앞의 책, 2005, p. 143.

는 동사'인데 이를 언어로 옮기면 세계의 움직임은 사라지고 정지하고 만다. 이를 극복하기 위한 몸부림의 결과가 날이미지이다. 그렇기 때문에 날이미지는 언어 또한 '동사'로서 존재하도록 하는 것을 목표로 한다. '시간성'이 날이미지의 중요한 속성일 수밖에 없는 것은 '시간성'이야말로 언어적 표현 안에서도 세계가 '동사'로서 움직일 수 있도록 하는 중요한 장치이기 때문이다. 사물의 본래 모습을 드러내기 위해서는 정지된 한순간보다는 시간의 흐름이 필요하다고 생각했을 것이다. 오규원에게 날이미지는 사물의 변화하는 과정 모두가 진리로 내게 다가오는 것이었기 때문이다.

'사실적 환상'이 동사를 통해서 서술되는 이유는 사물과 사물 간의 관계, 관계의 변화, 사물의 변화 등을 통해서 표현되어야 하기 때문이다. '사실적 환상'은 '사실적 현상'만으로는 드러나지 않는 사물의 속성까지도 드러내는데, 그것은 사물이 허공이나 사이를 매개로 하여 색과 공을 오가는 순간 또는 시간에 대해 응시함으로써 가능하다. 사물의 변화나 사물 간의 관계 없이는 '사실적 환상'은 드러나지 않는다. 애초에 환상이라는 것은 변화된 무언가의 발현이라는 운동성을 지니고 있는 것이 아니겠는가. 그리고 이러한 무언가의 변화는 '시간성'을 통해서 드러나기 마련이다. 오규원의 날이미지시는 '시간성'을 통해 시간의 지속성, 지속된 시간과 현재의 시점이 공존하고 있다는 동시간성을 확보하는 와중에 그 안에서의 사물, 사물의 변화, 사물 간의 관계, 사물 간의 관계의 변화를 담고 있다. 거기에서 오규원의 사물들은 더욱 생동하고 활물하게 되면서 본래의 성질을 더욱 발현하게 된다.

나는 이전 논문 작업에서는 이러한 '시간성'을 들뢰즈의 시간 이미지를 통해 설명하기도 했었다. 하지만 들뢰즈의 운동 이미지만으로는 이러한 변화가 잘 설명되지 않는다. 운동 이미지는 시간을 운동에 종속시키면서 시간을 간접적으로 재현하기 때문이다. 시간 이미지는 다른 시간의 가능성을 열어주며 현실적인 것과 상상적인 것이 혼융되어 있는 사태를 체험하게 한다는 점에서 '사실적 환상'의 '시간성'과 함께 생각해볼 여지가 많다. 들뢰즈는 운동 이미지가 체험 가능한 반면, 시간 이미지는 체험 불가능하다고 보았다. 다만 시간 이미지를 영화라는 매체를 통해서 간접 체험하는 것은 가능하다고 했다. 오규원의 '사실적 환상'은 시간 이미지를 시라는 매체를 통해서 간접 체험하는 것이 가능하도록 만든다. '사실적 환상'이 만들어내는 이미지는 현실에서는 찾을 수 없고 정확히 분별할 수 없는 것이지만, '사실적 환상'의 이러한 불확정성과 식별 불가능성 자체도 진리 차원이기에 이를 구분하려 할 때 오히려 대상에 대한 왜곡이 일어난다.

이를 지금에는 불교적 시간관을 통해서도 설명해보고 싶은 이유는 들뢰즈의 시간 이미지가 날이미지를 말함에 있어 잘 맞는 부분이라고 한다면, 불교적 시간관은 오규원이 날이미지의 시를 써나감에 있어 의식적이든 무의식적이든 의도적으로 반영한 부분이라고 생각하기 때문이다. 한 시인의 가치관이나 사상이 작품에 반영되는 경우를 고려한다면 무의식적 의도라는 표현도 가능하리라 생각한다. 그만큼이나 불교는 오규원의 의식 세계에 많은 영향을 준 사상 체계다. 육조단경을 베껴나가는 시인의 모습이 담긴 「나무와 잎」[18] 같은 시가 아니더라도, 불교에 대한 오규원의 언급이나 관심은 여러 산문을 통해서 확인할 수 있다.

불교적 시간관은 브라마니즘적인 시간관으로부터 벗어나려는 움직임을 통해 성립됐다. 브라마니즘의 시간관이 신을 창조주나 신적인 것 또는 절대적이고 영원한 것으로 보고 숭배한다면, 불교는 영원 없는 무상성을 말한다. "모든 변화와 생성 뒤에는 불변하는 實在실재가 있다

---

18 오규원, 『새와 나무와 새똥 그리고 돌멩이』 문학과지성사, 2005.

고 믿는 브라마니즘과는 반대로 불교는 無常^{무상}한 諸行^{제행}의 배후에는 어떠한 불변적인 실재도 존재하지 않는다고 주장"[19]한다. 오규원의 날 이미지시는 '시간성'을 통해 사물이 끊임없이 변화하고 다른 사물들과 관계 맺는 방식을 보여주면서, 우주 만물은 항상 생사와 인과가 끊임없이 윤회하기에 한 모양으로만 머물러 있지 않다는 제행무상의 사유를 드러낸다. 이 안에서 사물은 배후에 어떠한 불변적인 실재를 두지 않기에 변화하는 과정 모두가 그 사물의 진릿값이다. 생트빅투아르 산의 본질은 없고 모두가 생트빅투아르 산인 것처럼, 팝 스타나 공산품의 본질은 없고 모두가 팝 스타나 공산품인 것처럼.

시간을 절대적인 것으로 본다는 것이나 무상한 것으로 본다는 것은 시간관을 형성함에 있어서 존재론적 문제가 결부되어 있다는 것을 뜻한다. 요는 불교가 브라마니즘의 실재론 철학의 극복이며, 그 결과 시간을 무상으로 보았다는 것이다. 이는 들뢰즈가 동일성의 철학을 극복하고자 했고 시간 이미지의 개념을 만들어냈다는 것과 닮은 부분이다. 그래서인지 불교에 관심이 많았던 오규원의 시가 들뢰즈의 개념을 통해서 제법 읽히는 것은 꽤 자연스러운 일로 느껴진다.

부처는 내가 서 있는 평평한 땅 위에
내 발이 닿아 있는 땅보다 조금 높은 곳에
놓여져 있다 부처의 몸은 팔과
다리 머리와 몸통으로 만들어져 있다
머리는 내 다리가 닿아 있는
평평한 땅 위에 놓인
그 몸 위에 얹혀 있다 입과 눈은 코와 귀는

---

19 방인, 「佛敎(불교)의 時間論(시간론)」, 『哲學(철학)』 49호, 한국철학회, 1996, p. 37.

몸 위에 얹혀 있는 작지만 둥근 머리를
파고 들어가 각각 있다 몸의 앞은 내가 서 있고
몸의 뒤는 둥근 우주가 있는 벽이다
부처는 그러나 나와 달리
앉아 있다

—「부처」[20] 전문

남산의 한 중턱에 돌부처가 서 있다
나무들은 모두 부처와 거리를 두고 서 있고
햇빛은 거리 없이 부처의 몸에 붙어 있다
코는 누가 떼어갔어도 코 대신 빛을 담고
빛이 담기지 않는 자리에는 빛 대신 그늘을 담고
언제나 웃고 있다
곁에는 돌들이 드문드문 앉아 있고
지나가던 새 한 마리 부처의 머리에 와 앉는다
깃을 다듬으며 쉬다가 돌아앉아
부처의 한쪽 눈에 똥을 눠놓고 간다
새는 사라지고 부처는
웃는 눈에 똥을 말리고 있다

—「부처」[21] 전문

앞 시는 『토마토는 붉다 아니 달콤하다』에 실린 「부처」이고, 뒤 시는
『두두』에 실린 「부처」이다. 앞 시는 '사실적 현상'의 시이다. '시간성'도

20　오규원, 『토마토는 붉다 아니 달콤하다』, 문학과지성사, 1999.

21　오규원, 앞의 책, 2008.

그다지 드러나지 않는, 한 장면의 포착에 집중하고 있는 시이다. 대상이 부처이기는 하지만 이 시에서는 불교적 시간관이나 불교 철학이 크게 부각되지는 않는다. 뒤 시에서는 '사실적 환상'의 구사가 나타나고 있다. "햇빛은 거리 없이 부처의 몸에 붙어 있다"와 "코 대신 빛을 담고"와 "빛 대신 그늘을 담고"가 '사실적 환상'이 드러나는 문장들이다. 이 문장들에서는 일반적인 감각으로는 포착되지 않는 사물의 또 다른 모습이 그 자체의 진리로서 드러나 있다. 또한, 코가 사라지고 빛이 들고 이후에 빛이 사라지고 그늘이 드는 시간의 흐름을 보여주면서 불변적인 실재 없이 사물의 변화하는 다양한 모습 모두가 진리임이 나타나기도 한다. 이러한 점에서 제목만큼이나 불교 사상과 불교적 시간관이 잘 엿보이는 시라고 할 수 있다. 둘 모두 오규원의 후기 시, 날이미지의 시이지만 『토마토는 붉다 아니 달콤하다』를 지나 『두두』에 이를수록 오규원의 불교관이 날이미지를 통해서 보다 능숙하게 드러나고 있음을 볼 수 있다. 유고 시집인 『두두』의 뒤표지에 '두두시도 물물전진'에 대한 시인의 생각이 기록되어 있다는 사실도 쉽게 지나쳐서는 안 되는, 의미 있는 대목일 것이다.

날이미지의 '시간성'을 통해서 무엇보다도 강조되는 것은 사물의 살아 있음이고, 이러한 사물의 살아 있음을 담아내는 것이 오규원이 생각하는, 언어를 통해 표현되는 최대한의 사물 그대로의 모습이었다. 때문에 이와 관련하여 마지막으로 날이미지라고 하는 용어를 주의 깊게 생각해야 할 필요성을 말해두면서 글을 마치려고 한다. 날이미지는 날 것의 이미지가 아니다. 날이미지라고 하는 용어는 자칫, 있는 그대로의 날것의 이미지라는 오해를 불러올 수 있다. 그러나 날이미지는 가공의 것 또는 인공의 것의 최소치를 추구하고자 하는 지향성에 관한 것일 뿐, 오규원은 날것 그대로를 언어로 옮겨올 수 있다고 생각하지는 않았다. '의식의 통로를 한없이 투명하게 만들기 위한 노력'(이광호)이라

142

든가, '날이미지도 엄연히 이미지'(김언)라는 말을 함께 생각해보면 날이미지의 인공성과 함께 인공성의 최소치 지향을 이해하는 일에 도움이 될 것이다. '사실적 현상'을 인식하여 말로써 이미지를 부가하면 '현상적 사실'이 된다는 오규원의 설명도 마찬가지다.[22] 그렇기 때문에 '날'이미지에서 '날'이라는 단어를 통해 부각되어야 하는 뜻은 '날것'보다는 '살아 있음'이어야 한다. 그렇다면 날이미지를, 오해를 줄일 수 있는 용어로 바꾸어 생각해본다면 무엇이 있을까? 우선 오규원이 표기했던 대로 '날[生]이미지'로 쓰는 방법이 있을 것이다. 또는 '살아 있는 이미지', '살아 있음의 이미지'라는 용어도 떠올릴 수 있을 것 같다. 이를 토대로 생각해보면 날이미지의 영어 번역으로 더 적절한 것은 raw image보다는 living image가 아닐까. 발표되는 논문들의 영문 초록을 살펴보면 현재는 raw image가 흔히 쓰이고 드물게 living image가 쓰이는 것으로 보인다. 그런데 영어 번역에 있어서 raw와 living으로 나뉘는 것도 '날'의 뜻의 이중성 때문일 텐데, 날이미지가 날것이 아닌 날것의 지향이며 날이미지를 통해서 드러나는 것이 사물의 살아 있음이라면 living image가 본래의 뜻을 보다 살려낸 번역일 것이다.

---

22 오규원, 앞의 책, 2005, p. 93 참조.

2부

텅 비어 가득한 세계와 언어들
─오규원 시론을 읽는 하나의 방법

최현식

뒤늦게 읽는 『무릉의 저녁』이 전하는 말

시인 오규원의 사후에 출간된 『무릉의 저녁』(2017)[1]을 다시 꺼내 들었다. 차가운 서리가 슬은 나뭇가지 사이로 흰 달이 창백한 사진을 시작으로 간간히 출몰하는 내면의 언어들을 짚어나가다가, 사계의 꽃과 나무는 울울해도 사람과 뭇짐승이 거의 부재함을 문득 알아차렸다. 65여 컷에 뒷모습의 늙은 여성 1명, 나물 캐는 아낙 2명, 경운기 탄 농부 2명이 보일 뿐이다. 이들의 얼굴도 멀리서 찍힌 강아지나 염소처럼 여지없이 감춰져 있다. 다만 코스모스를 문 호랑나비 한 마리가 씩씩하게 달콤한 꿀 빨기에 바쁠 따름이다. 사람들은 집을 비우거나 아니면 집 안에 웅크린 모습으로 제 삶을 여며나가고 있을 것이라는 짐작을 설핏 던져주니 그나마 반갑다. 과연 눈 덮인 집채들, 산속에 간신히 서 있는 외딴 집, 텅 비어 기다랗게 휜, 그래서 더욱 외로운 길들이 "빈 마당과 빈 하늘의 존재"(V: 46)에 가득한 고독을 실감나게 환기한다. 물론 인간과 살붙이 짐승들의 의도적 배제는 왜곡되지 않은 원형 그대

---

1 본문에서 오규원 시론집은 로마 숫자로, 인용 면은 아라비아 숫자로 표기한다. Ⅰ: 『현실과 극기』, 문학과지성사, 1976. Ⅱ: 『언어와 삶』, 문학과지성사, 1983. Ⅲ: 『가슴이 붉은 딱새』, 문학동네, 1996. Ⅳ: 『날이미지와 시』, 문학과지성사, 2005. Ⅴ: 『무릉의 저녁』, 눈빛, 2017.

로의 세계, 이를테면 "그 나무는 모든 나무의 모습인 동시에 그 어떤 나무의 형상도 아닌 다른 나무"를 엿보고 조우하기 위한 '예술적 개체 증식 운동'(Ⅲ: 87)의 일환이다. 그런 까닭인지 저것들은 그렇게 혼자 서 있음으로써 "잠자리에게는 그들만의 우주인, 나무도 사람도 없는, '낮은 빈 하늘'"(Ⅴ: 46)을 자신들도 함께 이고 받들겠다는 신성한 경외심으로 명랑한 동시에 슬픈 몸짓으로 떨고 있다.

계절과 하루마다의 그 텅 빈 것들의 성정과 정서적 변화, 그리고 자유자재한 흐름과 율동을 지시하고 표현하는 것이 어느 사진 한 장에도 빠짐없는 구름, 안개, 눈, 강물이다. 아마도 시인은 물로 대표되는 사물의 멈춤 없는 변화와 또 거기서 생산되는 에로스와 타나토스를 동시에 살고 싶었던 모양이다. 그래서 그것 자체가 물의 삶이자 통로인 "나무가 잎의 앞쪽 면에 빛이라는 이름의 광명光明을 위하여 뒤쪽 면에 어둠이라는 이름의 암흑을 기르듯, 모든 존재는 빛을 위해 어둠의 가치를 동시에 생산한다"(Ⅴ: 36)라고 적어두었을 것이다.

> 인간이 배제된 그(세잔─인용자)의 풍경화는 자연 그 자체의 존재론적 밀도密度만으로 가득 찬다. 그는 풍경 속에서는 풍경의 의식이기를 희망했으며, 정물 앞에서는 정물의 의식이기를, 초상 앞에서는 초상의 의식이기를 희망했다.
>
> ─「풍경의 의식─무릉일기 (04)」(Ⅲ: 163)

세잔의 풍경화에서 그랬듯이, 시인은 고체와 액체, 기체로 쉼 없이 몸 바꾸는 '물'에서 상하의 세계 모든 공간을 빈틈없이 흐르는 '존재론적 밀도'를 새삼 발견했던 듯하다. 물질 기호 H_2O는 각각 얼음과 물과 공기를 동시에 살면서 또 공기와 물과 얼음으로 변전하여 저의 본성을 격파함과 동시에 다른 존재로 거듭난다. 이런 장면에서라면, 오규원이 사진으로 수집한 눈과 안개와 강물은 이성과 권력의 눈으로 세계를 움켜쥐려는 '지켜봄'의 형식이 아니다. 오히려 세계의 꽉 찬 곳을 뚫어 서로로의 길을 내는, 풀어놓는 '바라봄'의 형식이다. 이것이 꽤나 소극적인 시선일 듯하지만 매우 역동적인 눈빛의 발현임은 '바라봄'이 기존의 목표와 확신, 신앙과 윤리의 규범을 파괴함과 동시에 새로운 존재와 세계의 양식에 대한 시계를 넓혀주기 때문이다.[2]

한 존재가 풍경, 정물, 초상 제 각각의 의식을 살아내겠다는 의지는, 프레모 레비의 말을 빌린다면 가장 타락하고 속악한 형태의 "이것이 인간인가?"라는 절망에서 벗어나기 위한 탈출과 구원의 욕망을 내포한다. 동시에 애초에 "태양 빛 속에 부유하는 먼지의 티끌 위에서 살았던" 지극히 하찮은 존재를, 곧 미국의 천문학자 칼 세이건에 의해 "저것이 우리입니다"라고 선언된 가장 작고 낮은 '창백한 푸른 점'(먼 우주에서 바라본 지구를 뜻한다)의 자식으로 돌아가기 위한 겸손한 대속代贖 행위와도 맞닿아 있다. 시인은 만년에 덤덤한 듯이 고백한 구원과 낮아짐에 대한 욕망을 시적 삶의 출발 당시 이렇게 진술했더랬다. "시의 자유를 자기의 것으로 하"(Ⅰ: 44)려면 "행간에 있는 의미보다 행간에 배제된 의미를 읽어"(Ⅰ: 45)낼 수 있어야 한다. 이 명제는 그가 평생을 매달렸던 방법적 사랑과 기투, 곧 "화해나 밀착될 수 없는 세계에 대한 전신으로의 내던짐"(Ⅰ: 50)이 출발된 밑자리였으며, "시 또한 시다운 것이 가장 아름답고 생명 있는 그런 것은 아니다"(Ⅰ: 43)라는 미적 역설의 첫 진앙지였다.

이 시론의 모험이 다다른 마지막 지평이 "기하학적 이미지의 그늘을 보여주는 균열과 상처라는 영혼과 시간의 흔적은 흔적대로 아름답다"(Ⅴ: 122)는 '가학적 붙잡음'이다. 블랑쇼에 따르면, '가학적 붙잡음'

---

2 고드스 블롬, 『니힐리즘과 문화』, 천형균 옮김, 문학과지성사, 1993, p. 36.

이란 "시간의 그림자, 그 자체 그림자가 되어 버린 물건을 향해 비현실적으로 미끄러져 가는 손의 그림자"[3]의 움직임(율동)을 뜻한다. 시인은 이를 통해 결코 다스리거나 포착할 수 없고, 그래서 잡을 수도 없고 놓칠 수도 없는 것들을 찰나의 순간이라도 조우하고자 한다. 시인은 일찍이 "언어를 사랑함으로써 언어로부터 도피하고, 개인을 표현함으로써 개인으로부터 탈출하여 생의 핵核을 찾아야 된다"(Ⅰ: 21)는 명제를 자신의 언어와 삶에 대한 '시적 정의'로 내세웠다. 이를 참조하면 '가학적 붙잡음'은 자신에게 가장 먼저 패배함으로써 시의 자유를 가장 내밀하게 움켜쥐는 방법적 사랑과 후퇴의 한 양식이다. 이 '들고 남'의 고되고 명랑한 양식이 있어 시인은 소음의 일종인 "개념적이고 사변적인 언어"(Ⅲ: 169)와 쉼 없이 맞서 싸울 수 있었으며, 이제는 오규원을 표상하는 기호로 등재된 말년의 '날이미지'의 현상학을 입체화할 수 있었다.

'시의 실패'라는 잔인한 아름다움의 추구

시인이 시론가의 입장에 서게 되면 자아와 시에 대한 객관적인 태도와 시야를 확보할 수 있다는 장점이 있다. 이를테면 시인의 목소리를 이상李箱과 쥘르의 목소리로 분화시킨 대담 형식의 어떤 시론은 자신의 「분명한 사건」을 '대상을 객관화하는 언어'와 '주체의 삶을 표백시키는 언어'의 대결로 정식화하는 데 성공하고 있다. 그러나 명랑한 긴장을 상쇄하는 처절한 분투도 적잖은 게 시론가인 시인의 피치 못할 숙명이기도 하다. 예컨대 시인의 감춰진 영혼에 정통한 시론가는 율법

---

3 모리스 블랑쇼, 『문학의 공간』, 이달승 옮김, 그린비, 2010, p. 20.

과 이념 부재의 시대에 사는 작가의 어떤 동경憧憬, 곧 "이념지향성의 일면"(Ⅰ: 51)을 차갑게 적발해야만 한다. 나아가 이 약점을 넘어설 수 있는 가능성, 곧 자아의 머무름을 "정신적 모험의 포기가 아니라 그 반대"(Ⅰ: 59)의 의미로 바꿀 줄 아는 통찰의 안내자로도 살아야 한다.

오규원은 시인=시론가의 장점을 살리고 단점을 넘어서는 탁월한 사례를 김수영에게서 보았던 듯하다. 그에 따르면, 김수영은 가장 '시시한 경험'을 "모든 것의 가장 민감한 구상체具象體"로 말하고 쓸 줄 아는 시인이자 시론가였다. 그럼으로써 자신을 "이념적으로 혁명주의자이며, 현실적으로 로맨티스트이며, 문학상으로는 리얼리스트"(Ⅰ: 15)로 분배하는 동시에 통합할 줄 아는 예외적 존재였다. 보통의 우리라면 김수영의 탁월함을 어디선가 배우고 빌려온 관념적이며 고상한 개념이나 이론에서 찾았을 것이다. 그러나 오규원은 그 까닭을 김수영의 문자와 행동이 "조금도 거짓 없는, 이것은 진실이다"(Ⅰ: 13)라고 느낄 때 찾아든 '떨림', 그러니까 거의 경험한 적이 없는 정신적 충격과 감각적 전율에서 찾았다. 첫 시론집『현실과 극기』는 "우리들의 존재의 생성"(Ⅰ: 39)을 뒤쫓고 밝히는 '방법적 탐구'로 북적이고 있다. 하지만 이 책은 우리에게 타자로 넓어지는 존재의 관찰과 해석에 앞서, "나의 사고와 그 오류의 집합"(Ⅰ: 5)을 통렬하게 고백하는 성찰지로 먼저 읽힌다. 그 무섭고도 황홀한 '떨림'이 김수영이 던진 '영향에 대한 불안'을 넘어 결코 후퇴나 타협을 용납할 수 없다는 '시인의 각서'로 전유되고 있기 때문이다. 이 각서의 핵심은 "시의 실패와 허위는 전혀 다른 차원의 개념이다"(Ⅰ: 47)라는 뜻밖의 시의 진실성과 윤리성을 확인하고 내면화하는 것에 있다.

　　1) 이유 없는 삶만큼 고통스러운 일이 또 있을까! 언어를 즐기는 것은 쾌락이다. 언어를 혹사하는 것은 열정이다. 언어를 사랑하

텅 비어 가득한 세계와 언어들　　　151

는 것은 힘이다. 그렇다면 시인의 언어는? 쓰레기통에 가득한 쓰레기들.

2) 우리들이 사랑해야 할 것은 시대고時代苦, 관념 등에 시를 맞추는 논리적 추리가 아니라, 오히려 그것을 무너뜨리는 정신의 개별성이다.

—「사해死海의 잔광」(I : 43 및 45, 번호는 인용자)

삶의 이유도 욕망도 없이 무작정 언어를 즐기는 쾌락과 열정, 사랑과 힘은 그저 "아무것이나 포용하는 거친 감정"[4]을 넘어서기 어렵다. 이 편협한 정서에 복속된 시(들)는 한 사회의 전체성이나 누군가의 정신적 개별성을 모순과 분열로 가득한, 그래서 통합과 조화의 가능성을 더욱 열망케 하는 모험의 언어와 형식에 결코 다가서지 못한다. 이토록 허망한 약점은 소외와 사물화의 끔찍한 환경에 둘러싸인 독일 시인들에게 '고독한 인간성 속에서 낮은 목소리를 경청하는 자세'를 유독 강조한 아도르노의 조언을 자연스레 환기시킨다. 시인이 폭정과 계급 차별로 얼룩진 한국의 부자유한 현실에 대한 반성적 거울로 작동하던 서구의 비판 이론에 민감했음은 프롬의 소외론과 칸트의 무목적성에 대한 관심 등에서 충분히 확인된다.

물론 오규원은 비판 이론에 대한 참조 과정에서 촉발된 '이념 지향성'을 평등과 해방을 향한 집단적 목소리와 욕망으로 서둘러 해소하지 않았다. 오히려 김수영 문학에서 엿본 '시시한 경험'과 '사소한 구체성'을 내면화하는 일에 집중했다. 이를테면 이상李箱의 목소리에 얹은 시의 방향성인 "그가 세계를 희화戱化함을 통해서 희화戱化되지 않는 자

4 Th. W. 아도르노, 『아도르노의 문학이론』, 김주연 옮김, 민음사, 1985, p. 13.

기를 구해 보는 것도 나쁠 것 없다"(Ⅰ: 59)라는 말이 그렇다. 이때의 '희화'는 단순히 대상을 비판하고 하락시키는 조롱 섞인 펀(pun), 비웃음의 아이러니, 무차별적 풍자 등과 같은 삐딱한 웃음의 표현과 실천만을 뜻하지 않는다. 오히려 그것은 착실히 정제되거나 차분히 조율되지 않은 '시대고'나 '관념'을 마구잡이로 동원하여 세계와 존재를 억압하고 변질시키는 하급의 '논리적 추리'를 전복하고 파괴시키는 "정신의 개별성"의 발현과 실천을 의미한다.

시인은 '정신의 개별성'을 독특한 감각이나 개성적 목소리보다는 시(인)가 추구할 '자유'와 그 적극성의 의미, 그리고 '형식'에의 도전에서 찾았다. 그러면서 시인은 "시라는 형식이 주는 압력"에서 해방되고자 하는 제약된 존재라는 것, 하지만 이 한계는 "자기실현을 통한 외부 세계와의 화해를 이룩하"려는 자유의 조건임을 강조했다. 또한 시인의 의식을 구속하는 모든 것들에 대한 거부와 해체, 반항의 행동을 당위적인 '시대의 현실'로 알리기보다 '시대의 양식'으로 구조화하는 작업에 부지런해야 함을 역설했다.(Ⅰ: 33) 시인이 말하는 양식화様式化는 겉에 드러난 일정한 모양과 형식이라는 사전적 의미를 훌쩍 넘어선다. 블랑쇼가 말한 것처럼, "비탄과 비탄의 움직임과 뗄 수 없는 연약함 가운데, 충만의 가능성이 되고, 글쓰기가 도달하여야 할 유일한 것이기도 한 길 없는 목적"[5]이 되는 것에 가까울 법하다.

> 시인의 패배는 처음부터 약속되어 있다. 그러나 시는 그 반대여
> 야 한다. 때문에 시인은 선택을 받은 사람이 아니라, 선택을 해야
> 하는 사람이다. 삶과 죽음을 선택해야 할 뿐만 아니라 그 방법까지
> 를 선택해야 한다. 현상이 어떻든 시의 행복을 위해 시인은 비극을

5 모리스 블랑쇼, 앞의 책, p. 75.

무화시키고, 그 비극 위에 비극이 아닌 시를 세우는 자기 삶의 방법을 선택하지 않으면 안 된다.

—「현실과 선택한 삶」(Ⅰ: 241)

인용문의 주어는 시인이 아닌 시이다. 시인은 시의 행복을 위해 스스로 비극을 살고 시를 향해 가장 내밀한 속살을 즐겁게 여는 자로 살아갈 때만이 윤리적이고 미학적이다. 이런 까닭에 시에 바친 시인의 모든 선택은 "고통스럽고, 슬프"되 "끝이 없는 자유의 이름"(Ⅰ: 241)으로 이해되고 또 그렇게 되도록 요구받는다. 오규원은 사랑과 패배의 '방법적 삶'을 시의 행복과 충만을 위한 돌파구이자 숨길로 삼았다. 그 과정에서 '독자적 스타일'로서의 '시적 진실'[6]을 발견하고 말하는 미학적 공간의 확보에 주력했다. 하지만 '스타일'은 이를테면 "비극 위에 비극 아닌 시"를 세우지 않는 한 '획일화의 위험성'(Ⅰ: 247)을 피할 수 없는 '독특하되 일정한 방식'이라는 점에서 문자 그대로 패배와 좌절의 온상으로 변질될 위험성도 없잖았다.

그래서 스타일화된 가짜 진실에 대한 불편함과 괴로움의 고백은 시인이 피해서는 안 될 자아 성찰의 진솔한 책략일 수밖에 없었다. "규격화되고 보편화된 이 시대의 화중禍中에서 빛나는, 공허한 관념놀이의 지긋지긋함."(Ⅰ: 46) 시인은 이 끔찍한 시적 재난을 끝없이 떠올리고 반성함으로써 리듬과 언어의 허위에 빠지는 대신 "관념이나 추상을 뚫고 사물과 만나"(Ⅰ: 59)는 정신적 모험의 동력을 얻고자 했다. 이와 관련된 '방법상의 승리'를 얻기 위해 시인은 "이로니(아이러니—인용자) 혹은 난센스의 언어"(Ⅰ: 80)에 대한 발굴과 채용에 집중했다. 그 유명한 "비가 와도/젖은 자는 다시 젖지 않는다"(「비가 와도 젖은 자는」, 『순

6 이광호, 「투명성의 시학—오규원 시론 연구」, 『한국시학연구』 20호, 한국시학회, 2007, p. 322.

례』, 문학동네, 1997)는 시구가 대표적인 사례이다.

그러나 문제는 시인 자신의 고백대로 '희화戱化'의 의지가 다분한 저 '방법적 언어'의 분투가 불우한 현실을 넘어서는 '역사에의 승리'와 반드시 일치하지는 않았다(I : 87)는 사실이었다. 시인은 시어와 역사의 어긋남, 그때 더욱 비참해지는 문명 현실의 비인간화 경향을 우려하며, 이 불행한 사태를 "관념과 추상에 의해 공제되는 자기 삶의 결손"(I : 55)으로 규정했다. 시인에게 삶의 결손은 곧 시의 가난이었던 까닭에, 오규원은 세계와 대상에 대한 '투명성'의 제고에 자신의 시혼과 언어를 소진하고자 했다. 이때 시도된 형식 실험, 곧 언어의 모험이 "현상現像과 현상現象"에 공통된 어떤 '의미적 정황'을 '구상적 이미지'로 드러내는 작업이었다. 이때의 방법적 언어는 대상이 되는 불투명한 관념이나 심상을 구체적 사물로 치환하고, '의인화·의물화'를 통해 관념적인 추상성을 명암 뚜렷한 구상성으로 변환시키는 비유에의 의지 자체였다.(IV: 162~63)

하지만 세계와 대상의 '투명성'이 강화될수록 'A=B이다'라는 주체 중심의 은유적 사고도 독단적인 '의미 정하기'의 수렁으로 깊이 빠져들었다는 점(IV: 162)에서 "고정적인 의미를 발생시키는 은유적 사고의 축"(IV: 166)에 대한 회의와 반성의 상념은 더욱 깊어질 수밖에 없었다. 대상에의 투명성을 요청할수록 시적 사유의 독단화가 더욱 심각해진다는 것, 또 어떤 시어든 거의 예외 없이 대상을 선명하게 묘사하는 기계적 도구로 전락할지도 모른다는 것이 그때 동반된 불안이자 고민이었다.[7] 이 지점으로부터 두번째 시론집 『언어와 삶』의 핵심 주제를 이루게 되는 두 가지 인식(Ⅱ: 116)이 싹을 내밀기 시작한다. 하나는 의식의 명확성과 효과성을 높여주는 '단순성'에 대한 회의적 반성이었다.

---

7 문혜원, 「오규원의 시론 연구」, 『한국문학이론과 비평』 25, 한국문학이론과비평학회, 2004, p. 270.

다른 하나는 그 '단순성'과 거기 들러붙는 공허함을 넘어서는 새로운 시적 현실의 발견과 구축, 곧 시의 물성物性을 한껏 끌어올리는 '사물에 대한 철저한 인식'의 중요성이었다. 차후 '날이미지'의 현상학으로 뿌리를 뻗고 가지를 넓혀갈 잠재된 시론의 맹아는 이렇게 싹트기 시작했다.

언어의 삶과 삶의 언어로 난 길

오규원은 '시인의 비순수성'을 말하면서 "말과 권력은 역사의 산물이 아니라 인간의 산물이다"라는 명제를 남겼다. 그가 거론한 '비순수성'은 언어의 타락과 권력의 폭력적 행사와 같은 세속의 비윤리성과는 거의 관련이 없다. 시인의 말을 빌려 가장 쉽게 표현한다면, "순종, 굴종, 비굴, 이기, 시기, 질투 등등—이것들 또한 우리들 인간 정서의 한 부분이다"라는 대목에서 보듯이, '인간적인, 너무나 인간적인' 어떤 것들의 형질과 양태를 지칭하는 것이다. '비순수성'이 시(인)의 가능성인 것은 '말'이 '법(권력)'보다 먼저 있었다는 것, 그래서 특히 리듬과 이미지로 독단적 권력의 폭력성에 맞서 "개혁의 열정, 거부 정신, 인간 회복을 향한 광기"(이상, Ⅱ: 344~45)를 표현하고 외칠 줄 알았기 때문이었다. 그러나 오규원은 지혜롭게도 저 새로운 세계를 향한 열정과 기존의 것에 대한 거부, 인간 회복의 열렬한 광기에 대해 시의 언어와 시인의 의지를 헌사하지 않았다. 오히려 이들 '비순수성'을 그대로 재현하는 대신 그것들에 숨겨진 본질과 성격을 읽어내고 재구성하는 문제에 주목했다. 그럼으로써 '어떤 역사와 권력에도 항상 앞서는 인간 자체와 그 정서'(Ⅱ: 344)를 풍요롭게 훔쳐봄과 동시에 날카롭게 구조화하고자 했다.

다른 사람을 위안하려 하지 말 것. 위안의 문학은 현실을 참고 견디는 지혜의 핵이니 인간을 영원히 참고 견디는 동물로 훈련시킴. 요주의!

습관성 반항은 유토피아를 팔아 현실의 쾌락을 사는 것이니 요주의! 이것은 오히려 힘을 가진 자가 원하는 것임. 조금씩 불평하게 하여 불평의 쾌락을 그들에게 주고 반대를 용납한다는 쾌락을 그들이 누리는 결과를 낳음.

문학은 아무것도 아님! 그것을 알고 문학을 할 것. 인류 수천년 역사가 흘렀어도 역사는 아직도 근본 패턴이 바뀐 적이 없음.

—「책 끝에—3개의 노트」(Ⅱ : 342)

시 자체의, 시로서의, 시가 나아갈 바의 '개혁'과 '거부', '인간 회복'의 실천이 주의해야 할 바를 시인은 이렇게 적어두었다. 위안의 기호와 습관성 반항, 문학적 권력의 쓸모없음과 허구성을 알아차리지 못하는 한 시적 승리나 미적 극기는 영원히 불가능한 허용이자 미몽에 불과하다. 문학을 곧잘 옭아매는 예의 허위성과 가식성에 대해 '행동하는 관찰'은 단순히 그것들의 거부와 폐기에 멈추지 않는다. 마침내는 도무지 견딜 수 없는 현실을 넘어 미학적으로 또 다른 세계, 휴머니티 가득한 자유의 세계에 이르는 해방의 통로를 발견 또는 개척하는 힘으로 나아간다.[8] 오규원은 이 아름답고 충만한 경지를 "다른 사람의 지배를 받지 않는 언어 체계를 꿈꾸"고 "닫힌 그의 언어 체계로 우리의 언어를 말하고 있"(Ⅱ : 22)는 것으로 일렀다. 다음은 그 예외적 세계와 해방의 통로를 뚫어내기 위한 예술의 본질과 실천의 방법을 서술한 대목이다. 어떤 미학적 가상과 방법도 취함 없이 '있는 그대로'를 재현하고 복

8 모리스 블랑쇼, 앞의 책, p. 93.

원하는 일에 실패하라는 시적 명령이 암암리에 숨어 있어 인상적이다.

> 현실을 그대로 묘사하려고 할 때 드러나는 세계는 〈현실 그대로〉
> 일 뿐이므로, 예술은 각 양식 나름으로 대상을 왜곡시키고 과장하
> 고 조작한다. 이게 허구의 공간이다. 이 허구는 작가가 의도하는
> 세계를 표현할 수 있도록 현실에 없는 모든 자유를 보장한다. 이
> 자유가 예술의 자율성을 구성한다. 예술 작품이 허구이며 자율의
> 세계이므로 예술에서는 현실의 가치와 억압으로부터 자유롭다.
> —「방법론과 실천적 이념—「시와 변증법적 상상력」의 주해註
> 解」(Ⅱ:71~72)

언어와 형식의 모험을 통한 예술의 현실 참여가 어떻게 가능한지
를 탐문하고 논리화하는 장면이다. 시인은 문학적 허구와 자율성의 가
치를 이렇게 규정했다. "가능한 왜곡과 과장과 재구성으로 된 의태 현
실인 〈새 현실〉의 가치를 기존 현실의 그것과 대비시킴으로써 예술은
(역사와 현실에—인용자) 참여를 하게"(Ⅱ:72) 된다. 이를 시인의 또 다
른 문장으로 다시 명제화하면, "예술은 이(주어진 현실의—인용자) 골
격을 초월하고 무효화시켜서 그것으로부터 억압받는 인간의 의식을
자유화한다".(Ⅱ:81) 이 주장은 글의 제목 '시와 변증법적 상상력'에 보
이듯이 비판 미학자 마르쿠제의 「미적 차원」에 대한 참조와 내면화에
힘입었다. 그런 점에서 그의 동료 아도르노가 얘기한 서정시의 어떤
'자유'와 오규원의 "현실에 없는 모든 자유"라는 말은 긴밀히 연관될
성싶다.
아도르노는 서정시가 가지는 사회적인 내용이 그때그때의 현실에서
유도되거나 연역되는 것은 아니라면서, 그 현실 속에서 생겨나는 '자발
성'에 높은 가치를 부여했다.[9] 현실 자체에서 움트는 '자발성'을 이렇게

158

바꿔 읽어보면 어떨까. 시인은, 아니 시는 그게 무어든 "왜곡시킬 수 있을 때라야만이 기존의 체계를 벗어나 자율적으로 체계를 창조해 낼 수 있다."(Ⅱ: 83) 시인에 따르면, 이 왜곡과 변화의 시적 힘은 현실의 초월과 현실의 보유를 동시에 진행시키며, 보유한 '의태 현실', 곧 예술적 가상을 통해 부정적인 것들을 비판하고 '보다 진실한 가치'를 제시한다.(Ⅱ: 84) 대상의 심미적 왜곡과 변화는 시인들에게 그들이 사유하고 상상하는 세계의 구체화를 가능케 함으로써 예술혼의 자율적인 충족을 허락한다는 점에서 뜻깊다. 나아가 시인 자신의 말처럼 '허구'를 담보로, 다시 말해 '실용성'을 제거한 담보로 현실을 초월토록 함으로써(Ⅱ: 84) 자유와 해방의 세계를 현재화한다는 사실 때문에 더욱 가치롭다.

그러나 이러한 희망과 성취의 가능성에도 불구하고 시의 행동하는 관찰과 표현에는 더욱 본질적인 문제가 남아 있다. 시와 시인은 현실 속에 숨겨진 '자발성' 자체보다는 그것이 보여주는 시적 대상의 본질적 삶과 지향적 흐름에 더욱 예민하고 밝아야 한다는 점이 그것이다. 오규원은 이 과제를 "대상과 대상의 내부에 숨어서 좀처럼 그 모습을 드러내지 않는, 대상을 이 세계에 있게 하는 그 무엇을 대상과 함께 한꺼번에 언어화"(Ⅱ: 13)하는 것으로 이해했다. 그는 대상의 언어화 과정에서 솟구치는 '자발성'과 '창조성'을 물리칠 수 없는 현실로 예시하기 위해 관찰자적 참여자가 되어 고흐의 「측백나무와 별과 길」에 열정적으로 뛰어들었다.

어떠한 대상을 묘사하거나간에, 결코 잠이 든 사물을 발견할 수 없는 세계, 어떠한 풍경의 어떠한 사물들도 꿈꾸며 불타고 있는 세

9 Th. W. 아도르노, 앞의 책, p. 18.

계―이 그림을 자세히 보라. 밀밭의 밀은 쭉쭉 몸을 뻗으며 움직이고 있고, 길은 달리고, 농부의 다리는 힘차며, 지붕은 숨을 쉬고, 말은 모가지를 힘차게 내뻗고 있다. 호흡하는 색채와 선, 이 살아 있는 언어의 세계가 그의 세계이다.

―「언어와 삶, 그리고 꿈의 체계」(Ⅱ: 15)

누군가는 그림에서 꿈틀거리는 고흐의 힘찬 내면과 살아 있는 정서를 세밀하게 읽어내는 시인의 촉감과 언어에 먼저 놀랄 듯하다. 그러나 현실이 뿜어내는 어떤 '자발성'에 주목한다면, 고흐의 이 그림은 행동하는 관찰의 진실성과 그 표현의 아름다움을 드러내기 위한 미적 장치의 일환일 수도 있다. 가령 한 비평가는 1980년을 전후한 오규원의 '광고 시'를 속악한 자본주의 현실에 대한 날선 비판만으로 읽고 해석하는 것을 거부했다. 왜냐하면 '광고 시'의 본질이 현실의 장막을 걷어버리거나 뚫고 바라보는 어떤 '방법론'을 구축하는 것에 있다고 판단했기 때문이다.[10] 과연 오규원은 인간의 꿈을 무효로 하는 사회의 가치와 이념을 비판하고 배척하는 것을 예술의 의무와 도덕으로 삼았다. 그는 이를 실현하는 예술의 권능을 미학적 왜곡과 조작의 '선한 영향', 그러니까 기존의 것을 비틀고 탈 냄으로써 "현장에 없는 〈진실로 현실적인 것〉"(Ⅱ: 86)을 찾아내고 드러내는 능력과 힘에서 찾았다. 이때 모든 예술(가)의 '정신적 개별성'은 당위성의 가치를 선점하고 있는 예술의 정의나 윤리에서 구해지지 않는다. 그보다는 타락한 세계의 부정성 및 미래에 있을 수 있는 가능성을 누구도 "두렵지 않은 낯설음" 또는 누구나 즐거운 "유쾌한 반역"(Ⅱ: 340)으로 독창화할 때야 비로소 획득된다.

10 문혜원, 앞의 글, pp. 273~74.

1990년대 들어 오규원은 세계의 진실한 모습을 '겉'을 포함하는 넓이를 갖는 '속'의 깊이에서 찾았다. 그럴 때 '속'에 담긴 혼란과 혼돈은 무질서한 것이기는커녕 '겉'의 눈부심과 끈끈한 에너지를 생산하는 힘으로 우뚝 서게 된다는 사실(Ⅲ: 20~21)을 무엇보다 강조했다. 시간을 되돌려 이 사실을 고흐의 풍경에 대한 시인의 감상과 해석에 적용한다면, 그가 읽은 「측백나무와 별과 길」은 그 어떤 색깔도, 형상도, 이미지도, 풍경도 아니었다. 그 대신 시인의 오감에 밀어닥친 것은 그림 자체의, 또 고흐와 시인의 눈빛의 '겉'과 '속'이 서로 다투고 화해하며 생산 중인 어떤 '낯섦'과 '반역'이었다. 기계적·물리적 현실에 반하는 '낯섦'과 '반역'의 예술적 가상, 아니 정녕 새로운 현실은 앞으로 "세계는 파편화된 이미지, 파편화된 개념 속에 있지 않다. 세계는 '전적'으로 있다"(Ⅳ: 47)라는 시인 말년의 통찰을 낳는 토대가 될 것이었다. 그 둘을 현재를 안은 미래의 지평에 등기된 예외적 '언어와 삶'으로 명명할 수 있는 까닭인 것이다.

'날이미지' 또는 '두두물물'(로)의 호출과 망명

만년의 오규원이 매달렸던 자기반성의 하나는 젊은 시절 '알몸의 시학'이 "세계의 현상에 충실하기보다는 반성적 인본주의에 기울어져 있어, 인간 중심주의 냄새"를 피하지 못했다(Ⅲ: 70)는 사실이었다. 시인은 이것이 가져올 최고의 오류로, 숲의 '그늘'과 '어둠'에 대한 섬세한 관찰 끝에 내린 결론이었던, 인간이 "숲에서 보는 것은 궁극적으로 자연의 숲이 아니라 인간의 숲"이라는 사실을 들었다. '스스로 그러한[自然]' 숲의 생태학은 훨씬 "더 사실감이 넘치는 심리적 현실"에 의해 인간적 감각과 정서의 독단적 분비물을 쏟아내는 타락한 욕망의 장으로 돌변한다(V: 64)는 것이 그러한 판단의 까닭이었다. 그는 이러한 한계를 파고들며 끊임없이 들러붙은 '개념적이거나 사변적인 이미지'를 지워냄과 동시에 "살아 있는(生) 언어"이자 "굳어 있지 않은 의미"(IV: 123)를 추구, 아니 살기 위해 '날(生)이미지'의 현상학으로 시의 물음을 던지고 예술가의 길을 내었다.

> 모든 인간이 던지는 종국적인 질문은 '나'라는 존재로 향하게 되어 있다. '나'가 곧 세계이며 그 세계의 시작과 끝인 탓이다. '나'가 부재하는 세계란 인간과 관계를 맺고 있지 않는 시간과 공간이다. 그 시간과 공간을 향해 질문을 던지는 시인은 없다.
>
> —「시작 노트」(IV: 84)

'날이미지' 시론에는 '나'라는 주체에 대한 상념 어린 관찰과 고백이 생각보다 자주 행해진다. 아무려나 시인은 '날이미지'를 인간의 감정과 판단이 되도록 배제된 "반주체 중심의 사실적 세계"(IV: 195)로 정의하곤 했다. 주의할 사항은 '반주체 중심'이 '나'의 완벽한 소거나 공백을 뜻하지 않는다는 사실이다. 다만 '나'가 세계와 관계 맺고 그것에 포위되며, 예외적 가치나 특별한 의미를 찾는 방식이 '반주체'로 대변되는 회의와 성찰 행위로 드러난 것일 뿐이다. 이 사실을 설득하기 위해서라도 시인에게는 '날이미지'가 인간적 감정과 삶을 공백 지대로 만드는 '예술의 비인간화'와 결탁 중이라는 어떤 의심과 비판을 줄여나갈 필요가 있었다.

그는 시와 언어, 인간과 세계의 의미화와 관련된 '날이미지시'의 특수성을 밝히기 위해 김춘수의 '무의미시'를 방법적 비판의 대상으로 삼았다. 그에 따르면, 김춘수의 '무의미시'는 '허무'를 자주 얘기하며 '주체 중심의 심리적 세계'로 파고든 시였다. 이에 반해 "관념을 배제한

162

날것 상태, 관념화되기 이전의 의미"를 추구하되 사적인 감정의 노출은 최대한 배제하는 '날이미지시'는 "반주체 중심의 사실적 세계"라는 것이 시인의 입장이었다.(IV: 193~95) 두 입론을 간단히 도식화하자면, '무의미시-주체-심리'와 '날이미지시-반주체-사실'의 대립 항목이 산출된다. 표면적으로 보면 '무의미시'가 인간적이며, '날이미지시'가 비인간적인 것으로 읽힌다.

그러나 오규원이 평생을 매달렸던 '방법론'이라는 입장에서 보면, '날이미지시'는 현란한 물신주의가 판을 치는 문명 현실에 맞서 자연과 사물에 대한 또 다른 기호화를 통해 인간성의 위기를 넘어서려는 절실한 존재 구원의 문자 행위였다. 시인은 이 작업의 모델을 세잔의 풍경화에서 찾았다. 그것의 위대성은 세계의 단순한 재현을 넘어서 "자연의 한 부분을 시도하는"[11] 것으로 규정한 현상학자 메를로퐁티의 말에서 충분히 감지된다.(IV:75) '날이미지시'를 인간의 주관성 배제를 통해 자연과 사물의 구성원으로 돌아갈 것을 권유하고 꿈꾸는 미학 행위로 규정한 한 비평가의 말도 현상학적 반전의 탈주체적 행위와 깊이 관련된다. "사물에 덧씌워져 있는 (인간 중심의) 관습화된 가설에 대항하는 새로운 대타적 가설, 즉 (타자에의 지향과 공생을 희망하는) 탈원근법적 시각의 언어"라는 정의가 그것이다.[12]

> 나는 언어가 의미를 떠날 수 있다고 믿고 있지 않다.(주변축에 은유를 두는 까닭도 그 때문이다). 그러므로 분명히 나도 의미화를 지향하고 있다. 단지 내가 표현하고자 하는 것이 명명하거나 해석에 의해 의미가 정해져 있는 형태가 아닌 다른 것일 뿐이다. 내가

---

11 모리스 메를로-퐁티, 『현상학과 예술』, 오병남 옮김, 서광사, 1983, p. 191.

12 오연경, 「오규원 후기시의 탈원근법적 주체와 시각의 형이상학」, 『한국시학연구』 36호, 한국시학회, 2013, p. 228. 괄호 안의 말은 인용자의 것이다.

표현하고 싶은 것은 사변화되거나 개념화되기 이전의 의미인 '날
[生]이미지'다. 그 '날이미지'는 정해져 있는 의미가 아니라, 활동하
는 이미지일 뿐이므로 세계를 함부로 구속하거나 왜곡하거나 파편
화하지 않는다. 그리고 그것은 살아 있는 '세계의 인식'이면서 또한
'세계의 언어'인 '현상'의 형태로 나타난다. 나는 그런 '현상'으로 된
'날이미지시'를 쓰고 싶어한다.

—「날이미지의 시」(IV: 108)

　'날이미지'의 시학이 지향하는 의미화의 방법과 실재를 명백히 하는
일종의 선언문격 대목이다. '날이미지'의 핵심은 첫째, 타자와 세계를
주체가 독단적으로 동일화하거나 점유하지 않는다는 것, 둘째, 활동하
는 이미지에 시적 공간을 활짝 개방한다는 것, 셋째, 그럼으로써 세계
의 인식인 동시에 언어인 생동하는 현상을 구현하기 위한 기호이자 방
법론이라는 것에 있다. 메를로퐁티의 '지각의 현상학'에 정통했던 랭어
는 신체의 여러 감각적 영역들은 주체와 타자 서로에게 맞물려 들어감
으로써 상호 감각적인 장에 개방된다고 보았다. 이는 개개인의 그것들
도 마찬가지여서, 각자의 상호 감각도 서로에게 맞물려 들어감으로써
상호 주관적 세계에 개방된다. 이를 주체와 타자의 상호 관계로 치환
하면, "나는 나의 과거에 그리고 타인들에게 개방되어 있으며, 나는 나
의 경험과 타인들의 경험이 서로 짜여 있는 그러한 공동 세계에서 타
인들과 더불어 실존한다"[13]라는 명제로 구현될 것이다.

　상호주관성이니 상호 감각성이라고 하면, 과잉되고 편협한 인간의
감정과 이성을 배제함으로써 "관념적이고 사변적인 언어가 아닌, 실
재적이고 사실적인 언어"(IV: 119)를 성취하고자 하는 '날이미지시'의

13　모니카 M. 랭어, 『메를로-퐁티의 지각의 현상학』, 서우석·임양혁 옮김, 청하, 1992, pp.
　　165~66.

원리와 문법에 위배되는 것은 아닌가 하는 의문이 들 수 있다. 오규원은 '날이미지시'가 화자든 대상이든 모든 것이 그 자체로 진리며 실체인 완전한 개체로 존재하면서 "현상적 사실과 상호 연관 관계의 언어인 '개방적 구조'로써 말을 하"는 형식으로 살아간다(IV: 81)고 주장했다. 앞의 상호주관성 및 감각성은 이때의 '개방적 구조'와 등가 관계를 이루는 것으로 다음의 조건에 토대하고 있다고 보아 무방하다. 우리의 "감각작용은 구체적인 개인의 실존에 앞서며, 또한 그것의 전제 조건이 되는 익명의, 끝이 개방된 활동"[14]이라는 사실 말이다.

우리는 "익명의, 개방된 활동"이 생산하는 '개방적 구조'를 이미 엿본 적이 있다. 글의 서두에서 말한 사진 속에 존재하는 한 점 인간과 다른 인간들의 빈자리를, 아니 원래 자신들의 자리였던 곳곳을 점령하고 있는 사계의 식물들과 강물, 안개와 눈, 구름이 그것이다. 이 장면은 "어쩌다가 한 인간만 남고, 다른 인간은 어디론가 사라지고 인간 아닌 존재만이 가득하게 빛날 때"(V: 36)라는 '날이미지'의 풍경과 어김없이 일치한다. 이 점, 뒤따르는 문장인 "모든 존재는 빛을 위해 어둠의 가치를 동시에 생산한다"에서 '어둠'을 앞에, '빛'을 뒤에 두어도 일말의 오류도 없이 성립되는 시적 진리의 전제이자 배경이다. 이 장면의 상호 감각성을 지시하는 말을 찾아보면, '실재'의 대상이란 "대상의 실제적인 그리고 가능한 나타남들의 총체"이며, 그런고로 "나타남(to appear)은 곧 존재함(to be)이요 존재(being)는 곧 나타남(appearing)"[15]이라는 현상학적 명제일 것이다. 이것을 시인은 '사실'과 '현상'의 서로 드러냄과 얽힘의 관계를 통해 예시했으며, 마침내는 "두두물물의 말"이라는 미학적 기호로 현현할 '현상적 사실'에 궁극적인

14 같은 책, p. 127.

15 같은 책, p. 150.

가치를 두었다.

　　'날이미지시'는 '환유'를 인식 코드로 가지며 인식 내용은 '사실
적 현상'과 '사실적 환상'의 형태로 나타난다. 이와 같은 인식을 바
탕으로 이루어지는 작품의 수사 코드는 묘사의 형태이며 이때 작
품의 내용(이미지) 형태는 '현상적 사실'과 '환상적 사실'로 나타난
다. 바로 인식 내용인 '사실적 현상'은 '현상적 사실'로, '사실적 환
상'은 '환상적 사실'로, 작품의 내용 형태가 바뀐다는 이 점이 중요
하다. 이와 같은 변화는 언어화(작품화) 이전과 이후의 차이에서
비롯되는 것이다. 즉 '사실적 현상'을 인식하여 언어로 옮겼을 때는
'현상적 사실'이 되는 것이다. '사실적 현상'은 객관적 실재, 즉 두
두물물의 현상이며, '현상적 사실'은 실재에 부가된 이미지, 즉 언
어, 두두물물의 말이다.

　　　　　　　　　　　　　　　　　　—「날이미지의 시」(IV: 92~93)

　이 대목에 기반한다면, '날이미지시'는 '두두물물'의 사실적 현상
을 세속적 현실의 지배적 관념과 허구가 배제 또는 소거된 '두두물물'
의 이미지, 곧 그것을 묘사한 말로 변환함과 동시에 드러내는 기호이
자 방법이다. 시인은 '날이미지시'에서 관습화된 의미와 가치로 더께
진 '사실적' 현상과 환상을 "낯설지만 분명 사실적이고 객관적인" '현
상적'–'환상적' 사실로 바꿔내기 위해서는 '발견적 날이미지'가 꼭 필요
하다는 사실(IV: 200)을 지침 없이 강조했다. 여기에 소용되는 방법이
'반주체 중심의 시선'이다. 다시 강조하지만, 이것은 인간 자체를 완전
히 배제하거나 삭제하는 '맹목盲目'의 눈길이 아니다. 이와는 반대로 사
물의 시선으로, 또는 그것을 빌려 바라봄으로써 먼저 사물의 삶과 자
리를 마련하고, 동시에 인간 "자신의 일부를 버리는 시간"과 "자신의

166

일부로서의 빈자리를 만드는 시간"(IV: 200)을 발명하는 '통찰'의 눈빛이다.

이에 바탕한 인간과 사물의 상호 감각의 실현, 곧 "익명의, 개방된 활동"은 다음 장면에 선명하다. "아이가 몇 걸음 가다/돌을 길가에 버렸다/돌은 길가의 망초 옆에/발을 몸속에 넣고/멈추어 섰다"(「아이와 망초」, 『새와 나무와 새똥 그리고 돌멩이』, 문학과지성사, 2005). 여기 실현된 대상들의 익명성과 개방성은 전혀 고정적이거나 하나의 사건으로 종결되지 않는다. '망초'가 주체가 되어 그것과 아이, 돌의 관계 및 대화가 다시 이어질 수 있으며, 또 그것들을 둘러싼 무수한 사물들이 '두두물물의 말'을 생산하고 소통하는 주체로 끊임없이 거듭난다. 마침내 겨울이 되어 「아이와 망초」에 드러나 있거나 감춰져 있으며, 분명히 옆에 존재하지만 시선과 시에 담기지 못한 인간과 사물 위에 눈이 쌓이면 다음과 같은 '날이미지'가 탄생한다. 눈 내리는 풍경이라는 '사실적 현상'을 내포한 '현상적 사실'로서의 이미지, 곧 "표면의 혼란을 멀리하며 깊은 곳에서 숨 쉬던 산의 내면內面도 선명한 굴곡을 드러내며 공기 속에 하얗게 호흡"(V: 102)하는 '눈의 시학'이 그것이다. 이때의 '눈'은 당연히도 상호 감각의 실현을 더불어 사는 '눈[雪]'이자 '눈[目]'이다. 서로의 '눈'으로 삼투할 때 이것들은 '설맹雪盲'을 피하는 존재의 힘이 되어, 또 타자의 내면을 흐르는 눈물, 곧 실존의 감각이 되어 온 세상으로 침투하고 또 모든 내면을 적시어간다.

'현상적 사실'의 꿈과 '새로운 조화'의 세계

오규원의 영면과 더불어 '날이미지'를 휘감고 흐르던 '눈'과 '눈'은 더 이상 의미 있는 미학적 충격과 흐름을 생산하기를 멈췄다. 그러나 이광호의 '투명성의 시학', 문혜원의 '이미지 시론의 영역 확장', 오연경의 '탈원근법적 시각의 형이상학'과 같은 평가에서 보듯이, '날이미지'의 시학은 식민 권력처럼 작동 중이던 인간 중심의 사유와 상상력, 시선과 언어에 대한 본격적인 회의와 비판에 날카롭고 속도감 넘치는 활시위를 당겼다. 그럼으로써 다음과 같은 '시적 정의'에 대해 누구라도 동의할 만한 숙고와 실천의 필요성을 제기했다. "우리의 영혼은 전적이고 절대적인 통제에 갇히거나 또는 그런 세계로 인간을 몰고 가려는 의식이나 의지와는 다른 부드럽고 열린 존재여서 균열이 나고 상처가 생기지만, 그 균열과 상처가 세계와 어울려 새로운 조화를 이룩한다."(V: 122)

"균열과 상처"의 방법론으로 "새로운 조화"를 시의 현재로 살고자 했다는 점에서 오규원은 천생 시인이었다. 이 과정에서 특히 기억될 만한 것은 그 언어와 영혼의 모험이 은유적 언어 체계가 지배적인 '다양성의 세계'를 넘어, 환유적 언어 체계의 개입과 실천을 요청하는 "혼란의 세계"(V: 122)를 향해 조준되었다는 점이다. 이를 통해 시인은 "진리는 동사로 발견되고 서술되기도 한다"는 시적 혁신의 욕망을 "진리는 명사로 명명되고 대치된다"(IV: 25)는 서정시의 오랜 전통에 맞세우고자 했다. 이 명제에서 우리가 암시받아야 할 바는 분명하다. 시인의 '날이미지시'에 대한 동의나 거절의 선택은 각자의 몫일 수밖에 없다. 그러나 관습화된 사실과 전통에 대한 매일매일의 성찰과 혁신만은 결코 늦추거나 거부할 수 없는 시의 길이자 윤리이다. 오규원의 '날이미지' 시론이 여전히 현재적인 진정한 까닭이 여기 있다.

관념에의 탈피와 '살아 있는' 언어
―오규원의 시론 전반에 대하여

소유정

 시인이 쓰는 시론은 어떤 의미를 지닐까? 오규원의 말처럼 시인이 시를 이론적으로 추적하는 작업은 궁극적으로 "자기 시에 대한 정당성을 논리적으로 규명해 보고자 하는 일"[1]일 테다. 하지만 이보다 더 근본적인 차원에서 "시의 참다운 가치와 정체를 밝히고 그 시를 있게 하는 정신세계를 명료히 하는 데"[2]에 의미가 있다고도 할 수 있을 것이다. 오규원에게는 이 작업이 무엇보다 자신의 시를 끊임없이 진화하고 발전하게 하는 밑거름이었던 것으로 보인다. 이는 『현실과 극기』(1976), 『언어와 삶』(1983), 『가슴이 붉은 딱새』(1996), 『날이미지와 시』(2005)와 같은 총 네 권의 시론집으로 방증된다. 오규원의 시론집은 앞에서 밝힌 시론의 첫번째 의미처럼 자신의 시의 논리성을 찾고자 하는 시인의 궤적을 확인할 수 있다는 점에서 충분히 탐구의 필요성이 있으나, 각각의 시론집의 개별적인 담론 또한 의미가 있다. 더불어 시론집 간의 유기적인 연속성 역시 주목할 만한데, 이는 오규원의 시론에서 최종적인 논의라고 할 수 있는 '날이미지' 시론을 확립해가는 과정과 다름 아니기 때문이다. 따라서 오규원의 시론을 읽는 방법은 그

---

1 오규원, 「방법론 탐구의 일례」, 『현실과 극기』, 문학과지성사, 1976, p. 38.

2 같은 글, p. 38.

시기와 특질에 따라 변모하는 과정을 살펴 시인이 제시하는 '날이미지'라는 대안에 어떻게 이르게 되는 것인지를 검토해야 할 것이다. 이에 오규원의 시론 전반을 짚어보는 것을 목적으로 하는 이 글은 출간 순서에 따라 각각의 시론집에서 유의미한 논의를 살필 것이나, 문제의식을 선명히 하기 위하여 시인이 자신의 시론집에서 종종 취해왔던 방식처럼 명확한 키워드를 중심으로 이야기해보고자 한다.

시란 무엇인가, 시인이란 무엇인가

오규원의 첫번째 시론집 『현실과 극기』에서는 몇 번의 질문이 눈에 띈다. 그것은 시인에게는 응당 따를 수밖에 없는 물음이기도 한데, 바로 시란 무엇인가 또는 시인이란 무엇인가에 대한 것이다. 「Hand Play 論론」에서 오규원은 "시인이란 무엇인가라고 질문했을 때 시를 쓰는 사람이라고 대답하면 그런 대로 수긍이 가는데, 시란 무엇인가라고 질문했을 때, 역으로 시인이 쓴 작품이라고 하면 어째서 기분 나쁜 뉘앙스만 풍기고 시가 무엇인지는 도무지 떠오르지 않는가라는 불만이 있다"[3]고 말한다. 이는 곧 "어째서, 시인은 시 속에 완전히 사멸해도 시는 시인 속에 사멸하지 않는가"[4]와 같은 물음과도 이어진다. 시인은 이에 대해 불만이 있음을 거듭 말하지만, 투정에 가까운 이 불만은 오히려 그것이 가능하기에 시인으로 하여금 계속해서 시를 쓸 수 있게끔 만드는 것이다. 쓰는 이 안에 완전히 매몰되지 않고 정확하게 무엇으로도 정의할 수 없는 것. 그렇기에 오규원에게 시는 언제나 '모르는 것'에 가

---

3 오규원, 「Hand Play論」, 같은 책. pp. 22~23.

4 같은 글, p. 23.

깝다. "시어에서의 해방은 곧 시의 해방이요, 개성의 발현이다"라거나 "시란 별 게 아니다. 아누이가 싸르트르보다 좋게 뵈는 부분이 희곡이다"[5]와 같이 자못 진지하게 시에 대한 단상을 남겨보기도 하지만, 그럼에도 그는 여전히 시를 모른다. 모르는 채로 남겨두고 있다.

> 이런 따위의 귀절을 쓴 60년이나, 73년인 지금이나, 묘하게도 시가 무엇인지를 아직도 잘 모른다. 모르기 때문에 나는 시를 쓴다. 시가 무엇인지를 안다면 아마 나는 시를 쓰지 않을지도 모른다.
> 내가, 모든 내가 모르는, 모든 내가 모르지만 확실한 존재를 믿는, 그 무엇이 시이기 때문인지도 모른다.[6]

이처럼 오규원에게 "시란 A이다, 시란 B이다"라는 일대일 대응의 명제는 성립하기가 어려운 것이다. "시를 A와 B의 이상적 결합체이다라는 식으로 논리적으로 조직화될 수 있는 것이 시라면, 오히려 그 시는 없어지는 게 인간을 위해 행복한 그 무엇"[7]일 거라고 시인은 말한다. 이는 시라는 것이 하나의 관념이나 형식에 사로잡히지 않기를, 관념 안에 결박되어 있는 것이 시라면 차라리 존재하지 않는 것이 더 낫다는 시인의 바람이기도 하다.

> 60년대 시의 공헌으로 시는 개인을 떠나서도 자유롭고 아름답게 존재할 수 있었지만, 다른 측면에서 하나의 자유를 그 양식의 틀에 의해 속박당한다. 즉 사물의 다의적인 이미지에 각각 의존하여 그

5 같은 글, p. 23.
6 같은 글, p. 23.
7 같은 글, p. 24.

전체를 外界외계와 화합시키는 것에서 멀어져버린 점이 그것이다. 시인의 자유는 個人개인과 外界와 시가 화합하는 곳에 있고, 시는 자기 실현에 필요한 모든 형식을 갖춘 무한한 자유를 의미한다면, 우리는 시로부터 더 많은 자유를 요구해도 좋으리라 생각한다.[8]

앞의 논의는 오규원이 말하는 시의 "건강한 자유"와도 이어진다. 그는 「형식과 자유」에서 시의 과거, 현재, 미래를 생각하며 "우리는 좀더 파괴되어도 좋으며, 시 또한 그러한 건강한 자유를 좀더 적극적으로 보유해도 좋으리"[9]라고 논한다. 그가 이야기하는 파괴적이나 도리어 건강한 자유는 "시라는 형식에의 도전으로 시작"되는 것인데 형식에의 압력으로부터 해방이 곧 시인에게는 "자기 확인 작업"[10]과도 같기 때문이다. 이는 곧 "적극적인 의미에 있어서의 자유, 즉 자기 실현을 통한 외부세계와의 화해를 이룩하는 일과 일치"하는 것이다. 덧붙여 시인은 말한다. "한 시인의 의식을 구속하는 것을 거부하고, 해체하고, 그것에 반항하게 하는 것이, 그 시대의 현실이 아니라 항상 그 시대의 양식이 되어 있어야만 그 사람은 적극적인 의미에서의 시인"[11]이라고 말이다. 현실이 아닌 양식이어야 한다는 말은 시인의 저항이 단순한 상태에 지나지 않아서는 안 된다는 뜻이기도 하다. 시에 대한 반항을 하나의 양식으로 삼으면서 양식에 속박되는 시를 경계하며 오규원은 시인의 자유와 시의 자유에 한발 다가선다. 그가 말하는 시인의 자유는 결코 시의 자유를 자기의 것으로 하는 데에만 있지 않다. 시인

8 오규원, 「形式(형식)과 自由(자유)」, 같은 책. p. 35.

9 같은 글, p. 30.

10 같은 글, p. 33.

11 같은 글, p. 33.

이 시의 자유를 취하는 것만으로는 온전한 시인의 자유를 누릴 수 없으며 아무 소용이 없는 것이다. 시인의 자유와 시의 자유, 언제고 닿기를 바라는 화합의 자리를 향해 가며 시인은 자기실현이 가능한 무한한 자유를 꿈꾸고 있다.

관념 바깥의 세계를 향해

한 편의 시가 작품 외적인 어떤 사실로부터 구속받는다고 할 때, 즉 읽는 사람을 억압하고 있다고 할 때, 이 억압의 주체는 방법론과 이념일 것이다. 방법론과 이념의 근본은 모두 작품 바깥에 있다. 그것들은 작품 자체와 이어지긴 하지만 둘 다 예술 작품의 차원에 놓일 수는 없다는 것이 오규원의 말이다. 그에 따르면 방법론이 어떻게 억압일 수 있느냐의 문제는 구상화와 추상화의 대비를 살펴보아야 하는데, 이에 대한 예시로 설명되는 것이 바로 김춘수의 「봄이 와서」와 이용악의 「구슬」이라는 작품이다.

우선 「봄이 와서」에 대해 오규원은 이 작품 내부에는 "어떠한 관념도 없다"고 말한다. 즉 "관념을 배제해 버린 것이 이 작품의 방법론"이라 할 수 있는 것이다. 이에 덧붙여 오규원은 "이 방법론을 알면 자유롭지만 모르면 억압이 된다"고 하는데, 그 이유는 시인이 시를 쓰면서 "아무런 의미도 나타내지 않으려고 한다는 사실은 있을 수 없는 일"이며 읽는 이 또한 "시적으로 표현된 다른 의미의 세계를 기대하고 있"기 때문에 "스스로 잘못 읽는 것은 아닌가 하고 의심"[12]할 수 있기 때문이다. 그러나 「봄이 와서」는 어떤 풍경의 사실적 이미지만을 사용하여 관

12 오규원, 「방법론과 실천적 이념」, 『언어와 삶』, 문학과지성사, 1983, pp. 69~70.

념을 배제하는 식으로 서술되는 작품이기 때문에 그 자체로 "관념 밖의 세계"이자 "관념으로부터 도피한 세계인 동시에 자유인 세계"[13]가 된다. 이는 읽는 이의 가치 판단을 필요로 하지 않는 작품이기에 오규원은 이 작품에 대하여 "이해나 윤리적 가치 판단을 요구하고 있지 않고 또 할 필요도 없는 세계"[14]라고 다시금 강조하고 있다. 반면 「구슬」은, 관념이나 작품 바깥의 이념이 소거된 「봄이 와서」와 극점에 위치하는 작품이다. 이 시에 대해 오규원은 "이 작가의 이념을 알면 작품을 이해하는 데는 도움이 된다"며 이 작품에서의 "밤"은 "궁핍한 한 시대의 역사적 순간"이고, "구슬"은 밤을 밝히는 "밝은 지혜의 하나를 상징한다"고 설명한다. 그렇기에 이 작품은 "작가의 의도를 알면 그것이 상징임을 쉽게 알게 되고 또 그러한 말이 주는 억압으로부터 자유로워질 수 있"음을 밝힌다.[15]

하지만 「구슬」을 예술적 차원에 놓고 보면 어떨까. 오규원은 예술의 존재 이유에 대해 논하며 '현시'의 측면을 강조한다. 그의 말에 따르면 "예술의 존재 이유는 현존하는 가치 또는 가치 체계 이상의 것을 현시하는 데 있"다고 할 수 있는데, "현실을 그대로 묘사하려 해서는 현실 이상의 것을 표현할 수"가 없으며 현실에 대한 재현은 "〈현실 그대로〉일 뿐"이다. 중요한 것은 예술이라는 "허구의 공간"에서 덧붙여지는 과장되고 조작된 속상이 이 예술에 일종의 "자율성"을 부과한다는 사실이다. 오규원은 바로 이 지점에 관념을 대입한다. 예술 안에서 현실의 대상이 왜곡될 수 있다면 관념 또한 마땅히 그렇게 될 수 있는 것이다. 이러한 왜곡과 과정을 거쳐 만들어진 예술적 현실에 "기존 현실보

---

13 같은 글, p. 70.

14 같은 글, p. 71.

15 같은 글, p. 71.

다 더욱 〈현실다운 현실〉이 그곳에 없을 때, 그 작품은 예술 작품이 아니거나 현실의 지배를 받는 예술이 되어 현실과 다름없는 억압의 하나가 된다." 따라서 작품 속의 관념 또한 "이 현실의 지배를 받는 상태로부터 발생"하게 되는 것이다. 이와 같은 해석으로 「구슬」을 다시 보면 이 작품은 작가의 의식이 반영된 일종의 "행동 강령"으로서 "은근한 청유형"으로 권유되고 있다고 오규원은 말한다. 그렇기에 현실의 대안으로 다른 현실은 나타나지 않으며 작품 속에서 선명해지는 건 "독자를 구속하는 또 하나의 현실, 관념의 응어리"일 뿐이다.[16]

예술의 초월성과 자율성

예술 외부에서 작품의 안쪽으로 침투해오는 이념에 대해 오규원은 계속해서 논의를 개진해나간다. 우리가 사는 세계에는 도덕적인 결함이 없다면 마땅하게 성립되는 명제들이 있기 마련이다. 이 명제에 대한 "실천적 이념"을 주장하는 이에 대해서라면 "실천성", 즉 "성실성"[17]을 비판의 준거로 삼아 얼마나 적극적인 행위로 실천했느냐에 따라 평가할 수 있을 것이다. 오규원은 현실 세계의 "실천적 이념"을 문학 또는 예술에 대입하여 부여되는 "도덕적 면죄부"를 가늠해보기를 중요하게 여긴다. 그에 따르면 문학 안에서의 '도덕적 면죄부'는 두 가지 정도가 있는데 첫번째는 "작품의 비도덕성으로부터 얻는 자유"가 그것이다. 이는 즉 허구라는 문학의 특질로부터 얻는 자유라고 할 수 있는데, 현실 세계에서는 비도덕적이고 비윤리적일 수 있으나 작품 안에서라

16 같은 글, pp. 71~73.

17 같은 글, p. 75.

면 허용되는 경우의 자유를 뜻하는 것이다. 두번째는 이와 반대의 경우인데 "예술 작품이 작가의 실제적 비도덕성에 의해 훼손당하거나 부정당하지 않는다"는 것이다. 예컨대 실제 현실에서 작가가 비도덕적인 행위를 했을지언정 그가 쓴 작품까지 비판하지 않는다는 점이 그렇다. 이러한 두 가지 측면의 사실로 미루어볼 때 작품은 작가의 실제 현실과 분리되어 있는 "다른 현실이며 허구"이고, 그렇기에 "초월성을 지닌 자율의 세계"와 같다. 이에 대해 오규원은 작가에게 허용되는 '도덕적 면죄부'가 "기존 현실보다 더 현실적인 세계", 다시 말해 작품 내부의 현실을 "현시"하기 위해 허용된 자유라는 점을 강조한다.[18] 이렇듯 오규원에게 있어 예술의 "자율성"이란 "초월성"을 내포하고 있는 것인데, 이에 대해서라면 「방법론과 실천적 이념」의 뒤에 이어지는 「예술과 사회」에서 좀더 자세하게 논의되고 있다.

현실을 초월한 예술이 불온하다는 주장은 얼핏 보면 모순처럼 보인다. 그러나 예술은 〈현실적인 것〉을 먼저 만든 사람의 가치 체계인 기존 현실을 벗어나 스스로의 자율성에 의해 기존 현실이 부정하거나 갖추지 못한 〈보다 현실적인 것〉을 창조하여 사회와 대항한다. 이 대항과 비판, 〈보다 현실적인 것〉의 추구를 위해 예술은 현실을 초월하여 세계를 마련한다. 이것이 예술의 자율적 차원이며 그 구체적인 현상이 모든 예술 형식들이다. 모든 예술의 저마다 다른 형식이란 각각 다르게 현실을 초월하는 방법이다. 그러니까 현실을 초월하는 예술의 행위는 각각의 형식으로 일단 완결을 보는 셈이다.[19]

18 같은 글, pp. 75~76.
19 오규원, 「예술과 사회」, 같은 책, p. 80.

위의 인용에서 드러나듯 오규원은 예술의 "초월성"을 '불온성'이라는 속성과 연결 지어 논하고 있다. 어떻게 보면 이는 알맞지 않은 대응인 것처럼 보이지만, 예술은 그 "자율성"에 의해 "〈보다 현실적인 것〉"을 찾아 지금의 현실을 초월하는 것이므로 현실에 대한 대항의 의미로서의 "초월"임을 기억하자면 예술의 불온은 응당 그러해야 하는 것이다. 어째서 예술은 현실을 초월하는가. 이 물음은 오규원에게 있어 예술과 혁명의 관계를 통해 더욱 상세하게 설명된다. 그가 말하듯 혁명은 "사회 변혁을 위한 급진적이고 실천적인 이념의 전개"라고 할 수 있다. 반면 예술은 어떤가. 앞서 살펴보았듯 예술에서 실천적 이념은 현실에서와는 달리 자꾸만 미끄러져 나가는 것이었다. 그렇기에 혁명과 예술은 이념 안에서, 실천의 영역 안에서는 늘 대립할 수밖에 없으며, 이 대립을 보존하는 것이 곧 "예술의 초월성"이자 이 초월로 인해 "예술의 자율성"이 보장되는 것이다. 예술의 "초월성"으로 인해 얻은 "자율성의 세계"에서는 "실용성" "실천성" "강제성"[20] 등의 속성 등이 삭제되어 있다. 이 속성들의 공통적인 특질은 억압이라고 할 수 있을 것인데, 예술은 이러한 억압적인 속성을 지워버림으로써 "또 다른 현실을 현시"한다. 그렇기에 오규원은 "예술이란 현실을 가두는 형식이 아니라 해방하는 형식"이라 말한다. 억압과 지배로부터 벗어나 현실에서는 불가능한 모든 것들이 허용되는 세계, 현실의 가치가 무효화되는 세계, 닫혀 있지 않은 "열린 현실"로서의 예술의 세계는 이토록 자유롭다.

그러나 간과할 수 없는 것이 있다. 예술의 "자율성"은 현실을 초월하여 획득한 것이지만 그 자체를 위해 있는 것은 아니라는 사실이다. 오규원은 예술이 현실을 초월한 것은 그것의 존재를 위한 "필연성"에 의

---

20 같은 글, p. 81.

해 요구된 것이기에 이 점을 망각해서는 안 된다고 말한다. 만일 이를 망각한다면 예술은 그 존재 의미를 알 수 없는 "유희"에 불과한 것으로 추상화되거나 "의태 현실"을 제시하는 "예술의 도구화"[21]로 전락하여 현실화될 수 있기 때문이다.

의미 이전의 의미로 살아 있는 '날이미지'

『현실과 극기』에서부터 『날이미지와 시』까지 각각의 시론집에서의 담론은 상이하지만 그 기저에 있는 시인의 공통된 의식은 바로 관념으로부터의 탈피일 것이다. 이에 대한 오규원의 고민은 "관념이 곧 아름다움美은 아니"라거나 "관념의 공허한 울림만큼 피곤하게 하는 것이 없고, 지식인의 제스처만큼 슬프게 하는 것이 없다. 규격화되고 보편화된 이 세계의 禍中와중에서 빛나는, 공허한 관념놀이의 지긋지긋함"[22]이라는 직접적인 서술 등에서 확인할 수 있다. 이는 『날이미지와 시』에서 '날이미지'라는 담론으로 완결된다. 오규원의 시론을 관통하는 완성형 개념이기도 한 '날이미지'란 '날[生]'이라는 의미 그대로 무엇으로 개념화되기 이전의 것으로 '살아 있는' 이미지 그 자체라고 할 수 있다. 그가 날이미지로 구현하고자 한 것은 의미에 사로잡힐 수밖에 없는 언어적 속성과 한계에 대한 고찰로부터 비롯된 것이다.

> 그러니까 언어를 믿고 세계를 투명하게 드러내려는 노력을 하던 시기(초기)를 거쳐, 언어와 세계에 대한 불신이 내 나름대로 관

21 같은 글, p. 82.

22 오규원, 「사해의 잔광」, 앞의 책, 1976, pp. 45~46.

념과 현실을 해체하고 재구성하려던 시기(중기)를 지나, 명명하고 해석하는 언어의 축인 은유적 수사법을 중심축에서 주변축으로 돌려버린 지금의 위치에 서 있는 셈이다. 그러니까 지금까지 나도 그것을 중심축에 두고 있었고, 또 인간 모두가 명명하고 해석할 때 중심축으로 사용하고 있는 은유적 수사법이 아닌, 사물을 묘사하고 서술할 때 주로 사용하고 있는 환유적 수사법을 중심축에 옮겨두고 세계를 보고 있는 것이다. 그 환유의 축은 함부로 명명하거나 해석할 수 있는 언어체계가 아니므로 인간 중심적 사고의 횡포를 최소화할 수 있으리라는 내 나름의 믿음이 작용하고 있는 것이다.

[……] 나는 언어가 의미를 떠날 수 있다고 믿고 있지 않다(주변축에 은유를 두는 까닭도 그 때문이다). 그러므로 분명히 나도 의미화를 지향하고 있다. 단지 내가 표현하고자 하는 것이 명명하거나 해석에 의해 의미가 정해져 있는 형태가 아닌 다른 것일 뿐이다. 내가 표현하고 싶은 것은 사변화되거나 개념화되기 이전의 의미인 '날[生]이미지'다. 그 '날이미지'는 정해져 있는 의미가 아니라, 활동하는 이미지일 뿐이므로 세계를 함부로 구속하거나 왜곡하거나 파편화하지 않는다. 그리고 그것을 살아 있는 '세계의 인식'이면서 또한 '세계의 언어'인 '현상'의 형태로 나타난다. 나는 그런 '현상'으로 된 '날이미지시'를 쓰고 싶어한다.[23]

위의 인용에서 오규원은 지금까지 자신의 시를 이루는 중심축이 변경되었음을 밝히고 있는데, 이전에는 대부분의 사람들이 그러하듯 "은유적 수사법"을 중심 체계로 삼았으나, 이제는 "환유적 수사법"으로 그 축을 옮겨 세계를 바라보고 있다는 것이었다. 이와 같이 시적 언술

---

23 오규원, 「날이미지와 시」, 『날이미지와 시』, 문학과지성사, 2005, p. 107~08.

관념에의 탈피와 '살아 있는' 언어　　　179

의 방법론이 바뀐 까닭은 "명명하고 해석"하는 것을 중심으로 하는 은유적 체계와 달리, 환유적 체계는 "함부로 명명하거나 해석할 수 있는 언어체계가 아니"라 대상을 발견하고 그 '현상'을 서술하는 것이기 때문이다. '날이미지시'는 '현상' 그 자체에 대한 접근에서 시작할 수 있다. 오규원의 말처럼 언어에서 의미를 완전히 배제하기란 불가능한 일일 것이다. 이를 시인하면서도 그가 시적 언어로 표현하고자 하는 것은 "해석에 의해 의미가 정해져 있는 형태"가 아니라 "사변화되거나 개념화되기 이전의 의미"인 무언가다. 즉, 의미 이전의 의미, "존재의 살아 있는 의미망"[24]으로서 '날이미지'의 개념은 성립된다. 언어가 지닌 근본적인 한계를 알고 있음에도 이에 그치지 않고 의미에 고착화되지 않는 살아 있는 시, 생성에의 움직임을 보이며 끊임없이 운동하는 시를 향한 시인의 탐구 의식은 한계를 넘어서는 분투 그 이상의 의미를 갖는다.

감각과 사실의 언어로 마주하는 '나'

앞서 이야기하였듯 오규원이 새로운 언어 체계의 축으로 삼은 환유는 의미로 구현되는 관념이 아니라 대상에 대한 사실적인 '현상'을 바탕으로 하고 있다. 오규원은 이러한 환유적 언어 체계를 취함으로써 세계에 대해 명명하고 해석하는 '나' 주체 중심적인 사고를 버리고 사실과 현상 그 자체로써 세계를 말하고자 한다.

　　만약 우리가 명명하는 것이, 즉 정하는 것이 세계를 끊임없이 개

24　오규원, 「'살아 있는 것'을 위한 註解(주해)」, 같은 책, p. 30.

넘화시키는 것이라면, 명명하는 사고의 근본인 은유적 사고의 축을 버리고, 그리고 그 언어도 이차적으로 두고, 세계를 '그 세계의 현상'으로 파악하면 어떻게 되는 것일까―라는 것이 지금의 나, 나의 세계이다. 현상은 굳어 있는 개념도 아니며, 추상적인 관념도 아니다. 그것은 존재의 살아 있는 의미망―즉, '날이미지'가 아닌가.[25]

언어에 의미가 따르는 것이 불가피하다는 사실을 오규원은 이미 알고 있다. 그리고 그 역시도 분명히 "의미화를 지향"하고 있음을 밝힌다. 하지만 그가 말하는 바가 이전과 동일하게 은유적 언어 체계 안에서의 '의미화'는 아닐 것이다. 세계를 "'그 세계의 현상'으로 파악"하기 위하여 시인은 환유적인 체계로 인식하기를 택하였기 때문이다. 그가 관념화되기 이전의 의미로서 제시한 '날이미지'는 "정해져 있는 의미가 아니라 활동하는 이미지"이기 때문에 "세계를 함부로 구속하거나 왜곡하거나 파편화하지 않는다"는 특성을 지닌다. 이는 이전까지의 인식 체계와 반대로 행하는 것으로 "'세계의 의식'이면서 또한 '세계의 언어'인 '현상'의 형태로 나타"[26]나는 것이다. 다시 말해 '현상'은 그 자체로 "'존재의 언어'"인 동시에 "'살아 있는[生] 언어'"[27]로 기능한다. 그렇기에 이를 중심으로 하는 '날이미지' 시론은 명명되고 해석되어 의미화되기 이전의 살아 있는 감각 그대로를 전달하는 것을 목적으로 함을 알 수 있다.

'날이미지' 시론을 통해 오규원이 시에 요구하는 것은 "구원"이나 "해탈" 같은 것이 아니다. 그가 바라는 것은 "인간이 문화라는 명목으

25 같은 글, pp. 29~30.

26 오규원, 「날이미지와 시」, 같은 책, p. 108.

27 같은 글, p. 123.

로 덧칠해놓은 지배적 관념이나 허구"에서 벗어나 "세계의 실체인 '두 두물물頭頭物物'의 말(현상적 사실)을 날것, 즉 '날[生]이미지' 그대로 옮겨달라는 것"[28]이다. 이는 인간 중심적인 언어에서 벗어나 관념으로부터의 탈피와 종속되지 않은 시적 언어에 대한 사유로 이어진다.

> 언어는 '인간적인 너무나 인간적인' 것이다. 너무나 인간적인 것이어서 그것은 인간 욕망의 중심에 자리잡고 있다. 아니다, 그것은 인간 욕망의 다른 이름이다, 천의 얼굴을 한 인간의 욕망 그 자체이다. 지배하고 싶은가? 그렇다면 언어를 지배하고 소유해야 한다. 수단과 방법을 가릴 필요는 없다. 언어는 언제나 욕망하는 구조와 체계로 바뀐다. 그러나 나는 참 '나'와 있고 싶다. 지배와 소유라는 이 욕망의 통일천하에서 숨이 막힌다. 그래서 나는 '나'의 대부분을 점령하고 있는 내 욕망의 구조(관념)와 체계(은유)를 비운다. 만약, 당신이 그렇게 했었더라면 어찌 내가 이렇게 했겠는가? 더구나 내가 시인인데, 어찌 그리하겠는가?[29]

「시작 노트」에서 엿볼 수 있는 오규원의 문제의식은 '나'라는 주체를 향해 있다. 모든 인간이 던지는 질문의 끝에는 '나'라는 존재가 있음을 말하며 그는 "'나'가 곧 세계이며 그 세계의 시작과 끝"[30]임을 강조한다. 그렇기에 인간이 계속해서 물음을 던지며 질문을 할 수밖에 없는 까닭은 결국 '나' 자신을 알고자 하는 이유에서다. 시인이 세계를 투명하게 인식하는 이유도 "곧 '나'의 존재를 올바르게 파악하고자 하는 노

---

28 오규원, 「시작 노트」, 같은 책, p. 80.

29 같은 글, pp. 87~88.

30 같은 글, p. 84.

력"[31]이라고 오규원은 말한다. 세계와 '나', 세계 속의 '나'를 알고자 하는 욕망은 자연스러운 것이나 그것이 "지배와 소유"라는 욕망의 언어와 결합할 때 우리는 진정한 '나'와 마주할 수 없게 된다. 때문에 오규원은 "'나'의 대부분을 점령하고 있는 내 욕망의 구조", 그리고 "체계"를 비운다. 오랜 시간 '나'의 안에 고여 있던 의미를 지워내고 "왜곡 없이 세계와 닿는 시각적 진실과 직관적 인식[32]으로 감각적이고 사실적인 언어와 마주할 때, 살아 있는 이미지 그대로를 '나'와 나 자신과 관계하는 모두에게 전할 수 있게 되는 것이다.

이처럼 오규원의 시론은 그의 시에 대한 정당성을 논리적으로 추적할 수 있는 근거임과 동시에 시를 가능케 하는 시인의 시적 사유를 엿볼 수 있는 훌륭한 길잡이 역할을 한다. 첫번째 시론집 『현실과 극기』에서부터 이어져온 관념에 대한 오규원의 깊은 고민은 마지막 시론집 『날이미지와 시』에 이르러 이미지 시론으로 귀결된다. 개념화되거나 사변화되기 이전의 두두물물頭頭物物의 현상을 가리키는 '날이미지'는 관념이 배제되어 있는, '살아 있는' 이미지를 뜻한다. 무엇으로 의미화되기 이전의 의미, 날것 그대로의 의미로서의 '날이미지' 시론은 살아 있는 감각 그대로를 전하려 했다는 점에서 의의를 갖는다. 아울러 날이미지 시론을 통해 단지 언어 체계 안에서의 고착화된 의미에 대한 사유뿐만 아니라 시인이 시를 쓰던 당대의 이념에 대한 비판적 의식까지 연결되어 있다는 점에서 더 큰 의미를 갖는다. 오규원의 시론은 과거에 머물러 있는 낡은 언어가 아닌 지금까지도 우리에게 귀감이 되며 여전히 '살아 있는' 논의로 존재한다.

31 같은 글, p. 85.

32 오규원, 「날이미지와 관련어」, 같은 책, p. 89.

신체(성) 그리고 현상학
─키워드로 읽는 오규원의 시 세계

문혜원

오규원의 시는 초기, 중기, 후기로 나뉘고 시기마다 서로 다른 주제
들로 설명된다. 초기 시가 언어 자체에 대한 사유에 집중하고 있다면,
중기 시는 물질문명과 현대사회에 대한 비판적인 성격을 띠고, 후기
시는 사회적인 메시지가 사라지고 대상을 구현하는 방법론을 모색하
는 데 집중되어 있다.[1]

표면상 주제가 변화되는 것과 달리 오규원의 시에는 일관된 시적 관
심사가 시기에 따라 변주되면서 발전하는 모습을 보이기도 하는데, 은
유와 환유, 주체와 대상 간의 관계에 대한 천착 등이 그렇다. 그중에서
도 주체와 대상 간의 관계를 어떻게 설정하는가 하는 것은 시인의 사
유와 세계관을 요약해서 보여준다. 초기 시에서 주체가 대상보다 우월
한 위치에서 대상에 의미를 부여하는 역할을 한다면, 후기 시에서 주
체와 대상은 동등한 지위를 가진 존재로서 같은 지각의 장에 있다.[2] 이

---

1 오규원의 시는 초기: 1시집 『분명한 사건』~2시집 『순례』, 중기: 3시집 『왕자가 아닌 한 아이에
   게』~5시집 『가끔은 주목받는 생이고 싶다』, 후기: 6시집 『사랑의 감옥』~10시집 『두두』로 나눌
   수 있다. (문혜원, 「오규원 후기 시와 시론의 현상학적 특징 연구」, 『국어국문학』 175호, 2016
   참조)

2 "중기 시까지 주체는 대상의 의미를 파악하고 해석하는 우월한 위치에 있지만, 후기 시에서 주체
   는 대상과 동일한 물물의 하나로서 세계 내에 존재한다. 주체는 대상에 해석을 덧붙이는 것이 아
   니라 대상으로부터 발현되는 의미를 기록하고 있을 뿐이다. 시적 대상인 사물들은 내적으로 긴밀

184

러한 변화는 주체가 신체를 통해 세계와 관계를 맺는 지각적 주체임을
자각하면서 생겨난 것이다. 따라서 '신체(성)'³는 오규원 시의 변화를
설명할 수 있는 중요한 키워드이다.

오규원의 시에서 신체에 대한 관심이 보이는 것은 초기 시 중에서도
특히 1시집에서이다. 여기서 신체는 시적인 표현에서 의인법이나 감각
적 이미지와 같은 수사법을 가능하게 하는 조건이다. 또한 그것은 주
체가 대상을 인식하는 과정에서 필수적인 조건이다. 주체는 신체의 감
각을 활용해서 외부의 대상을 지각하고 인지하기 때문이다. 초기 시에
는 이와 같은 신체의 특징이 함께 드러나 있다. 중기 시에서는 신체에
대한 관심이 거의 드러나지 않다가 후기 시에서 현상학적인 관점과 연
결되며 구체화된다.⁴ 후기 시에서 주체는 세계와 신체적으로 관계하며
실존하는 신체-주체⁵로서 대상과 더불어 존재한다. 이는 신체에 대한
관심을 철학적인 사유로 연결한 것으로서, 메를로퐁티적인 현상학적
관점을 바탕으로 하고 있다.⁶ 1시집을 중심으로 하여 초기 시에 나타나
는 '신체(성)'의 특징을 살펴보고, 그것이 후기 시에서 어떻게 연결되고
발전하는지를 살펴보자.

하게 연관되어 있다. 주체는 대상인 사물들과 동일한 지각 지평 안에 더불어 존재함으로 해서 그
것들을 지각할 수 있게 된다." (같은 글, p. 149)

3 '신체'는 구체적인 몸 자체를 말하고 '신체성'은 신체가 가지고 있는 속성을 강조하는 것이다. 이
글에서는 신체와 신체성을 거의 동일한 개념으로 사용할 것이며, 신체의 속성을 강조하는 경우
외에는 '신체'라는 말로 통일할 것이다.

4 중기에 해당하는 3~5시집에서는 신체에 대한 관심이 거의 나타나지 않는데, 이는 이 시기 시들
이 자본주의와 억압적 현실 비판을 주제로 하면서 아이러니와 풍자에 집중하고 있기 때문으로 보
인다.

5 '신체-대상', '신체-주체'의 개념은 강미라, 「사르트르의 현상적 신체에 대한 메를로 퐁티의 비
판」, 『대동철학』 61, 2012 참조.

6 오규원의 시와 메를로퐁티의 연관성에 대해서는, 문혜원, 앞의 글; 문혜원, 「오규원의 시와 세잔
회화의 연관성 연구」, 『국어국문학』 185호, 2018 참조.

수사학적 도구로서의 신체

시에서 '신체'가 나타나는 가장 일반적인 경우는 의인법을 사용할 때이다. 의인법은 동식물이나 무생물, 자연현상 혹은 개념 등 사람이 아닌 것을 사람인 것처럼 표현하는 수사법으로서, 표현되는 대상은 사람처럼 말하거나 행동하고 느끼며 생각한다. '깃발'을 "소리 없는 아우성"(유치환, 「깃발」)이라고 표현하거나, '플라타너스'를 두고 "너의 머리는 파아란 하늘에 젖어 있다"(김현승, 「플라타너스」)고 표현하는 것은 대상을 의인화한 대표적인 예이다. 깃발이 아우성을 치거나 나무가 머리를 가지고 있다고 보는 것은 모두 인간의 신체를 기준으로 했을 때 성립되는 비유이다.

오규원의 시에서 역시 대상을 의인화한 표현들[7]이 빈번하게 등장한다(「서쪽 숲의 나무들」「길」「정든 땅 언덕 위」「꽃이 웃는 집」「무서운 계절」「들판」 등)[8]. "낱말은 지친 바람을/가만가만 풀잎 위에 안아 올린다"(「현상실험(별장)」), "바람에 흔들리며 부르르 떨고 있는/나뭇잎의 새파랗게 질린 표정"(「무서운 계절」), "길이 끝난 곳에/산이/무릎을 꿇고 앉아 있다."(「들판」)에서 낱말, 바람, 나뭇잎, 산 등은 마치 사람처럼 무언가를 안아 올리고 표정을 짓고, 무릎을 꿇고 앉는다.

> 나뭇가지를 타고
> 이웃집으로 도주해버린
> 시간의 신발이

---

7 의인법적인 표현은 후기 시에서도 종종 나타난다. 그러나 그것은 단지 대상을 사람처럼 표현하는 수사법의 차원인지 아니면 동등한 신체를 가진 대상에 대한 이해인지에 따라 구별된다.

8 1시집의 시들을 인용하거나 예로 드는 경우 시집 표시를 따로 하지 않고, 그 외 시집에 실린 시들은 인용된 시집명을 병기하기로 한다.

발을 떠나서
거주하는 뜰을

이혼 승낙서를 앞에 놓고
어깨를 나란히한
두 송이 꽃이
웃으며 보고 있었다
곡괭이를 빠져나온 長木^{장목} 자루가
바보처럼
허리를 구부리고
담 밖을 기웃거리다가
되돌아 들어가곤 하는
그 집에는

—「꽃이 웃는 집」 부분

바람이 불고 간 그 이튿날
뜰에 나간 나는
감나무의 그림자가 한 꺼풀 벗겨진 걸
발견했다.
돌아서는 순간
뜰이 약간 기울어진 걸
발견했다.

뜰 위에는
부러진 아침 어깨뼈의 일부.
부러진 하느님 어깨뼈의 일부.

「꽃이 웃는 집」에서 실제 있는 사물은 옆집 담을 넘은 나뭇가지와 두 송이 꽃, 곡괭이에 박혀 있던 장목 자루 등이다. 시인은 그것을 시간이 이웃집으로 도주했다거나 꽃이 이혼 승낙서를 앞에 두고 있다고 표현하고 있다. 곡괭이 자루가 허리를 구부리거나 담 밖을 기웃거린다는 것은 시간의 흐름에 따라 생겨난 그림자를 비유한 것으로 읽을 수 있다. 꽃이 이혼 승낙서를 앞에 놓고 나란히 있다는 것은 두 송이 꽃이 반대 방향을 향해 피어 있는 것을 표현한 것일 수 있지만, 비유의 실제적인 근거가 뚜렷하지는 않다. 이는 대상의 속성 외에 그것을 대하는 주체의 주관적인 판단을 덧입혀놓은 것이다.

이에 비해 「그 이튿날」에서 대상은 구체적인 신체의 부분에 견주어 파악됨으로써 비유의 근거가 보다 선명하게 드러난다. 감나무의 그림자가 한 꺼풀 벗겨졌다는 것은 바람이 몹시 불어서 감나무들 이파리가 떨어졌다는 것을 말한다. 뜰이 약간 기울어진 것처럼 느낀 것은, 떨어진 감나무 이파리가 쌓여 있기 때문일 것이다. 다음 연의 "부러진 아침 어깨뼈의 일부" "부러진 하느님 어깨뼈의 일부"에서 '부러진 어깨뼈'는 비어 있는 뜰의 자리에 비치는 햇빛을 말한 것으로 보인다. 여기에는 햇빛을 어깨뼈에 비유하는 동시에, '아침' '하느님'을 '어깨뼈를 가진 신체'에 비유하는 이중의 의인법이 사용되고 있다. 「꽃이 웃는 집」에서 '이혼 승낙서를 앞에 둔 꽃'이 주체의 판단에 근거하여 대상을 해석하고 있음에 비해, 「그 이튿날」에서 뜰의 풍경은 신체를 매개로 하여 보다 구체적인 비유의 근거를 확보하고 있다.

주체는 대상에 인간적인 속성을 부여하고 그것을 통해 대상을 이해한다. 이는 인간이 세계를 이해하는 가장 기본적인 방법으로서 인간 중심적인 사고를 반영하고 있다. 이때 주체는 대상에 대해 우월한 위치에 있으며, 신체성은 주체의 우월성의 표지로서 대상에 부여되는 인간적인 속성이다. 이때 대상은 주체에 의해 일방적으로 해석되고 덧입혀지는 수동적인 것으로서 존재한다.

대상을 인식하는 과정으로서의 '신체화'와 다중 감각

의인법이 대상을 인간의 신체에 빗대어 표현하는 수사법이라면, '신체화'는 표현의 문제가 아니라 주체가 대상을 인식하는 방법이다. 즉 주체가 대상을 어떻게 지각하는가에 초점을 맞추는 것이다.

주체가 대상을 이해하고 표현하는 과정은 신체를 통해서 가능하다. 대상을 지각하는 것은 시각, 청각, 촉각 등 특정 감각기관을 사용함으로써 가능한 것인데, 이것은 주체가 신체를 통해서 대상과 관계를 맺는다는 것을 말한다. 주체는 신체적인 감각을 통해 대상을 지각하고 그것을 인식한다. '감각(sensation)'은 '감각기관이 어떤 자극을 받음으로써 생기는 의식 현상'이라면, '지각(perception)'은 '감각기관을 통하여 대상을 인식함, 또는 그런 작용'이고, '인식(cognition)'은 '자극을 받아들이고 저장하고 인출하는 일련의 전신 과정'이다.[9] 주체는 눈, 코, 귀, 혀, 살갗을 통해 바깥의 어떤 자극을 알아차리는데, 이것들은 각각 시각, 후각, 청각, 미각, 촉각 등으로 구별될 수 있다. '신체화'는 이처럼 주체가 다양한 신체의 감각기관을 통해서 대상을 인식하는 과정을 의미한다.[10]

---

9 변정민, 「한국어의 인지 단계에 대한 연구」, 『사회언어학』 제10권 2호, 2002. 12, p. 90 참조.

10 인지 시학에서 '신체화'란 인지 과정에서 사람의 몸 또는 신체성이 작용하는 양상으로서, 우리의 일상적이며 신체적인 경험이 의미 또는 개념적 세계를 구조화하는 데 필수적 역할을 수행한다고 보는 것이다. (임태성, 「다중감각어의 환유적 접근」, 『국어교육연구』 71, 2019, p. 52 참조)

1시집에 빈번하게 나타나는 감각적 이미지들은 주체가 대상을 지각하는 과정으로서 신체화의 양상을 잘 드러내고 있다(「분명한 사건」 「정든 땅 언덕 위」 「무서운 사건」 「현황 B」 「그 마을의 주소」 「그 이튿날」 등). 대상은 주체의 신체 감각을 통해 포착되는데, 이것은 주체가 대상에 의미를 부여하기 전, 대상을 인지하는 과정에 신체성이 개입되는 것이다.[11]

> 시간의 둔탁한 대문을
> 소란스럽게 열고 들어선
> 밤이
> 으스름과 부딪쳐
> 기둥을 끌어안고
> 누우런 밀밭을 밟고 온
> 그 밤의 신발 밑에서
> 향긋한 보리 냄새가
> 어리둥절한 얼굴로
> 고개를 내밀고 있다.
>
> —「분명한 사건」 부분

이 시에서 대상은 다양한 감각을 통해 포착되고 있다. "시간의 [……] 끌어안고"에서 '밤'은 촉각('둔탁한')과 청각('소란스럽게 열고'),

---

11 "실제로 우리가 이 세계를 경험하는 것은 우리의 마음과 몸, 문화적 배경에 대한 상호작용에서 비롯된다. 곧 우리가 어떤 것을 유의미하게 경험할 가능성은 우리의 신체적 경험의 성격에 달려 있다. 우리가 경험하는 것, 그 경험이 의미하는 것, 그 경험을 이해하는 방식, 그 경험을 추리하는 것 모두가 우리의 신체적 존재와 관계가 있다. [……] 상상력의 구조는 근원적으로 신체적 수준의 경험에서 직접적으로 발생되므로, 선인지적이고 비명제적이다." (임지룡, 『인지의미론』, 한국문화사, 2017, p. 10)

190

시각('으스름')을 통해 포착되고, "누우런 [……] 있다."에서는 시각('누우런')과 촉각('밟고 온'), 후각('향긋한 보리 냄새')으로 포착된다. 이 과정을 통해 '밤'이라는 추상적인 시간 명사는 구체적이고 감각적인 것으로 표현된다. 주체는 촉각, 시각, 청각, 후각 등 다양한 감각을 이용해서 대상을 지각하고, 그것을 '대문을 열고 온다' '향긋한 냄새가 난다'와 같이 인지한다. 이때 밤이 대문을 열고 온다거나 향긋한 냄새가 난다고 보는 것은 대상에 대한 지각을 바탕으로 하여 이루어진 판단에 해당한다. 즉 '밤이 대문을 열고 온다'는 '밤'을 사람의 행위에 빗대어 표현한 의인법이라는 점은 동일하지만, 그것에는 주체가 신체성을 이용해서 대상을 파악하는 과정이 선행되는 것이다.

그 마을의 주소는 햇빛 속이다
바람뿐인 빈 들을 부둥켜안고
허우적거리다가
사지가 비틀린 햇빛의 통증이
길마다 널려 있는
논밭 사이다
반쯤 타다가 남은 옷을 걸치고
나무들이 멍청히 서서
눈만 감았다 떴다 하는
언덕에서
뜨거운 이마를 두 손으로 움켜쥐고
소름 끼치는, 소름 끼치는 울음을 우는
햇빛 속이다
—「그 마을의 주소」 부분

이 시에서 '햇빛'은 빈 들을 부둥켜안고 허우적거리다가 사지가 비틀리고, 나무는 멍청히 서서 눈만 떴다 감았다 한다. 이것은 대상을 사람처럼 표현하는 차원을 넘어서 신체화를 통해서 표현한 것이다. '사지가 비틀린 통증'이나 '소름 끼치는 울음'은 햇빛에 대한 지각 내용을 넘어서 그것에 바탕한 인식과 판단의 내용이다. '햇빛이 논밭과 길, 언덕을 비추고 있다'는 시각을 통해 지각된 것이지만, '햇빛의 허우적거림, 사지가 비틀림'은 지각한 것을 바탕으로 주체가 받아들인 인상이다. 그리고 그 인상은 거꾸로 주체의 신체를 통해 전달되어 온다. '허우적거리다, 사지가 비틀리다, 소름 끼치다'는 대상에 대한 인상이 주체의 신체로 느껴짐을 표현하고 있다.

여기서 주목되는 것은 다양한 감각들이 동시에 작용해서 대상을 지각한다는 점이다. 인용된 시에서 밤은 청각과 촉각, 시각, 후각으로 동시에 감각되고 있다. 이것들은 하나의 감각으로 먼저 포착된 후 다른 감각으로 전이되는 것이 아니라 다양한 감각으로 동시에 포착된다. 즉 하나의 감각에서 다른 감각으로 옮겨지며 재해석되는 것이 아니라 감각되는 순간부터 복합적으로 존재하는 것이다.

바람이 불 때마다
ㅇ ㅇ ㅇ
신경이 떨리는 소리에
달이 산산조각이 되어 흩어지고
지층에서 얘기하던
소극적인 사람들의 말소리가
밤의 한쪽에
바늘만 한 구멍을 뚫고
그 속으로

보이기 싫은

세계의 눈물이 한 방울

뚜욱 떨어지고 있다.

—「밝은 밤」 부분

"바람이 불 때마다/으으으/신경이 떨리는 소리에/달이 산산조각이
되어 흩어지고"에는 처음부터 청각과 촉각이 섞여 있다. '바람'은 '으으
으'라는 소리와 동시에 '신경이 떨리는' 것과 같은 촉각적인 느낌으로
전해진다. 이어지는 "달이 산산조각이 되어 흩어지고"는 산산이 부서
진 시각적인 모양과 아울러 깨어지는 소리와 함께 산산조각 난 파편들
의 뾰족하고 날카로운 촉각적인 느낌까지를 포함하고 있다.

이는 '공감각적'이라고 설명되는 이미지들이 은유라는 도식을 따라
전이되는 것이 아니라 신체화된 경험 자체의 다중성을 반영하는 것임
을 보여준다. 이는 인지 시학에서 말하는 '다중 감각'에 가깝다. 다중
감각은 감각들이 다중적으로 기능하며 동시에 지각된다는 의미로서,
시각과 청각, 청각과 촉각, 후각과 미각, 후각과 촉각 등 다중 감각은
일반적 보편적으로 지각된다.[12] 신체화를 보여주는 시들에서 감각들은
종종 다중적으로 경험되는데, 그중 가장 두드러지는 것은 다른 감각과
촉각과의 복합성이다.

시간의 육신이 부서지고 있다.

---

12 "'다중감각어'가 '감각'이라는 큰 틀에서 지각되며, 하위 감각 영역들이 한 영역과 다른 영역 간
에 독립적으로 지각되지만, 인접한 감각들끼리 동시 발생할 수 있다는 것을 나타낸다. 이것은 감
각어에 대한 지각이 한 영역에서 다른 영역으로의 전이 즉, 은유적으로 이해되는 것이 아니라,
감각 간 인접성에 의한 환유적으로 이해된다는 것을 나타낸다. 물론, 감각 간에 인접성 여부가
각 감각의 특성에 따라 정도의 차이는 나겠지만, '시청각', '향미' 등등의 여러 합성어나 관련 표
현들을 통해 이것이 우리에게 신체화되어 있음을 보여준다." (임태성, 앞의 글, p. 52)

신체(성) 그리고 현상학   193

들쥐들이 갉아 먹은 뜰이
조금씩 간격을 두고
분쟁을 제기하는 나무들이
어둠에 구멍을 뚫고 있다.

신경의 왼쪽과
오른쪽에서
오른쪽과 왼쪽에서
버려진 나의 깊은 우물 속을
내려가는
빈 두레박 소리가 빠져나오고
발자국이 큼직큼직한 악몽이
등뼈를 타고 넘어오고 있다.

—「현황 B」부분

인용된 부분은 새벽 두 시의 현황을 묘사한 것으로서, 주체가 인식한 대상의 풍경과 정황을 그려내고 있다. "시간의 육신이 부서지고 있다."는 마치 시간이 멈춘 듯 고요하고 정밀한 새벽 두 시의 상황을 표현한 것이고, "신경의 왼쪽과/오른쪽에서" "깊은 우물 속"으로 "내려가는" "두레박 소리"는 그와 같은 정밀함 속에서 주체의 상상이 이루어지고 있음을 보여준다. "들쥐들이 갉아 먹은 뜰이 [……] 구멍을 뚫고 있다"는 어둠 속을 오래 응시한 끝에 뜰과 나무가 어렴풋이 보이는 것을 말한다.

2연에서 이 같은 상황은 지극히 촉각적으로 표현된다. 주변이 고요해질수록 예민해지는 정신은 "신경의 왼쪽과/오른쪽"을 구별할 수 있는 정도이고, '내 안의 깊은 우물을 내려가는 빈 두레박 소리'는 주체의 상상이 점차 깊어지고 있음을 청각적이면서도 촉각적인 감각으로 표현하고 있다. "발자국이 큼직큼직한 악몽이/등뼈를 타고 넘어오고 있다."는 악몽을 '발자국이 큼직큼직하다'라고 시각적으로 표현하면서 동시에 등이 오싹해지는 느낌을 '등뼈를 타고 넘어온다'고 하여 촉각적으로 표현하고 있다.

특히 "발자국이 큼직큼직한 악몽이/등뼈를 타고 넘어오고 있다."는 대상을 의인법을 사용하여 표현함과 아울러 그것이 주체에게 미치는 영향을 신체적인 감각으로 묘사하고 있다는 점에서 흥미롭다. '발자국이 큼직큼직하다'는 것은 악몽을 사람처럼 비유한 의인법이지만, "악몽이/등뼈를 타고 넘어오고 있다."는 의인법인 동시에 그것이 주체에게 미치는 느낌을 신체적인 것으로 옮겨 표현하고 있는 것이다.

이것은 주체가 지각을 통해 세계와 관계를 맺는 지각적 주체라는 것을 말하는 것이다. 주체는 신체화를 통해서 대상을 인지하게 되며, 이 과정에서 신체를 통한 대상과의 소통 가능성을 발견한다. 이는 일방적으로 대상에 의미를 부여하는 것과는 달리 주체가 신체를 통해 대상을 인식하는 과정을 보여주는 것으로서, 대상을 거쳐서 주체에게로 회귀한다는 특징이 있다.

주체와 대상의 동등한 지위의 근거로서의 신체

앞에서 살펴본 시들에서 신체는 대상에 인격을 부여하는 준거이거나 대상을 인식하는 과정에 필수적인 조건이었다. 후기 시에서 그것은 주체만이 아니라 대상 또한 가지고 있는 속성으로서 상호적인 것으로 나타난다. 주체와 대상은 동등하게 신체를 가진 존재로서 같은 지각의 장 안에서 마주하고 있다.

1

높은 곳으로 올라간 길은 흔히

작은 집을 만난다 그 집은

나뭇가지 끝에서도 발견된다

그 집은 수액을 받기까지는 오랜

시간이 걸린다 그런 집에 눌려

부러지거나 꺾인 가지도 있다

2

골목은 꺾어지기를 즐긴다

꺾인 길이 탄력을 즐긴다

그곳을 지나가는 사람도 흔히

발끝이 들린다 집을

좋아하는 길은 자주 막힌다

　　　　　　　　—「집과 길」 부분 (『길, 골목, 호텔 그리고 강물소리』)

　이 시는 골목이 있는 길과 집의 풍경을 묘사하고 있다. 1에서 "높은
곳으로 올라간 길"은 지형상 높은 곳에 있는 길일 수도 있고, 원근감으
로 볼 때 멀리 있는 길을 수직적인 높이로 표현한 것일 수도 있다. 길
의 끝에 작은 집이 있고 나무가 있다.

　"집에 눌려/부러지거나 꺾인 가지"는 집이 나뭇가지 일부분을 가리
고 있는 모양을 표현한 것이다. 그러나 '집이 나뭇가지를 가리고 있다'
는 것은 주체의 신체에 있는 '눈'이 감각한 사실이 아니라 과거의 경험
을 바탕으로 한 판단이다. '눈'이 실제로 지각한 사실은 오히려 나뭇가
지가 꺾이거나 부러졌다고 보는 것에 가깝다. 이것을 '집이 나뭇가지

일부를 가리고 있다'고 생각하는 것은, 주체의 실제 눈이 아니라 대상을 바라보는 다른 사물(집과 나무 가까이에 있어서 나무가 부러진 것이 아님을 확인할 수 있는 위치에 있는)의 시선을 빌린 것이다. 이처럼 주체는 실제 감각기관으로 지각할 수 있는 것을 넘어서 대상을 인지한다. 이것은 사실상 주체의 시선이 아니라 주체와 더불어 있는 다른 사물들의 시선을 빌려서 보는 것[13]으로서, 그 자체가 대상의 신체성이 전제되는 것이다.

2에서 골목이 꺾어지기를 즐기고 꺾인 길이 탄력을 즐긴다는 것은 사물을 사람처럼 표현한 의인법이지만, 그것이 그곳을 지나가는 사람에게도 영향을 미친다는 점에서 일방적인 인간 우위의 관점과는 차이가 있다. 꺾이는 지점이 많은 골목과 길을 지나가며 사람의 '발끝이 들리는' 것이다. 골목과 길의 신체성(꺾이고, 탄력적인)이 주체인 사람의 신체성(발끝이 들리는)에 영향을 미치는 것이다. 주체는 대상보다 우월하지 않고 대상의 신체성에 의해 영향을 받는 상호 소통적인 존재이다.

이러한 상호성은 주체와 대상 간의 관계만이 아니라 대상과 대상 사이의 상호성으로 확대된다. 대상 간의 관계 역시 신체성을 바탕으로 하여 파악된다.

> 허공으로 함부로 솟은 산을
> 하늘이 뒤에서 받치고 있다
> 하늘이 받치고 있어도

---

13 "지각을 수행하는 시선은 동시다발적으로 무한히 다양한 위치에서 한 대상을 바라보는 것이 된다. 지각 주체가 사물의 전체적인 모습을 볼 수 있는 것은 이처럼 지평적인 대상들의 봄을 통해 가능한 것이다. 주체가 본다는 것은 주체 역시 대상과 동등한 신체의 자격으로 대상을 바라보는 것이며, 다른 대상들의 시선을 빌려서 주어진 대상에 대한 전체 인상을 가지는 것이다." (문혜원, 「김춘수 후기 시에 나타나는 신체성에 대한 연구」, 『한국현대문학연구』 46, 2015, pp. 404~05)

산은 이리저리 기운다 산 밑에서

작은 몸을 바로 세우고

집들은 서 있다

　　　　　　—「안과 밖」 부분 (『길, 골목, 호텔 그리고 강물소리』)

솟아오른 산은 마치 하늘이 뒤에서 '받치는' 것처럼 보이고, 보이는 각도에 따라 모양이 달라서 이리저리 '기우는' 것처럼 보인다. 산 밑에 있는 집들은 산의 기울어짐을 지탱이라도 하듯 "몸을 바로 세우고" 서 있다. 대상은 서로 받치고 기울고 몸을 세우며 있다. 대상과 대상의 관계가 신체를 통해 연결되고 있는 것이다. 이러한 관계 속에 사람이 자연스럽게 개입되면 다음과 같은 시가 된다.

길은 바닥에 달라붙어야 몸이 열립니다

나는 바닥에서 몸을 세워야 앞이 열립니다

강둑의 길도 둑의 바닥에 달라붙어 들찔레 밑을 지나 메꽃을 등에 붙이고

엉겅퀴 옆을 돌아 몸 하나를 열고 있습니다

땅에 아예 뿌리를 박고 서 있는 미루나무는 단단합니다

뿌리가 없는 나는 몸을 미루나무에 기대고

뿌리가 없어 위험하고 비틀거리는 길을 열고 있습니다 엉겅퀴로 가서

엉겅퀴로 서 있다가 흔들리다가

기어야 길이 열리는 메꽃 곁에 누워 기지 않고 메꽃에서 깨꽃으로 가는

나비가 되어 허덕허덕 허공을 덮칩니다

허공에는 가로수는 없지만 길은 많습니다 그 길 하나를

혼자 따라가다 나는 새의 그림자에 밀려 산등성이에 가서 떨어
집니다
산등성이 한쪽에 평지가 다 된 봉분까지 찾아온 망초 곁에 퍼질
러 앉아
여기까지 온 길을 망초에게 묻습니다
그렇게 묻는 나와 망초 사이로 메뚜기가 뛰고
어느새 둑의 나는 미루나무의 그늘이 되어 어둑어둑합니다
—「둑과 나」 전문(『새와 나무와 새똥 그리고 돌멩이』)

길을 걷는 '나'와 '길'은 '바닥'을 기준으로 해서 대비되어 설명된다.
대상인 '길'과 길을 걷는 주체인 '나'는 동일하게 '몸'을 가진 존재이다.
길은 바닥에 달라붙어야 몸이 열리고, '나'는 바닥에서 몸을 세워야 앞
이 열린다. 또 다른 대상인 '미루나무'는 뿌리가 있어서 단단하게 땅에
서 있고, 뿌리가 없는 '나'는 몸을 미루나무에 기댄다. 덩굴식물인 '메
꽃'은 기어야만 길이 열리고, '나비'는 허공의 길을 날고 있다. '나'가 봉
분 옆의 망초 곁에 앉자 그 사이로 메뚜기가 뛰고 '나'의 그림자와 미루
나무의 그림자가 겹친다. 이 풍경에서 주체인 '나'는 길, 엉경퀴, 나비
등 대상과 더불어 존재하는 세계의 일원일 뿐이다. 대상 역시 신체를
가지고 있는 존재로서, 대상과 주체는 신체를 통해 소통하고 존재한다.
이때 신체는 메를로퐁티의 '상호 신체성으로서의 몸'에 가깝다. 메
를로퐁티는 주체가 대상을 지각할 수 있는 것은 신체(몸)를 가지고 있
기 때문이라고 보았고, '몸'은 그 자체가 감각하는 몸임과 동시에 감각
가능한 몸이라는 이중성을 가지고 있어서 상호성이 전제된 것으로 보
았다. 주체와 대상은 동일한 지각의 장에 있는 존재로서, 보는 것은 곧
보이는 것이고 만짐은 만져짐을 동시에 이루는 것이다. 오규원의 후기
시에서 주체가 대상과 공평하게 풍경의 하나로 표현되는 것은, 이와

같은 현상학적 사유에 바탕하고 있는 것이다. 이런 면에서 '신체'는 오규원의 시 세계 전반을 설명할 수 있는 중요한 키워드이다.

사실과 사실 사이
—오규원의 시 쓰기/편지 쓰기에 관하여

홍성희

그 不在^{부재}는 방법입니다.

—「不在를 사랑하는 우리집 아저씨의 이야기」[1] 부분

대역

오규원의 시에는 있는 것이 많다. 시작^{詩作} 시기에 따라 드러나는 모습은 다르지만 그의 시는 언제나 세계를 바라보는 방법과 이미지를 포착하는 방법, 그것에 응전하기 위한 시적 전략으로 가득하다. 어느 시인의 시에든 없지 않을 이런 방법론이 오규원의 시에서 유난히 '있다'고 느껴지는 이유는, 그의 시가 시선과 이미지와 시 언어의 작동 방식을 일종의 법으로서 인식하고 수행하고 있기 때문일 것이다. 시와 산문을 통해 치밀하게 구축되고 설명되는 것처럼, 그는 시란 무엇이어야 하는가, 시의 언어는 어떤 것이어야 하는가, 시 쓰기는 어떤 작업이어야 하는가를 당위의 문제로 사유하는 가운데 가장 합당한 답을 구하는 일에 골몰하고, 자신의 시에게 그 답의 이행^{履行}이 될 것을 요구한다. '기교' '사랑' '날이미지' '두두시' 등으로 이름 붙이는 세계에서 그의 시

---

1 오규원, 『왕자가 아닌 한 아이에게』, 문학과지성사, 1978.

는 답을 실천해가는 "法^법 속에 있"(「보리수 아래」[2])고, "나의 方法^{방법}앞에서" "나의 발꾸락의 아픔을/내가 노래하"(「네 개의 편지」[3])는 것으로서 있다.

"언어의 구조를 구"하고 "시의 구조를 짜"[4]는 엄밀한 작업으로서 자신의 시 쓰기를 설명하는 오규원의 시-법의 세계는 그러나, 명징하게 있는 것들을 있게 하는 방식으로만 작동하지는 않는다. 자신이 그리는 그림 속에 들어가 그림의 일부로서 그림 속 질서에 참여하는 장면을 쓸 때 그의 시는 기실, 있기를 바라는 것 혹은 있어야 한다고 믿는 것이 부재하는 자리를 스스로 채우면서 없음을 감당하는 중이다. 법이 선험적 윤리를 언어화하고 구조화한 것이 아니라 언어적 구조화를 통해 윤리를 윤리로 있게 하는 것, 그렇게 윤리를 있는 것으로 믿을 수 있게 하는 것이듯, 오규원의 시-법은 그가 희망하는 것이 없지 않고 있게 하려는 언어적 고투이자 있음을 믿게 하려는 언어적 약속으로 쓰인다. 그리하여 있기를 바라는 것이 어떻게 있을 수 있는지를 가장 선명하게 보여주는 그의 시는, 있기를 바라는 것의 자리를 대신하여 채우는 언어가 어떻게 여전한 없음을 드러내는지를 볼 수 있게 하기도 한다. 특히 명징한, 혹은 '투명'한 언어의 대역^{代役}은 그의 시에서 발신되거나 수신되지 않는 채로 계속해서 쓰이는 편지의 언어로 나타난다. 편지의 언어를 쓰기까지, 그것이 끝내 도착을 완료하지 않는 '사실'을 바라보기까지 그의 시는 없음을 발견하고, 그것과 싸우며, 그것을 내내 '사랑'한다.

2 오규원, 『길, 골목, 호텔 그리고 강물소리』, 문학과지성사, 1995.

3 오규원, 앞의 책, 1978.

4 오규원·이광호 대담, 「언어 탐구의 궤적」, 『오규원 깊이 읽기』, 이광호 엮음, 문학과지성사, 2002, p. 39.

주소

첫번째 시집『분명한 사건』에서 시인은 "언덕 위/비극의 내 生家^생가."(「정든 땅 언덕 위」)에 관해 자주 말한다. 구체적인 서사는 드러날 듯 감추어져 있지만 "산기슭에 자리 잡은 조그만 집의 조그만 방"(「무서운 계절」)이나 "나의 家僕^{가복}이 유모차를 끌"(「현상실험—別章^{별장}」) 던 거리는 기억처럼 소환된다. 부러 과거를 불러들이는 듯, 이 사이에 낀 이물질 같은 과거를 빼내어버리려는 듯, 시는 '마을'을 맴도는 일을 멈추지 않는다.

그가 '마을'에서 찾는 것은 낱말이다. "버려진 나의 깊은 우물 속"(「현황 B」) 혹은 "투명한 바다 속에 사는 낱말"(「현상실험—별장」) 은 "지난날 치닥거리던 그 시간들"이 "하나의 기호로 무르익은 것"(「雨季^{우계}의 시」)으로, 이제는 '마을'을 떠나 광화문 네거리를 지나는 '나' 의 앞에 그것은 "내장을 드러낸 채"(「대낮」) 누운 모습으로 발견되곤 한다. "명동 뒷골목"(「루빈스타인의 초상화」)이나 "쌍문동 종점"(「주인의 얼굴」) 같은 현재의 위치는 '나'에게 중요하지 않다. 그가 보기에 길 위의 어떤 것에든 그 옆에는 이미 결정된 "결론이 놓고 앉아 보고 있"(「길」)고, 미래는 애초에 "독립할 수 없었던 미래"(「무서운 사건」)로 만 닥쳐오기 때문이다. 그가 해야 하는 일은 그래서 미래를 저당 잡힌 과거를 자꾸만 다시 소집하는 일, 과거에서 현재와 미래로 투사되는 낱말을 찾는 일이다. "눈을 감고 기억을 밀면" "한갓 사실로 돌아"오는 "생명의 무게"(「우계의 시」)를 주워 들면서, 그는 과거와 현재와 미래 를 묶는 낱말의 '주소'를 '그 마을'에서 찾으려 한다.

> 행정구역이 개편된
> 그 마을의 주소는 허공중이다

목마른 잎사귀들의 잔기침 소리로
종일 어수선한 하늘 속이다
갈 곳 없는 목소리들은 나무가지에
모여 앉아
편애의 그물을 짜고
그 위에서 나른한 잠을 즐기던 유령들이
시나브로 떨어져 죽는
편입된 하늘의 일대다

―「그 마을의 주소」[5] 부분

그러나 그가 마주해야 할 낱말이 숨겨져 있는 '그 마을의 주소'는 정확한 좌표를 갖지 못한다. '햇빛 속' '논밭 사이' '어수선한 하늘 속' '하늘의 일대'로만 말해지는 주소는 "빈 들을 부둥켜안고/허우적거리다가/사지가 비틀린 햇빛의 통증"이나 "소름 끼치는, 소름 끼치는 울음을 우는" 나무들의 소리 혹은 "갈 곳 없는 목소리들"(「그 마을의 주소」)로 어수선할 뿐이다. 현재와 미래를 독립시킬 낱말을 찾지 못해 그는 자꾸만 "기웃둥, 기웃둥"(「겨울 나그네」)하고, 낱말의 주소를 모름으로 인하여 길의 복판에 놓인다. 어쩌면 "영원히 집이 없을 사람들"(「순례 序서」, 『순례』) 중 하나로 그는 떠돌고, 그 '집 없음'에서 그의 '순례'는 시작된다.

『순례』라는 제목의 두번째 시집을 기점으로 오규원의 시 세계에서 '집'은 중요한 감각으로 작동한다. 집이 없는 자의 길 위에서 그는 "호명이 끝난 뒤에/흩어지는 응답의 사슬"(「마지막 웃음소리―순례 6」)을 따라 "유년이 간직한 전쟁을 넘보며/서서히 경험을 넘어"(「김씨의 마

5 오규원, 『분명한 사건』, 한림출판사, 1971.

을」)선다. 어떤 것을 확신하기 위해서 찾아 헤매던 하나의 낱말보다 중
요해져야 하는 것은 이제 "명사로 부를 수는 없으나/동사로/거기 있음
을 확신"(「別章별장 3편—순례 20」)할 수 있는 것들이고, 명사를 간직한
과거의 주소가 아니라 동사의 형태로 발견되는 이곳의 주소이다. 그래
서 움켜쥘 수 없는 '그 마을의 주소'를 구하는 대신 그는 지금 여기에
하나의 주소지를 사들인다. 그곳에는 앞서 살던 사람들의 죽음이 깃들
어 있고, 앞뜰과 뒤뜰에 드나드는 기척이 있으며, 기침 소리로 들려오
는 이웃 사람이 있다. 그 모든 것들을 "이 집의 비밀"(「序 1—지장을 찍
어주고」)처럼 간직하면서, '나'는 '비밀'들과 함께 이 집을 명사가 아니
라 동사로 살기 위해 집을 산다. 그는 그것을 표백된 '순결'의 세계에
맞서는 방식으로 삼는다.

> 나는 이 집에서 죄를 짓기 위해서 당근을 씹으며
> 한 집의 과거, 한 집의 미래, 그리고 한 집의
> 비밀로밖에 소유되지 않는 현재에 매달려
> 현재의 더러운 속옷까지 사들여 빨랫줄에 걸었습니다
> —「序 1—指章지장을 찍어주고」[6] 부분

이 '집'에서 오규원의 시는 세상을 떠난 친구와 함께 낄낄 웃으며 밤
을 보내고(「웃음」), "한 사람의 세계와는 무관한 한 그루 나무"를 아
침마다 만나야 할 타인처럼 키우며(「序 3—한 그루 나무를 키우는 나
의 뜰에는」[7], "登記등기되지 않은 현실"(「하늘 가까운 곳—환상수첩 2」)[8]

6 오규원, 『순례』, 민음사, 1973.

7 같은 책.

8 오규원, 앞의 책, 1978.

과 "주민이 아니어서 시간 밖"에 있는 "저 불편한 비밀의 꽃"(「개봉동과 장미」)[9]에 닿을 방법을 찾는다. 이들 '등록'되지 않은 존재들은 "시에는 무슨 근사한 얘기가 있다고 믿는"(「용산에서」)[10] 사람들이나 왕에서 왕자에게로 이어지는 왕조의 "역사―기호화된 언어"(「병자호란」)[11]에게는 보이지도 들리지도 않는 비-존재, 혹은 부러 보지 않고 듣지 않는 '자질구레함'이다. 그들을 '시'나 '역사'처럼 움직이지 않는 명사 너머에서 발견하고 그들의 '비밀'의 소리를 듣는 일은 그래서 '자질구레함'을 지워온 '백의민족'의 흰색과, 그 때 묻지 않으려는 순결과 싸우는 일이다. 그 싸움을 시작하기 위해 오규원의 시는 터를 잡고, '개봉동' 혹은 '양평동'이라는 '등기된' 주소지 안에 "더러운 속옷"을 걸어 "적산가옥"을 만든다. 내 작은 주소지 안에서부터 시작되는, '죄'의 냄새가 나는 싸움으로, 그의 시는 '시'에, '역사'에 "천사의 소변"이 내려 모두가 "후줄근하게 젖"(「빗방울 또는 우리들의 언어―양평동 5」)[12]기를, 모두의 '집' 안에서 '구린내'가 나기를 바란다.

> 김해평야의 길도 나의 집, 너의 집, 우리의 집으로 이어져 있읍니다. 멀리 보이는 것은 항상 불투명한 채로 방치하는 우리 정신의 다른 이름인 원근법―그 합리주의의 길목마다 크고 작은 집을 짓고 사는 우리들. 房^방에는 항문이 닿은 곳에 은은한 구린내가 납니다. 나도 구린내나는 나의 발바닥을 쳐다봅니다. 맹목적으로 반짝반짝 윤이 나는 발바닥. 함께 내려다보던 나의 진폐증이 한심한 듯

9 같은 책.

10 같은 책.

11 같은 책.

12 같은 책.

나를 망치로 말뚝처럼 땅에 박아 버립니다. 딱, 딱, 딱…… 그 바람
에 나의 키는 하늘로부터 더욱 멀어집니다.
　살아 있는 말뚝. 숨쉬는 말뚝. 말뚝. 말뚝이.

　　　　　　　　　　　　　　　　　—「김해평야」[13] 부분

　그러나 '구린내 나는 집' '구린내 나는 방'에 대한 상상은 언제나 주
소의 언어를 가진 사람들을 향해 있고, 그 때문에 오규원의 시가 나아
가는 방향은 '등기'된 것들의 범주 안에 머물게 된다. 보는 자의 시점이
고정되어 있는 '원근법'의 방법론을 비판하고 '원근법'에 따라 배치되어
있는 주소지들의 현실을 지적하면서도, 시인은 "살아 있는 말뚝"이 되
어 자신의 주소지에 단단히 고정된다. 원근법을 초월한 보기와 듣기를
상상하며 "나일강은 여기에서 먼 곳. 그러나 여기까지 출렁출렁 들리
는 물결소리"(「가나다라」)[14]를 듣는 것 같지만, 실상 그는 주소 없는 것
들이 스스로 드러날 수 있는 방법을 모른다. 이곳의 말뚝을 표준 삼아
'물소리'를 상상하고, 그것이 들린다고 여길 수 있을 뿐이다.
　'양평동' 연작의 마지막 시가 「네 개의 편지」라는 제목하에 네 편의
편지글로 구성될 때, 이 편지의 언어가 '베드로', 원근법의 장치인 '유
리창'과 '안개', 그리고 '한국'을 향해 쓰이고 있다는 점은 의미심장하
다. 네 개의 편지 가운데 마지막 편지가 "왕자가 아닌 한 아이에게"로
쓰이고, 이 편지가 시집의 제목이 된 것은 '등기'되지 않은 것들에 닿고
자 하는 시인의 마음을 보여주지만, 편지에서 그는 '아이'에게 말을 거
는 대신 그저 볼펜을 냄새 나는 '발꾸락'에 끼우고 있는 자신의 '방법'
에 대해 말할 따름이다. 한번 획득한 '주소'는 기껏 다른 '주소'들을, '등

13　같은 책.
14　같은 책.

기'된 것들을 바라보고 그것에 편지 쓰게 할 뿐, 주소 시스템에 포함된 적 없는 이들에게 말을 걸거나 그들의 소리를 듣는 데까지 나아가지 않는다. 그래서 '적산가옥'의 시에서 필요해지는 것, 그러나 끝내 빈 채로 남겨지는 것은 부재하는 '발신자'들이 된다.

발신

> 약속이라든지 또는 기다림이라든지 하는 그런 이름으로
> 여기 이곳의 주민인 우편함을 들여다보면
> 언제나 비어서 안이 가득하다
> 보내준다고 약속한 사람의 약속은
> 오랫동안, 단지 오랫동안 기다림의 이름으로 그곳에 가득하고
> ―「우리 시대의 순수시」[15] 부분

　순례를 시작하며 "바람이 분다 살아봐야겠다"(「순례 序」)고 썼던 오규원은 '발레리에게'라는 부제를 단 시에서 다시 그 문장을 쓰면서 "미안하지만 바람의 마음으로 바람이 분다"(「바람은 바람의 마음으로」)[16]고 진술의 초점을 바꾼다. 세상을 자신의 삶의 동력으로 배경화하는 대신 세상의 모든 존재들이 그것으로 있는 세계를 꿈꾸어야 한다는 선언이다. 시인은 발레리에게 그러한 서신을 보내며 재차 "사랑의 말에는 모두 구린내가 나기를 희망"하고, 그런 사랑을 위해서는 "셋방을 얻어 주는 그 방법밖에 더 있겠느냐고" 반문한다. "우리들"의 "빈약한 상상력"

15　오규원, 『이 땅에 씌어지는 서정시』, 문학과지성사, 1981.
16　같은 책.

이 볼 수 없고 들을 수 없는 것들에 '셋방'을 마련해 임시 거주하는 주소를 주어, 그 주소를 향해 편지를 쓸 수 있기를, 그 주소로부터 편지를 받을 수 있기를 바라는 것이다. 주소와 주소 사이, '주민'인 우체통과 우체통 사이를 '기다림'으로 채우면서 '나'는 "주소도 알려 주지 않는 우리의 희망에게/계속 편지를 쓸 것"이라 다짐하고 "전화가 불통이면/편지 쓰는 일을 사랑할 것"(「빈약한 상상력 속에서」)[17]이라는 약속을 발신한다. 우체통은 말뚝처럼 주소지의 표지로 박혀 있고 세계에는 우체통을 갖지 못한 존재들이 있지만, 그럼에도 무조건적인 '기다림'은 약속의 다정한 방법이 된다.

'기다림'을 행하는 시인의 발신은 그에게 있어 '한국문학'의 의무이고 의미였을 것이다. "발레리는 발레리에게 보내고/나는 청진동에 서서"(「우리 시대의 순수시」) 문학인으로서 자신이 해야 할 일을 생각할 때, "청진동 문학과지성사의 넓지 않은 방에 책상 하나 더 밀어넣고 도서출판 〈문장사〉를 창업"한[18] 오규원에게 '청진동'은 말뚝이 되어야 할, '기다림'의 공간이 되어야 할 한국문학의 주소이다. 문학을 문학으로 유통시키는 자로서, 또 대학에서 문학을 가르치는 자로서 그는 다양한 형태의 '발신' 매체를 얻었고, 그것으로 비어 있는 저편의 발신의 자리, '기다림'의 자리를 자신의 언어로 우선, 채운다. '발신'이 아니라면 '회신'을 기다리는 마음으로, 그의 끝이 없는 편지 쓰기는 시집과 책과 수업의 형태로 행해진다.

그즈음의 시를 담고 있는 시집 『가끔은 주목받는 생이고 싶다』는 저편의 발신을 기다리는 이편의 발신이 그처럼 다정한 '사랑'의 마음에도 불구하고 어떤 조바심 속에 있었는가를 보여준다. 기실 끝없는 발신의

17 같은 책.

18 김병익, 「오규원에게 보내는 뒤늦은 감사와 송구―그의 첫 시집 『분명한 사건』을 다시 읽으며」, 오규원, 『분명한 사건』, 문학과지성사, 2017, p. 75. [한림출판사(1971)판의 복간본]

세계에서 시인은 우체통 안에 가득한 '기다림' 대신 실제로 도착하는 편지를, 혹은 주소를 알려주지 않는 존재들의 구체적인 있음을 보고 싶어 한다. "나는 그대 육체가/보고 싶단다"(「나무야 나무야 바람아」)[19] 라는 애타는 발신에는 너무 오래 드러나지 않는 존재들에 대한 안타까움과 자신의 발신이 갖는 의미를 '물증'처럼 보고 싶은 마음이 함께 깃들어 있다. 그리하여 시는 "내 키보다 나직한 담장 안을 넘보며 담장의//안에만 있는 생활이며 사람의 문지방을 넘보며"(「정방동에서」)[20] 언덕을 오르내리고 길을 걷는다. '분식집에서' '정방동에서' '층계 위에서' '바다의 길목에서' '거리에서' '켄터키치킨 센터에서' '다시 거리에서' '버스 정거장에서' '남대문 시장에서' '충무로에서' 시는 쓰이고, '시인 구보씨의 일일'은 여정에서 쓰이는 시들로 채워진다. 이들 시에서 모든 것은 '물적 증거'처럼 몸의 비유를 얻는다. 시인 스스로도 자신을 하나의 몸으로 인식하고, 세계는 더불어 몸들로 가득해진다. 언어로 이루어진 주소가 아니라 하나하나의 알갱이들로 이루어진 '모래'로 세계를 이해하는 오규원 시의 방법은 이때부터 도드라진다. '모래'의 몸들을 부르며 시인은 '집'의 바깥을 걸어 다니는 자신의 '길'이 갖게 될 의미, 걷는 일의 의미를 구한다.

사랑에는 길만 있고
법은 없네

―이런 말을 하는 시인의 표정은
상당한 정도 진지해야 한다

19 오규원, 『가끔은 주목받는 생이고 싶다』, 문학과지성사, 1987.
20 같은 책.

사랑에는 길만 있고

법은 없네

—「無法^{무법}」²¹ 부분

   그러나 시인이 "이미 내가 감당하기 힘든 한 세계의/중량" "작아지지 않으면 들어갈 수 없는 곳"으로 믿는 '몸'들은 자본의 복판에서 한없이 가벼운 몸으로 출현한다. "재배에 성공한 이후" "어디서나 살 수 있"는 "몇십 원"짜리 귤의 몸처럼(「귤을 보며」)[22], 혹은 "가끔은 주목받는 생이고 싶다"는 '역사'가 되지 못하는 생들의 선언이 "CHEVA-LIER"라는 상품의 몸으로 치환되는 것처럼(「가끔은 주목받는 생이고 싶다」)[23], '프란츠 카프카'가 '800원'이 되고(「프란츠 카프카」)[24] 아이스박스 속 사각바들이 '신'이 되는 것처럼(「사냥꾼의 딸─14시 10분~14시 30분 사이」)[25], 그가 길 위에서 마주하는 몸들은 기다리고 기대하던 모습으로 나타나지 않고 가격표로, 광고 문구로, 광고 이미지로 환원된 채로 모습을 드러낸다. 어쩌면 '내'가 보고 싶어 하는 '육체'란 '내'가 도처에서 보는 '육체'로부터 이미 유리되어 있다. "당신은 무슨 몸의 말로 내 옆에 서 있습니까"(「당신의 몸」)[26]라는, '육체'를 향한 시인의 간절한 발화는, 명동 한복판에서 읊어지는 불경과 성경의 '眞言^{진언}'처럼

---

21 같은 책.

22 같은 책.

23 같은 책.

24 같은 책.

25 같은 책.

26 오규원, 『사랑의 감옥』, 문학과지성사, 1991.

몸들의 귓가에서 반복적으로 미끄러지며 들어줄 귀 없는 독백으로 흩어진다.

> 못쟈못쟈 모다야 모다야 매다리야 니라간타 가마사 날사남 바라하라나야 마낙 사바하 싯다야 사바하(저 중놈이 뭐라고 중얼대고 있는 거야? 낸들 알아, 모르면 가만 있어…… 이것은 내가 어려서부터 다 지켰었나이다, 예수께서 이 말을 들으시고 이르시되 네가 오히려 한 가지 부족한 것이 있으니 네게 있는 것을 다 팔아 가난한 자들을 나눠주라 그리하면 하늘에서 보화가 네게 있으리라…… 아이, 아까워 바가지 썼나봐) 마하싯다야 사바하 싯다유예 새바라야 사바하 니라간타야 사바하 바라하 목카 싱하목카야 사바하 바나마 하따야 사바하
>
> ─「다라니경」[27] 부분

'명동'이라는 자본이 집약된 공간에는 무수한 주소들이, 그 주소들을 오가는 무수한 몸들이 있지만, 그들 중 누구도 시인을 향해 발신하지 않고, 이편의 발신을 수신하지 않는다. 입장을 바꾸어 말하면, 시인의 언어는 그들이 수신할 수 있는 방식으로 발신되지 않고, 그들의 발신은 시인에게 유의미하게 수신되지 않는다. 시인의 언어와 몸들의 언어는 진언과 비-진언, 괄호 밖과 괄호 안의 위계로 철저히 나뉘어 있다. 마찬가지로 사랑을 말하는 명동 복판의 "Café Love is……"에는 "여러 층층의 편지꽂이가 한쪽 벽에 있기도 하"(「明洞명동 3」)[28]지만, 시인의 편지는 그 주소지 안으로 들어가서도 편지꽂이에 도착하지 못한다. '사

27 같은 책.
28 같은 책.

212

랑이란⋯⋯'이라는 확신의 언술, 약속의 언술은 그렇게 말줄임표로 흩어진다.

표제작「사랑의 감옥」에서 화자는 추운 겨울 "난장의 리어카"에 붙어 털옷을 고르는 여성을 바라보며 그 "뱃속의 아이"에게 독백처럼 말을 건다. "너도/울며 세상의 것을 사랑하게 되리라 되리라만"으로 끝나는 그 언어는 '사랑'의 '법' 없는 '길'이 이어질 수 있을지를 스스로 회의하는 시인의 고뇌를 보여준다. 그 고민에 대한 답처럼 시집『사랑의 감옥』을 여는 시는 "그러나 너무 늦게까지/기다리는 일은 없으리 해가 너무 늦게 뜰 때면/안쪽에서 내가 흑점이 되어 일어나리라"(「오늘의 메뉴」)라는 말로 끝난다. 함께 엮인 시들을 아우르기보다 이 시집 이후에 쓰이는 시들을 예비하고 있는 이 의지의 언술은 '기다림'의 자리에 스스로 서서 시인이 '도착'의 언어를 채울 것임을 선언한다. 자신이 일으켜 세우는 언어를 통해 '당신의 몸'이 '일어나게' 하겠다는 새로운 상상력은, "빈약한 상상력"의 한계를 직시한 자가 그 앞에 좌절하지 않고 오히려 '빈약'을 더 적극적으로 밀어붙이는 장면을 보게 한다. '투명한 언어'라는 세계는 여기에서 시작된다.

편지

> 누란으로 가는 길은 둘이다
> 陽關^{양관}을 통해 가는 길과
> 玉門關^{옥문관}을 통해 가는 길
>
> 모두 모래들이 모여들어 밤까지 반짝이는 길이다
>
> —「길」[29] 전문

서로 다른 '관문'을 가진 길, 하지만 방향이 같은 길을 찾는 오규원의 시는 "안락의자의 시를 쓰고 있다"에서 "안락의자의 시를 보고 있다"(「안락의자와 시」)[30]로 전환되는 과정에 놓인다. 그것은 자신의 언어에서 스스로의 발신을 지우고 그 공백을 저편의 발신으로 채우는 과정이자, 발신의 방법 자체로 '나'와 '모래'가 만날 수 있다는 상상을 밀고 나아가는 과정이다. 발신의 위치를 묻게 하는 '안락의자의 시'에서 소유격을 지우고 '안락의자와 시'를 향해 나아가면서, 그의 시는 언어와 시선이라는 인간의 인식론적 한계 자체에서 소유격을 덜어내는 작업을 천천히 이어간다. 그것은 여러 겹의 상상을 요청해서, 사람이 세상을 내다보는 협소한 틀이 아니라 바깥이 안으로 침투하는 가능성의 틈으로 '창'의 기능을 전환하고, 그렇게 바깥을 맞이한 안의 풍경을 거울을 통해 바라봄으로써 시선의 작용 방식 자체를 평면화시킨다. 시선의 주체가 초점으로서의 위치를 소거하고 거울에 비친 상像의 일부가 되는 이 작업은 오규원의 후기 시의 특징으로 설명되는 "구성적 참여" "은유의 꿈을 먹고 사는" "비유의 거부"[31]가 태동하는 지점으로, '그림'이나 '사진'의 방법론으로 그 명명은 달라지지만 이후의 시편들에서도 일관되게 작동한다.

　　　창은 지금 방에 속하지
　　　않고 하늘에 속해 있다
　　　창은 허공과 빛을

29　오규원, 『길, 골목, 호텔 그리고 강물소리』, 문학과지성사, 1995.

30　같은 책.

31　정과리, 「'어느새'와 '다시' 사이, 존재의 원환적 이행을 위한」, 오규원, 『새와 나무와 새똥 그리고 돌멩이』, 문학과지성사, 2005, pp. 128~32.

구분하지 않고 방으로
옮긴다 나는 온몸을 들고
한쪽으로 창을 받으며 거울 앞에
서 있다 거울 안에는
창이 들여보낸 하늘과
구름과 언덕이 밑바닥에까지
가득차 있다 나도
상체를 거울 속에 넣고
바닥으로 들여보낸다
순간 하늘과 언덕이
내 몸에 안긴다
나는 하늘과 구름과 공기와
언덕과 나무와 바람을 모두
안고 거울 밖의 나를 유심히
쳐다본다 그래도
털썩 하고 아니 우두둑 하고
내 몸이 바닥에 깔리며
뭉개지는 소리는
들리지 않는다

—「방」[32] 전문

　창을 통해 들어온 "하늘과 구름과 공기와/언덕과 나무와 바람"을 거
울에 비친 대로 역시 거울에 비친 '내'가 품에 안는 것처럼, 거울의 표
면에서 평면으로, 동등하게 관계하는 것들은 겹쳐지고, 경합하고, 서로

32　오규원, 앞의 책, 1995.

를 받치거나, 들어올린다. 그러나 동시에, '내'가 "하늘과 구름과 공기와/언덕과 나무와 바람"을 모두 안고도 주저앉지 않는 것처럼, 각자의 몸을 주장하는 물물들은 동등한 자격을 가지고, 어느 하나가 다른 하나를 짓누르거나 사라지게 하지 않으면서 각자의 높이 혹은 두께 그리고 제각각의 방향과 길을 가진, 온전히 독립된 존재를 유지한다. '공기' '소리' '적막' '빛' 역시도 마찬가지이다. 눈으로 보이지 않는 것들 역시 오규원의 시에서는 물질처럼 뻗어 있거나, 벽처럼 앞을 가리거나, 무게로 놓이면서, 몸을 가진 존재로 진술된다. 하나의 시점이 구성하는 원근법의 세계를 거울에 비쳐 평면 위에 나란히 놓이는 동등한 존재들의 세계로 만들면, 거울의 평면 바깥 입체의 세계에서도 모든 것은 동등하게 자기 몸을 가지고 뻗어가는 독립적 존재들로 있게 된다. 보이지 않는 것들도 보이는 것만큼이나 없지 않고 있으며 그중 어떤 것도 '자질구레'하지 않다는 사실은 거울 안의 세계를 경유한 거울 밖의 세계에서 그렇게 진정 사실이 된다. 그 사실을 오규원의 시는 '우주'의 모습으로 말하고, 시의 언어가 그 사실의 물증이 되기를 기도한다.

담장 안에서도 장미가
저희들끼리 벌겋게 뭉쳐 있다
사람들은 그림자까지 거두어가고
잔디와 햇살만 위로 솟구치고
담장 안을 엿보는 사내의
얼굴에 나비의
그림자가
시커멓게 달라붙었다가 떨어진다
허공에 있는 나비의
그림자는 나비의 몸에 붙지 않고

땅에 있는

頭頭^{두두}와 물물에 붙는다

길 위에는

각각 외딴 사내의 신발과

돌멩이들

신발과 돌들은 몸을 부풀리며 몸 위의

허공을 위로 밀어올리고 있다

길 밖 키작은 양지꽃 한 포기 옆에는

은박지 하나 바스락거리고

．．．．．．．．．．．．．．．．．．．．．．．．．．．．．．．．

—「처음 혹은 되풀이」[33] 부분

    물물이 존재하는 우주의 편편들을 그리면서 시인은 '허공'을 거듭하여 말한다. '허공'은 있음들이 삼차원의 공간에 공존할 수 있는 조건이며, 위계가 없는 이 '허공'의 생리에서 '우주'는 가능해진다. 하지만 시속에서, 시 언어를 통해 그 '우주'의 세계를 구현하고자 하는 오규원의 시 쓰기에서 '허공'은 어쩌면, 무엇이든 깃들 수 있는 '비어 있음' 혹은 무엇이든 될 수 있는 '투명'으로 기능하고자 하는 시 언어이다. "나무가 있으면 허공은 나무가 됩니다/나무에 새가 와 앉으면 허공은 새가 앉은 나무가 됩니다/새가 날아가면 새가 앉았던 가지만 흔들리는 나무가 됩니다/새가 혼자 날면 허공은 새가 됩니다 새의 속도가 됩니다"(「허공과 구멍」)[34]로 이어지는 동시다발적 풍경 혹은 진술에서처럼, 물물이 있으면 언어는 그것이 된다. 기표로서 기의를 지시하는 것이 아니라,

---

33 오규원, 『토마토는 붉다 아니 달콤하다』, 문학과지성사, 1999.

34 앞의 책, 2005.

사실과 사실 사이   217

시선처럼 언어는 발화자라는 초점을 소거하고 우주의 모든 사실들 자체, 물물들의 현현이 되기를 꿈꾼다. 언어가 소유격을 잃어버리게 될 때, 오직 그때에만, 허공을 매개로 하여 몸을 갖고 몸의 방식으로 관계 맺는 두두頭頭와 물물物物들은 그 몸으로 "허공을 위로 밀어올"리고 들어 올린다. 그 몸들의 힘으로 허공은, 시의 언어는 두두와 물물의 평면적 우주의 관계에 참여한다.

이를테면 "7월 31일이 가고 다음날인/7월 32일이 왔다/7월 32일이 와서는 가지 않고/족두리꽃이 피고/그 다음날인 33일이 오고/와서는 가지 않고/두릅나무에 꽃이 피고" 하는 언어-장면에서 '7월 32일'과 같은 언어는 식물들이 자신의 시간을 살아가는 '길'에 높이를 부여해 주지만, 그런 언어는 "사람의 집에는/머물 곳이 없"어 "나는 7월 32일을 자귀나무 속에 묻"(「물물과 나」)[35]는다. 시간을 기호로 쪼개는 철저히 인간적인 언어는 '자귀나무'의 '몸'이 피어나는 힘 속에서 비로소 '머물' 수 있는 시의 언어로서 보존된다. 그렇게 언어는 물물들의 있음을 가능하게 함과 동시에 물물들에 의해 존재 가능해지고, 언어와 물물은 서로의 몸속에 감추어져 있게 된다. "안쪽에서 내가 흑점이 되어 일어나리라"(「오늘의 메뉴」)[36]라는 상상력은 적어도 시 언어라는 환경 속에서 거기까지 나아간다.

그 연장선상에서, '안락의자의 시'에서 소유격을 제거하고 '안락의자와 시'라는 공존의 세계로 나아가는 일은 '와/과'라는 공존의 조건이 되는 언어까지 공존의 세계에 참여하는 것이 될 때 진정으로 언어의 태생적인 위계를 넘어선다. "붉은 양철 지붕의 반쯤 빠진 못과 반쯤 빠질 작정을 하고 있는 못 사이 이미 벌겋게 녹슨 자리와 벌써 벌겋게 녹슬

---

35 앞의 책, 1999.

36 앞의 책, 1991.

218

준비를 하고 있는 자리 사이"(「양철 지붕과 봄비」)[37]와 같이 '와/과'로 연결되는 세계에서 언어는 '와/과'의 왼쪽과 오른쪽이 동시에 됨으로써 둘을 평면적 우주 속에 공존하게 하고, 동격의 방식으로 '있는' 세계를 '있음'의 양식으로 들어 올린다. 그와 동시에 언어는, 왼쪽과 오른쪽 '사이'에 있는 것, 그래서 내내 부각되는 것, '와/과'라는 말 자체로 우주의 세계의 또 하나의 몸이 된다. 언어는 두두와 물물을 오롯하게 담아내는 그릇이거나 투명하게 비추어내는 맑은 유리인 것이 아니라, 그 자체로 두두와 물물과 동등하게, 동일하게 존재하는 일종의 두두, 물물로 여겨져야 한다. 그러한 지경을 상상할 수 있을 때 오규원의 시에서 시인의 '사랑'의 언어는 명동 한복판에서 혼자 '쭝얼대는' 소리로 흩어지는 대신 두두의 세계에서 두두들과 함께 쓰이는 글자로서, '진문眞文'의 몸으로서 쓰일 수 있게 된다.

  언덕에서 나무의 잎들이 서로를 보고 서로를 베끼고 바람은 앞
  서가는 바람을 따라 투명한 몸을 맞춘다 나무의 잎들이 보이는 책
  상 앞에 앉아 눈부신 백지를 펴놓고 쉬엄쉬엄 육조단경을 베낀다
  善知識 我此法門 從上已來 先立無念爲宗 無相爲體 無佳爲本 [······]
  나무는 모두 잎에 잠기고도 다시 뿌리에 잠겨 있다 쓰르라미가 산
  뽕나무에서 운다 莫쓰不이識오法意 쓰自錯이猶可오 更쓰勸이他오
  人 自迷쓰이오不見 동시에 적는다 한동안 쓰이오가 쌓이도록 자리
  를 비워둔다 쓰이오 쓰이오 쓰이오 쓰이오······ 쓰스으 쓰르라미는
  스스로를 비우고 문자는 이어진다 [······] 삐이삐이 하고 쇠박새
  가 운다 나는 귀를 언덕으로 열고 쇠박새를 베낀다 삐이삐이 쯔쯔
  삐이 쯔쯔삐이 쯔쯔 삐이삐이 쯔쯔삐이삐이 쯔쯔삐이······ 쯔쯔삐

37 앞의 책, 2005.

이 쯔쯔…… 새소리는 언제나 무심코 끝난다 眞如若無 眼耳色聲 當
時卽壞 善知識 眞如自性起念 六根雖有見聞覺知 不染萬境而眞性常自在
外能分別諸色相 內於第一義而不動

—「나무와 잎」[38] 부분

　　육조단경은 육조 혜능의 설법을 집성한 것으로, 설법을 행한 자가
직접 쓴 것이 아님에도 진리의 말씀에 가까운 '경'으로 취급된다. 육조
단경을 이루고 있는 한자는 그런 점에서, 한 자 한 자가 의미를 직접
담고 있는 표의문자인 동시에 혜능의 음성이자 법경의 말씀 자체인 문
자로 여겨지고, 이 문자를 '베끼는' 일은 단순히 눈에 보이는 것을 따
라 쓰는 일이 아니라 그 말씀의 세계를 육화肉化하는 일이 된다. 문자
가 곧 음성이자 존재로 여겨지는 이러한 '쓰기'는 '나'가 육조단경을 베
껴 쓰는 중에 들려오는 새의 울음소리를 '베끼는' 일에도 연결된다. "나
는 귀를 언덕으로 열고 쇠박새를 베낀다 삐이삐이 쯔쯔삐이"라며 '나'
가 새의 울음소리를 글자로 적을 때 그는 쇠박새의 소리가 아니라 "쇠
박새를 베낀다"고 여긴다. 소리를 '표음'하는 인간의 언어 "삐이삐이
쯔쯔삐이"는 "쓰이오 쓰이오" 쓰르라미의 소리와 마찬가지로 "눈부
신 백지" 위에 새의 '있음'이 "쌓이"는 새의 몸이 된다. 이렇게 활자화
되는 '있음'은 육조단경의 문자들과 함께 쓰이고 진리의 문장과 "동시
에 적"히면서 종이 위에, 언어 속에 실존하는 것으로 여겨진다. 자신이
'베껴' 적은 그 소리-존재-문자 들에서 지금 여기에 '있음'을 감각하는
오규원은 언어와 존재 사이, 한 존재의 언어와 다른 존재의 언어 사이,
존재와 존재 사이의 간극이 사라지는 것을 상상하며 오래 꿈꿔왔던 '편
지'의 도착을 본다.

38 같은 책.

「돌멩이와 편지」라는 시에서 편지지나 편지 봉투가 없고, 언제 보냈는지도 모르고, 발신자도 수신자도 없는 편지는 오규원의 시 세계에 이미 도착해 있다. "눈송이가 몇 날아온 뒤에 도착"했다는 시차를 간직한 처음의 진술은 "한 마리 새가 날아간 뒤에/한 통의 편지가 도착한 것을 알았습니다"라는 인지의 시차로 전환되고 다시 "돌멩이 하나 뜰에 있는 것을 본 순간/편지가 도착한 것을 알았습니다"라는 시차 없는 인지로 전환되면서, 비로소 오규원의 사랑의 우체통을 채운다. 그 편지는 편지지나 편지 봉투라는, 존재의 몸 밖에 별개의 몸을 가진 사물로서 존재의 일부를 대리하는 것이 아니라, 뜰에 있는 돌멩이, 한 마리 새, 눈송이 몇이 그 자체로 도착하는 몸으로 실감된다. 목적어를 발신하고 수신하는 일 없이 이미 항상 도착해 있는 그 몸의 있음으로 인하여, 더불어 그것을 존재 자체로 '쌓는' 우주적 언어의 작동으로 인하여, 오규원 시의 오랜 발신은 '발신자'와 '수신자'라는 서로 닿을 길 없이 애타는 '사랑'의 굴레를 초월할 수 있게 된다. "주소도 알려 주지 않는 우리의 희망에게/계속 편지를 쓸 것"(「빈약한 상상력 속에서」)[39]이라던 시인의 다짐은 주소도, 기다림을 전제로 하는 희망도, 목적어를 향한 '사랑'도 필요하지 않은 아름다운 '우주'에서 성공적으로 '누란'에 도착한다.

우표

하지만 이렇게 상상된 '우주'의 영역은 무한했을까. 눈송이 몇과 한 마리 새와 돌멩이 하나가 있는 곳에는 애초에 시인이 닿고자 했던 등

---

39 앞의 책, 1981.

기되지 않은 현실의 몸들, 왕자가 아닌 사람들도 위계를 초월하여 있을 수 있었을까. 시인이 마주해야 했던 마지막 물음은 '사람'에 관한 것이었던 듯 보인다. 시인이 생전에 발간한 마지막 시집 『새와 나무와 새똥 그리고 돌멩이』는 '나무와 돌' '강과 나' '뜰과 귀' '사람과 집' 네 개의 장으로 구성되어 있다. 「돌멩이와 편지」는 세번째 장의 마지막 시이고, 이어지는 마지막 '사람과 집' 장의 첫 시는 「편지지와 편지봉투」이다. 이 시에서 편지는 바로 앞선 시에서와 다르게 선험적으로 도착해 있지 않다. '당신'이라는 발신자와 사각의 봉투, "단정하고 깍듯"한 "A4 용지"가 있는 편지는 "오후에" '나'에게 도착한다. 이 편지는 '당신'의 존재 자체가 아니라 "나의 그늘"은 담고 "바람은 담"지 않는, '당신' 바깥에 존재하는 하나의 물물이다. 편지의 언어는 사람과 사람 사이에서는 여전히 발신되고 수신되며, 이름에서 이름으로, 집에서 집으로, 다름에서 다름으로 시차를 벌려 전달될 따름이다. 즉자적으로 도착해 있는 존재는 없고, 그러한 존재들의 우주는 지금 여기가 아니다.

사람들의 우주는 "김종택의 집을 지나 이순식의 집과 정진수의 집을 지나 박일의 집 담을 지나 이말청의 집 담장과 심호대의 집 담장을 지나"(「사람과 집」)[40] 각자의 집 밖의 일로 이루어지거나, 문 앞에서 혹은 문 뒤에서 나누는 악수로(「봄밤과 악수」)[41], 현관 앞 타일 바닥 위에서 나누는 인사로(「타일과 달빛」)[42] 잠깐, 만들어지고 흩어진다. 모래는 여전히 '내'가 기웃거려야 하는 담 너머 집의 안쪽 개별의 모래알들이고, 그것을 기억할 때 시는 여전히 소유격이다.

40 앞의 책, 2005.

41 같은 책.

42 같은 책.

뜰 앞의 잣나무로 한 무리의 새가

날아와 자리를 잡고 앉는다

그래도 잣나무는 잣나무로 서 있고

잣나무 앞에서 나는 피가 붉다

발가락이 간지럽다

뒷짐 진 손에 단추가 들어 있다

내 앞에서 눈이 눈이 온다

잣나무 앞에서 나는 몸이 따뜻하다

잣나무 앞에서 나는 입이 있다

—「잣나무와 나」[43] 전문

"그는 마흔여덟 통의 사랑편지와/다른 한 통의 사랑편지를 남겼
다"(「마흔여덟 통의 사랑편지와 다른 한 통의 사랑편지」)[44]고 했을 때 시
인은 마흔여덟 통과 다른 한 통의 차이를 '사랑'의 문제로 되돌려둔다.
주어와 목적어가 발신자와 수신자의 역할을 나누어 갖는 가운데 마흔

43　오규원, 『두두』, 문학과지성사, 2008.

44　같은 책.

여덟 통의 사랑 편지는 "사랑하는 그대여 로 시작해서/그대를 사랑하는 JS 로 모두 끝"나고 다른 한 통의 사랑편지는 "나의 사랑 그대여 안녕히 로 시작해서/나의 사랑 그대여 안녕히 JS 로 끝"난다. 두 종류의 사랑 편지 사이에 있는 '다름'은, '사랑하다'와 '사랑'의 차이이기도, '그대'를 앞세우거나 '나'를 앞세우는 차이이기도, '안녕'을 바라는 거리의 없거나 있음의 차이이기도 할 것이다. 이 겹겹의 차이들을 바라보면서 시인이 돌아본 자신의 오랜 편지 쓰기는 어떤 '사랑'의 기억들로 회고되었을까.

'누란'으로 가는 두 길이 모두 '누란'으로 가는 길인 것처럼, '나의 사랑 그대'이든 '사랑하는 그대'이든 이 편지들이 '그대'를 향한 것이었다는 점은 다르지 않고, 마흔아홉 통 편지 봉투에 그대가 소유한 주소가 모두 똑같이 쓰여 있었다는 점도 다르지 않을 것이다. 마흔아홉 통 모두가 "우체국 소인이 찍히지 않은" 채로 "그의 책상 오른쪽/둘째 서랍에 차곡차곡 쌓여" 끝내 수신되지 않는 발신의 시점에 머물러 있었던 것이 하나의 사실이라면, 그것을 그대의 주소로 부치고자 하는 마음이 우표의 작은 몸으로 붙어 있었다는 점 역시 사실일 것이다. 오규원의 시가 그가 떠난 자리에서도 내내 다시 읽히는 이유는 바로 그 두 사실의 사이에서 그가 걸어간 길이 보여주는 긴장 때문이 아닐까. 문학을 끝없는 발신 행위로 남겨두고자 했던 그의 시 세계는 가장 선명한 법으로 드러날 때에조차 발신을 발신이지 못하게 하는 겹겹의 부재들을 마주하면서 몸을 떨고 있었는지도 모른다. 그 긴장된 진동 때문에 그의 시는 단호한 명사의 이름들 속에서도 여전히 동사로 남아 있었을 것이고, '사랑'은 명사이면서 동사인 언어-행위로 그곳에 있었을 것이다. 언제나 도착해 있는 것으로 상상될 때에조차 편지란 움직임을 전제로 하고 있는 것처럼 말이다.

오규원은 왜 동시를 썼을까?
—오규원 동시(론)에 대한 몇 가지 질문과 가정[1]

김언

1995년 오규원 시인은 두 권의 시집을 상재한다. 한 권은 이른바 '날 이미지'로 집약되는 그의 후기 시의 본격적인 서막을 알리는 시집 『길, 골목, 호텔 그리고 강물소리』(문학과지성사)이고, 다른 한 권은 생애 첫 단독 동시집이자 마지막 동시집인 『나무 속의 자동차』(비룡소)[2]이다. 한 해 동안 시집과 동시집이 한꺼번에 나온 셈이다.

어떤 시인이 시집과 동시집을 같은 시기에 출간하는 것도, 시와 동시를 병행해서 창작하는 것도 그 자체 특기할 만한 일은 아니다. 시인에 따라 시와 시조, 시와 평론, 시와 소설을 병행해서 작업하는 일이 별다르지 않듯이 시와 동시도 얼마든지 겸해서 작업할 수 있는 일이다. 그러나 시와 더불어 동시를 창작하는 당사자가 오규원이라면 사안이 달라진다.

1　이 글은 내가 2017년 본명(김영식)으로 발표한 논문 「오규원의 동시에 나타난 비동일성의 시적 인식 연구—『나무 속의 자동차』를 중심으로」(『석당논총』 제68집, 석당학술원)의 후속편에 해당한다. 해당 논문에서는 오규원의 동시에서 비동일성의 사유가 의인법으로 대표되는 동일성의 기법에 함몰되지 않는 구체적인 시적 전략을 살폈다면, 이 글에서는 지속적으로 비동일성의 시학을 심화·확장해간 오규원의 시력에서 동일성의 기법을 허용할 수밖에 없는 동시가 창작될 수 있었던 근거를 살피고 여기서 파생되는 몇 가지 질문에 대해 논하고자 한다. 본문의 몇몇 대목에서는 2017년 발표된 논문과 겹치는 지점이 있음을 밝혀둔다.

2　이 책은 2008년 문학과지성사에서 동명의 제목으로 재출간되었다. 이 글에서는 문학과지성사 판본을 참고한다.

오규원 시인이 누구인가? "4·19 세대 시인 중에서, 특히 언어에 목숨을 걸었던"[3] 시인이자 한국 현대시에서 탈관념의 방법론과 투명성의 시학을 끝까지 밀고 나간 시인[4]으로 평가받는 시인 아닌가. 그의 말대로 "시가 아닌 언어에서부터 출발"[5]하여 '시의 언어란 무엇인가'란 질문을 끝까지 놓지 않았던 시인 아니던가. 이처럼 철두철미한 모더니스트로서의 이미지가 강한 오규원 시인이 천진한 동심을 담아내는 동시를 창작하고 동시집을 출간한 사실은 여러모로 질문거리를 남긴다. 그는 왜 동시를 썼던 것일까? 언뜻 봐도 그의 시 세계와 어울리지 않는, 오히려 상충되는 성격이 강해 보이는 동시에 관심을 기울이고 창작까지 겸하게 된 이유가 무엇일까? 나아가 견고하고도 완고한 그의 모더니즘적 시론을 비집고 동시 창작이 가능했던 근거와 방식은 무엇일까?

*

질문을 고민하기에 앞서 오규원의 시력에서 동시 창작이 새삼스럽기만 한 일이 아니라는 점을 확인해두자. 『나무 속의 자동차』가 생애 첫 단독 동시집이라는 표현에서 짐작되듯, 오규원의 동시집은 한 권이 더 있다. 1963년 옥미조, 하계덕과 출간한 3인 동시집 『소꿉동무』(신구문화사)가 그것이다. 1965년 『현대문학』에 초회 추천되면서 시인으로 데뷔 절차를 밟기 이전에, 그의 표현대로 공식적인 문학 활동을 시

---

3 정과리, 「'어느새'와 '다시' 사이, 존재의 원환론적 이행을 위한」, 오규원, 『새와 나무와 새똥 그리고 돌멩이』, 문학과지성사, 2005, p. 139.

4 이광호, 「투명성의 시학—오규원 시론 연구」, 『한국시학연구』 20호, 한국시학회, 2007, p. 333.

5 오규원, 「언어 탐구의 궤적」, 『날이미지와 시』, 문학과지성사, 2005, p. 153.

작하기[6] 이전에 『소꿉동무』라는 동시집을 출간한 것이다. 그의 시적 출발점에 동시가 자리 잡고 있는 점도 흥미롭지만, 그보다 더 주목되는 것은 공식적인 문학 활동이 시작된 이후에도 오규원이 '간헐적'이지만 '지속적'으로 동시에 관심을 기울여왔다[7]는 사실이다.

그의 20대와 30대 초반에 해당하는 1960년대와 70년대 초반까지 오규원은 동시 창작을 계속했으며,[8] 특히 60년대에는 『가톨릭소년』을 중심으로 동시 발표를 한 것으로 알려져 있다.[9] 또한 1970년대와 80년대 두 차례에 걸쳐 『아동문학평론』에 동시에 대한 비평을 발표했으며[10], 이어서 1995년 40편의 동시를 모아 동시집 『나무 속의 자동차』를 출간하였다. 그의 시력 전반에 걸쳐 동시가 큰 비중을 차지하지는 않지만 분명한 자취를 남기고 있는 셈이다.

그러나 분명한 자취를 보인다고 해서 앞서 제기한 질문들이 취소되거나 해소되는 것은 아니다. 오히려 더 분명하게 의문을 남긴다. 오규원은 왜 자신의 시론과 부딪힐 수밖에 없는 동시를 쓴 것일까? 그리고 어떤 방식으로 시와 동시를 자신의 시론 안에서 무리 없이 공존하게 할 수 있었을까? 다시 제기되는 질문 앞에서 오규원의 시와 동시 사이

---

6 "제가 공식적으로 문학 활동을 시작한 것이 1965년입니다."(오규원, 「책 끝에」, 『나무 속의 자동차』, 문학과지성사, 2008, p. 120)

7 임지연, 「방법으로서의 동시―오규원의 동시론」, 『미니마 모랄리아, 미니마 포에티카』, 천년의시작, 2010, p. 277.

8 오규원, 앞의 글, 2008, p. 120.

9 최명표, 「오규원의 동시와 시론의 상관성 연구」, 『한국시학연구』 19호, 한국시학회, 2007, p. 300. 참고로 오규원의 동시 발표는 1990년대까지도 『민음동화』 1990년 가을호, 『맥』 제2호 (1996) 등의 지면을 통해 이어지고 있음이 확인된다(이상 『동아일보』 1990. 11. 15., 『경향신문』 1996. 8. 26.).

10 오규원, 「兒童文學(아동문학), 그 本質(본질)과 사랑―74年度(년도) 年刊集(연간집) 童詩(동시)를 中心(중심)으로」, 『아동문학평론』 2호, 아동문학평론사, 1976; 「童詩의 두가지 문제점」, 『아동문학평론』 20호, 아동문학평론사, 1981.

에 봉합하기 힘든 간극이 보이는 지점부터 살펴보자.

[1-1]
돌밭에서도 나무들은 구불거리며 하늘로
가는 길을 가지 위에 얹어 두었다
어떤 가지도 그러나 물의 길이 끊어진
곳에서 멈추어야 했다
나무들이 멈춘 그곳에서 집을 짓고
새들이 날아올랐다

[1-2]
돌밭에서도 나무들은 구불거리며 하늘로
가는 길을 가지 위에 얹어두었다
어떤 가지도 그러나 물의 길이
끊어진 곳에서 멈춘다
나무들이 멈춘 그곳에서 집을 짓고
새들이 날아올랐다

[2]
몸에도 수수 냄새가 풍기는
수수빗자루 장수가
길거리에 나타나면

—타작도 끝난 모양이군
하고
가랑잎 하나 떨어지고

―보리갈이도 끝난 모양이군

　　하고

　　가랑잎 하나 떨어지고

　　[1-1]과 [1-2]는 「물과 길 2」라는 동일한 시의 일부다. 다만 앞의 것
은 최초 문예지에 발표할 때의 원고이고, 뒤의 것은 개작을 거친 후 시
집 『길, 골목, 호텔 그리고 강물소리』에 수록된 원고이다. 개작을 거쳤
다고 하나 큰 차이를 보이는 것은 아니다. 인용만 놓고 보면 띄어쓰기
와 행갈이가 조정된 것 외에 통사적으로는 4행의 "멈추어야 했다"가
"멈춘다"로 수정된 것이 전부다. 이 사소한 수정에 대해 오규원은 "어
떤 가지도 그러나 물의 길이 끊어진/곳에서 멈추어야 했다"라는 표현
이 나무의 의지에 너무 깊이 관여하는 측면이 있으므로, 나무에 덜 관
여하기 위해서 "멈추어야 했다" 대신 "멈춘다"를 택했다고 설명한다.[11]
나무에도 의지란 것이 있다면 그 의지에 대해, 실상은 나무 자체에 대
해, 함부로 판단하고 재단하는 시선을 극도로 자제하려는 시인의 의지
가 읽히는 대목이다. 이는 인간 중심의 관념을 시적 대상에 과도하게
덧씌우는 것을 경계하는 태도가 편편의 시에서 얼마나 철두철미 실천
되고 있는지를 증명하는 사례이기도 하다.

　　[2-2]는 『나무 속의 자동차』에 수록된 「수수빗자루 장수와 가랑잎」
이라는 동시의 일부다. 수수빗자루 장수가 길에 나타나자 타작도 끝나
고 보리갈이도 끝났다고 판단하며 떨어지는 가랑잎은 곧바로 의인화
의 사례이면서 인간적인 관념이 시적 대상에 그대로 투영된 사례를 이

11　오규원, 「'살아 있는 것'을 위한 註解(주해)」, 앞의 책, 2005, p. 31. 참고로 해당 글에서는 인용
　　문 [1-1]과 [1-2]의 띄어쓰기와 행갈이가 동일하게 처리되어 있다. 다만 4행의 "멈추어야 했
　　다"가 "멈춘다"로만 바뀐 차이를 보인다.

룬다. 한 편의 동시에서 의인화가 발견되는 사례는 새삼스러울 것이 없다. 동시 장르에서 가장 흔하게 보이는 기법이면서 동시 창작의 근간을 이루는 수사법이기 때문이다.[12] 문제는 인간적인 관념이 시적 대상에 과도하게 투영되기 쉬운 의인법이 다른 곳도 아니고 오규원의 작품에서 발견된다는 데 있다. 비록 동시이기는 하나 동시도 시의 일종이라는 사실을 고려하면, 무엇보다 인간적인 관념의 배제를 최우선 과제로 삼는 오규원의 시론을 고려한다면, 그의 동시에서 버젓이 발견되는 의인화의 사례를 선뜻 이해하기가 힘들다. 말하자면 사물의 의지에 관여하는 것을 극도로 경계하는 시 정신과 대놓고 의인법을 써야 하는 동시의 세계가 어떻게 한 시인의 창작에서 동거할 수 있었던 것일까?[13] 이런 질문이 계속 남는 것이다.

*

가장 손쉬운 해답은 시와 동시를 서로 별개의 장르로 두는 인식에서 찾을 수 있다. 시와 소설이 별개의 장르이고 시와 희곡이 서로 별개의 장르이듯이, 그래서 시의 창작 원리를 소설이나 희곡의 창작 원리에 그대로 대입할 수 없는 것과 마찬가지로 동시의 창작 원리가 시 창작

12 "남도 나와 똑같으리라. 이것이 시를 낳게 하는 바탕이 되는 것이다."(신현득, 「동시 창작법 (3)―철저히 의인(擬人)을 하라」, 『아동문학평론』 11호, 아동문학평론사, 1979, p. 44)에서 확인되듯, 동시는 동일성에 근거한 의인법을 중요한 창작 기법으로 삼고 있다.

13 사물의 의지에 관여하는 것을 경계하는 태도는 주체와 대상, 언어와 사물 사이에 놓인 근원적인 간극을 직시하거나 첨예화하는 비동일성의 사유의 연장선에 놓인다. 반면에 동일성의 사유는 주체와 대상, 언어와 사물 사이에 놓인 간극을 봉합하거나 감싸 안는 시선을 보인다. 그런 점에서 동일성의 시학과 비동일성의 시학은 한데 섞이기 힘든 정반대의 사유를 점유하는데, 흥미롭게도 오규원의 동시에서는 비동일성의 사유와 동일성의 기법(의인법)이 길항적 관계를 맺으며 결합되는 독특한 양상을 보인다. 이에 대한 상세한 논의는 김영식, 앞의 글, 2017 참조.

의 원리로 고스란히 환원되지 않는 특이성을 가진다는 인식. 이런 인식을 전제하지 않고서는 오규원의 시와 동시에서 보이는 공존 불가능한 지점들이 해명되지 않는다. 즉 동시를 시와 별도의 문학 장르로 두었기 때문에 오규원은 자신의 시 정신에 일정 부분 위배되더라도 동시를 창작할 수 있었다는 가정이 가능하다. 실제로 오규원은 "동시도 시다. 그렇다면 시이어야 하지 않겠는가,라는 의식"에 대해 일부 동의하면서도, "아동이 무슨 대단한 문학의 향수자라도 된다고 그렇게 시만을 고집하느냐"[14]는 의견에도 뜻을 같이한다. 동시의 "독자가 되는 아동이 문학의 향수자로서의 감수성을 얼마만큼 가지고 있을까"[15]라는 의구심은 동시의 특이점이자 본질에 대한 사유로 이어진다.

> 현실적으로 童詩동시를 詩시의 차원에, 童話동화를 小說소설의 차원에 편입시키는 노력이 이루어지고 있기는 하지만, 그러나 그렇다고는 하더라도, 릴케처럼 장미를 보고 〈오 순수한 모습이여〉라고 한다든지, 라포르그처럼 〈비러먹을 세기의 문턱에 신화가 되는 거예요〉라고 하는, 이러한 형태의 사물과 존재에 대한 질문과 응답을 할 수 없는 동시가, 그리고 순수한 사랑 또는 소박한 휴머니즘의 영역을 사랑할 수밖에 없는 동시가, 어떤 정신사에 깊숙히 뿌리를 내릴 수 있다고 가정하기란 매우 어렵다.[16]

동시의 독자는 기본적으로 아동이다.[17] 당연히 인용문에 등장하는

---

14 오규원, 앞의 글, 1981, pp. 5~6.

15 같은 글, p. 6.

16 오규원, 앞의 글, 1976, p. 39. 이하 맞춤법과 띄어쓰기, 구두점 오기는 모두 원문.

17 "아동문학의 독자는 협의로는 아동이나, 광의로는 동심적 성인도 포함된다."(한국민족문화대백과사전)를 참고할 때, 동시의 독자는 넓은 의미에서 동심을 지닌 성인을 포함하지만 기본적으로

사례처럼 사상적으로 심오하거나 정서적으로 거북함을 주는 언어는 동시의 영역에서 담당하기 힘들다. 아동을 독자로 둔 만큼 단순 명료한 표현과 더불어 긍정적인 세계를 담아내야 하는 장르가 동시인 것이다. 동시에 주어지는 이러한 제약을 오규원은 "순수한 사랑 또는 소박한 휴머니즘의 영역"으로 되받아서 설명한다. "아동문학은 사랑의 문학이며, 사랑을 깨닫게 하는 문학이다"[18]나 "아무리 강조해도 동시는 소박한 휴머니즘의 영역을 벗어날 수 없다"[19]는 데서 확인되듯, 오규원에게 동시를 이루는 근간은 '사랑'과 '소박한 휴머니즘'으로 요약된다.

사랑이되 소박한 휴머니즘을 동반한 사랑이기에 거기에는 회의하는 시선이 끼어들 이유가 없다. "일종의 회의를 모르는, 회의를 하지 않는, 거의 절대에 가까운 사랑에의 함몰"[20]을 전제하는 동시에서 어렵고 복잡한 언어 대신 소박하고 단순한 언어가 따라붙는 것은 자연스럽다. 당연히 주되게 동원되는 수사법 역시 가장 흔하면서도 손쉬운 방식인 의인법이 되기 쉽다. 반면에 독자를 아동으로 두는 것에 한정되지 않는 시는 아무리 난해한 언어가 동원되더라도 그 자체 제약 조건이 되지 않는다. 동반되는 사유 역시 사랑이나 휴머니즘의 영역에만 갇히지 않는다. 사랑이라 할지라도 "절대에 가까운 사랑에의 함몰"과는 거리가 먼 방식의 사랑일 수 있으며, 휴머니즘이라고 하더라도 '소박한'이라는 한정사에서 자유로운 휴머니즘일 수 있다.

회의를 모르는 절대적인 사랑과 소박한 휴머니즘이 동시를 동시이게 하는 조건이라면, 역으로 이러한 조건에서 자유로워질 때 시가 되

아동에 국한된다고 할 수 있다.

18 오규원, 앞의 글, 1976, p. 33.

19 같은 글, p. 39.

20 같은 글, p. 35.

는 사례는 오규원의 시와 동시에서도 확인된다. 다음을 보자.

[1]
방아깨비의 코/너구리의 코/메추리의 코/그 조그마한 코

뜸부기의 입/뻐꾸기의 입/개구리의 입/그 조그마한 입

비가 오면/비에 젖는/뜸부기의 코/뻐꾸기의 코/개구리의 코

비가 오면/빗방울이 맺히는/방아깨비의 입/너구리의 입/메추리
의 입

[2]
방아깨비의 코/새앙쥐의 코/메추리의 코/그 작은 코 보셨습니까?

뜸부기의 입/뻐꾸기의 입/종다리의 입/그 작은 입 보셨습니까?

비가 오면 이 작은 것들도/비에 젖습니다/방아깨비의 코/뻐꾸
기의 입

(표현의 엄밀성, 그러니까 표현하고자 하는 세계에 대한 인식의 엄
밀성을 기술적으로 회피하고 있는 이 시가 씌어진 날은 내가 空虛^{공허}
로 쏟치는 날.)

비 오는 날, 비가 오면/내 작은 눈, 입, 코, 귀도 비에 젖습니다./
눈 위에 빗방울, 코 위에 빗방울.

[1]은 동시집 『나무 속의 자동차』에 들어 있는 「방아깨비의 코―산에 들에 5」 전문이고, [2]는 시집 『왕자가 아닌 한 아이에게』(문학과지성사, 1978)에 들어 있는 「방아깨비의 코」 전문이다.(인용문의 행갈이 표시 '/'는 모두 인용자) 동시에 부제가 붙어 있다는 점 말고는 둘 다 동일한 제목 아래 유사한 본문의 전개 방식을 보여준다. 특히 전반부에서 동원되는 동물의 목록이 다를 뿐 두 편 모두 동물의 작은 코와 입을 부각하는 시선은 동일하다. "작은 것을 크게 보는 방법"으로 "세계의 숨은 질서를 투시"하면서 "세계의 이상적 존재 방식을 상상"[21]하는 시선이 [1]에서는 동물의 작은 코와 입이 비에 젖거나 빗방울이 맺히는 장면으로 전환되는 후반부까지 균질하게 적용된다. 그러나 [2]로 넘어와서는 괄호 처리된 부분에서 새삼 읽히듯, "세계의 이상적 존재 방식을 상상"하기 이전에 "표현의 엄밀성"을 따지는 시적 자의식이 개입하면서 시선을 "내 작은 눈, 입, 코, 귀도 비에 젖"는 쪽으로 돌리는 것으로 시가 마무리된다. 표현의 엄밀성을 문제 삼는 자의식은 "일종의 회의를 모르는, 회의를 하지 않는, 거의 절대에 가까운 사랑에의 함몰"과도 거리를 두며 "소박한 휴머니즘"과도 거리가 멀다. 회의하는 시선을 갖춘 시적 자의식의 유무에 따라 시와 동시가 갈리는 위의 사례는 달리 말해 동시를 동시이게 하는 조건, 즉 절대적인 사랑과 소박한 휴머니즘의 구현을 위해 회의하는 시선을 거두어야 하는 조건에서 자유로울 때 시가 가능할 수 있음을 역으로 증명하는 사례이기도 하다.

　　사유에서도 언어에서도 회의하지 않는 시선, 그러니까 소박하게 세계를 사랑하는 시선이 전제되어야 동시가 가능하다는 점에서 동시의 영역이 시에 비해 일견 협소해 보일 수도 있다. 이에 대해 오규원은 '소

<hr>

21　이남호, 「우주적 친화의 세계」, 오규원, 앞의 책, 2008, pp. 110, 116.

박함'으로 귀결되는 동시의 제약 조건을 (동시를 비롯한) "아동문학이 사랑해야 할, 스스로 긍정하고 사랑해야 할 한계"[22]로 내다보면서, 동시의 한계 지점이 곧 그것의 특이점일 수 있음을 환기한다. "이 소박하다는 말이 갖는 단순 명료함은, 우리가 일반적으로 알고 있는 것보다는 훨씬 큰 힘으로 둘러싸여 있다"[23]는 믿음에 기대어 '소박함'으로 한정되면서 특정되는 동시 고유의 영역을 인정하면서 창작의 근거를 확보하고 있는 것이다. 견고하고도 완고한 모더니스트로서의 오규원의 시론이 부득이 예외적으로 두는 지점에 동시가 놓이는 것이 아니라, '소박함'을 기점으로 시와 결정적으로 갈라질 수밖에 없는 장르로서 오규원 동시의 성립 근거가 마련된다면, 이제 다른 방향에서 그의 시와 동시가 양립할 수 있는 근거를 짚어볼 차례다. 이는 시와 동시 양자를 아우르면서 관통하는 오규원의 시론을 짚어보는 과정과 다르지 않다.

*

"세계를 사랑으로 바라보는 사람에게 세계는 모든 것을 사랑으로 보여"[24]주지만, 그렇다고 우리가 세계의 모든 것을 볼 수 있는 것은 아니다. 우리는 언제나 세계의 일부만을 보고 일부만을 말할 수밖에 없다. 눈앞에 놓인 사물 하나에 대해서도 시선의 한계와 인식의 한계, 그리고 표현의 한계가 생겨나는 지점에서 오규원은 역설적으로 문학의 존립 근거를 마련한다. 세계의 전모를 볼 수 없다는 한계를 직시하는 곳

22 오규원, 앞의 글, 1976, p. 39.

23 같은 글, p. 35.

24 같은 글, p. 35.

에서 문학의 언어가 출발할 수 있음을 오규원은 다음과 같이 강조한다.

> 우리가 현실의 전모를 그대로 본다는 것은 불가능하다. 전모는 대체로 개괄에 의해 얻어지기 때문이다. 개괄과 문학은 서로 먼 거리에 있다.
> 최소한 현실을 있는 그대로 보기 위해서는 우리는 우리의 관념들을 벗어버려야 한다. 우리를 지배하고 있는 수많은 관념들(예를 들면 이런 것은 옳고 저런 것은 옳지 않다든지 하는 것까지)은 사물과 세계를 순수한 눈으로 바라보지 못하게 한다.[25]

사전적인 의미 그대로 '개괄'은 "중요한 내용이나 줄거리를 대강 추려"[26]내는 일이므로, 개괄에 의해 현실의 전모가 드러난다 한들 그것은 중요한 것 중심으로, 실은 중요하다고 판단되는 것 중심으로 '대강 추려'낸 전모일 뿐이다. 현실의 전모는 인간의 유한한 인식 능력 앞에서 언제나 감지 불가능한 지대로 남는다. 당연히 "우리가 현실의 전모를 그대로 본다는 것은 불가능"한 일이며, 남는 것은 일부만 보고 일부만 말해지는 현실이다. 전부가 아니라 일부만 보고 일부만 말해지는 현실은 그 자체 인간 언어의 한계를 증명하면서 한편으로 무한히 새로운 언어 생성의 가능성을 내포한다. 다 볼 수 없기에 더 보아야 하는 곳, 다 말해질 수 없기에 더 말해질 수밖에 없는 곳에 이 세계가 있고 현실이 있고 또 언어가 있다면, 섣부르게 현실의 전모를 개괄하려는 시선 이전에 현실을 있는 그대로 보려는 시선이 필요해지며, 문학의 언어 또한 그러한 시선을 품고서 탄생한다.

---

25 같은 글, p. 35.
26 국립국어원 표준국어대사전.

오규원에게 현실을 있는 그대로 본다는 것은 우리의 시선과 인식에 켜켜이 쌓여 있는 기존의 관념들을 벗는다는 것과 다르지 않다. 알게 모르게 내면화된 동시에 체화되어 있는 기존의 관념은 무엇보다 기존의 언어로 구축되어 있다는 점에서, 기존의 관념화된 언어이자 언어화된 관념으로 되받을 수 있다. "사물과 세계를 순수한 눈으로 바라보"기 위해 "우리를 지배하는 수많은 관념들"을 "벗어버려야 한다"는 오규원의 시각이 궁극적으로 향하는 곳도 바로 이 언어화된 관념이면서 관념화된 언어였다.[27] 시력 40년을 쏟아붓듯이 집중해서 들여다본 곳이 기존의 관념으로 점철된 언어였기에, 그를 두고서 "언어에 목숨을 걸었던" 시인이자 한국 현대시에서 탈관념의 방법론과 투명성의 시학을 끝까지 밀고 나간 시인이라는 평가가 가능해지는 것이다.

이처럼 인간이 만든 "모든 관념의 허구에서 벗어난 세계"이자 "궁극적으로 한없이 투명할 수밖에 없을" 세계를 지향한 오규원의 시론에서 '투명'과 상대어를 이루는 '관념'은 구체적으로 "인간이 문화라는 명목으로 덧칠해놓은 지배적 관념"[28]을 뜻한다. "인간의 욕망 그 자체"[29]인 관념에 대한 거부는 동시론에서도 마찬가지로 개진된다. 오규원은 1970년대 당시 동시 작품에서 종종 보이던 "개괄적인 지식으로 의도만 드러낸 공허한 관념"에 대해 "사랑으로부터 문학이 출발하고 있는

---

27 오규원은 그의 시력 초기부터 언어와 시에서의 '관념'을 문제적으로 의식하고 이에 대한 사유를 전개했다. 가령, "우리들이 사랑해야 할 것은 時代苦(시대고), 觀念(관념) 등에 詩(시)를 맞추는 논리적 추적이 아니라, 오히려 그것을 무너뜨리는 精神(정신)의 個別性(개별성)이다." "관념이 곧 아름다움(美)은 아니다." "〈얻은 것은 관념, 잃은 것은 시〉라는 말이나, 〈얻은 것은 시, 잃은 것은 관념〉이라는 말은 다 같이 옳지 않다."(이상 오규원, 「死海(사해)의 殘光(잔광)」, 『현실과 극기』, 문학과지성사, 1976, p. 45) 같은 구절에서 이를 확인할 수 있다. 이하 각주의 '오규원, 앞의 글, 1976'은 「死海의 殘光」이 아니라 「兒童文學, 그 本質과 사랑─74年度 年刊集 童詩를 中心으로」.

28 오규원, 「시작 노트」, 앞의 책, 2005, p. 80.

29 같은 글, p. 87.

게 아니라, 어떤 욕망이나 편견으로부터 출발한"[30] 데서 원인을 찾는다.

> 현실을 나름으로 바로 보고, 바로 느낀자는 결코 과장하지도 않고 주장하지도 않는다. 단지 있는 그대로. 본 그대로 드러낼 뿐이다. 참으로 사랑하는 사람은 결코 사랑한다는 말보다도 사랑이 할 수 있는 일이 무엇인가를 생각하고, 그 일을 할 뿐이다. 대체로 주장이라든지 구호는 사랑보다는 욕망의 산물일 경우가 많은 것도 그 때문이다.[31]

"인간의 욕망 그 자체"인 관념에 대한 거부가 시뿐만 아니라 동시를 논하는 자리에서도 되풀이되는 이 대목에서, '욕망'을 대신하여 강조되는 사항은 다시 '사랑'이다. 이때의 사랑은 현실을 "단지 있는 그대로" "본 그대로 드러"내려는 시각과 연계된다는 점에서 오규원 시의 한 축을 이루는 투명성과도 연결해서 생각해볼 수 있다. 세계를 투명하게 포착하려는 시각은 기존의 관념이 갖는 허구성을 의심하는 태도와 맞물린다. 그렇다면 오규원의 동시론에서 강조하는 순수한 사랑, 즉 회의를 모르는 절대적인 사랑과는 일견 배치되는 자리에 투명성이 놓일 수 있다. 논리적으로 모순이 생기는 이러한 난맥을 해소하기 위해서도 사랑의 의미를 재음미할 필요가 있다. 오규원의 동시론과 시론 모두에서 '욕망=관념'의 등식이 세워지는 것과 마찬가지로 '사랑=투명성'의 등식이 무리 없이 성립하려면, 절대적인 사랑에 국한되지 않는 사랑의 의미가 재구성되어야 한다. 즉 오규원의 동시론에서 말하는 순수하고 절대적이며 소박한 휴머니즘을 동반하는 사랑과는 다른 층위에 놓이

---

30 오규원, 앞의 글, 1976, p. 37.

31 같은 글, p. 38.

는 사랑도 함께 거론되어야 한다.

　동시(론)에서와 달리 그의 시에서 발견되는 사랑의 의미는 긍정적이기보다 부정적인 성격을 띠는 경우가 많다. 가령 "이 모든 것을 사랑의 이름으로 나는 갈구했고, 그리고/사랑의 말에는 모두 구린내가 나기를 희망했다./냄새가 나지 않는 사랑이란/맹물이라는 점"(「빈약한 상상력 속에서」, 『이 땅에 씌어지는 서정시』, 문학과지성사, 1981)에서 엿보이는 사랑의 의미는 소박하고 순수하고 절대적인 성격의 사랑과는 거리가 멀다. 오히려 반대편에 놓인다. 사랑이라는 말에서 "구린내가 나기를 희망"하는 시선은 사랑에 대해 회의하고 부정하는 시선과 다르지 않다. 이러한 부정의 시선은 동시에서 추구하는 절대적이고 순수한 사랑에 정면으로 위배된다. 그러나 사랑을 "있는 그대로" 보려는 시각의 연장선에서 이해하면 이 또한 사랑의 다른 측면을 비추는 작업이자 부정성의 방식으로 사랑을 구현하는 입장으로 받아들일 수 있다. 동시와 달리 회의하고 부정하는 시선이 장착되었을 뿐, 사랑을 구현하는 차원에서는 동시와 다르지 않은 자리에 시가 놓이는 것이다.[32] 오규원의 시론과 동시론 모두에서 '사랑=투명성'의 등식이 무리 없이 성립될 수 있는 근거도 이 대목에서 마련된다.

　그렇다면 시를 통해서든 동시를 통해서든 오규원이 '사랑=투명성'을 담지한 언어, 그러니까 현실을 "있는 그대로" "본 그대로" 드러내는 사랑의 언어를 추구한 궁극적인 이유가 무엇일까? 이는 '욕망=관

32　이상의 논의는 임지연의 연구에서 힘입은 바 크다. "그[오규원]에게 사랑의 의미란 [……] 두 층위에서 구성된다. "깨끗하다는 것" "깨어지지 않고 금이 가지 않는다는 것"으로서의 긍정적 사랑은 동시에서 구현된다. 그의 다른 시들이 주로 부정성의 방식으로 사랑을 보여준다면, 동시에서는 긍정성의 방식으로 사랑이 실현된다."(임지연, 앞의 글, p. 271)에서 확인되듯, 오규원에게 동시는 긍정성의 방식으로 사랑이 구현되는 곳이며, 반대로 시는 부정성의 방식으로 사랑을 보여주는 곳이다. 따라서 오규원의 시와 동시는 '부정성'과 '긍정성'으로 갈라지는 이질성과 '사랑'으로 묶어지는 동질성을 함께 지니고 있다.

넘'에 해당하는 언어, 즉 현실 세계에서 인간의 욕망이 관념화된 언어를 줄기차게 거부한 이유를 묻는 것과 다르지 않다. 이유는 한 가지로 모인다. 바로 '욕망=관념'으로 점철된 언어가 죽은 언어이기 때문이다. 관념으로 굳어진 언어는 세계를 새롭게 보고 새롭게 말할 수 있는 여지를 주지 않는다는 점에서 새로운 의미 생성의 가능성이 차단된 언어이며, 따라서 죽은 언어와 다름없다. 사랑의 시선으로 '투명성'을 지향한 오규원의 시가 깨뜨리고자 한 것은 바로 이 죽은 언어와 다름없는 관념화된 언어였다. 대신 살아 있는 언어, 생동감이 넘치는 언어, 활물성을 담지한 언어로 나아가고자 한 것이 오규원의 시이고 또 동시였다.[33]

*

이상의 논의를 정리하면, 우선 오규원은 시와 동시를 엄연히 다른 장르로 인식하면서 소박하게 세계를 사랑하는 시선이 전제될 때 동시가 가능하다는 의견을 제출한다. 아울러 '소박함'을 기점으로 시와 결정적으로 갈라지는 동시의 성립 근거를 마련한다. 반면에 시와 동시 양자를 아우르면서 관통하는 오규원의 (동)시론에서 공히 강조되는 바는 세계를 있는 그대로 보는 것, 즉 욕망으로 점철된 관념을 깨뜨리고 투명하게 세계를 들여다보고자 하는 시선이었다. 따라서 그의 시와 동

---

33 "이 언어의 物性(물성), 활물성을 무시하고 단순한 의미나 의사소통의 기호로만 읽을 경우, 언어는 칼이나 도끼와 다름없는 도구이다. 하이데거가 시만이 존재의 본질에 접근할 수 있다고 믿었던 이유도 위와 같은 언어의 특성을 읽었던 탓이다. 활물로서의 언어 그 자체가 바로 존재의 본질이기 때문이다. [……] 언어가 활물성이 없다면 언어로 된 모든 창조물도 생명을 결여하게 된다. 마찬가지로 언어가 이러한 물성을 지녔으므로 형식 논리로 묶으면 많은 부분의 삶이 훼손당한다." (오규원, 「문화의 불온성」, 『언어와 삶』, 문학과지성사, 1983, p. 32) 한편, 언어 고유의 활물성과 생동감에 대한 강조는 이후 출간된 『날이미지와 시』에서도 지속적으로 확인된다. 특히, 해당 책에 실린 「'살아 있는 것'을 위한 註解(주해)」 참조.

시, 시론과 동시론 모두에서 핵심적으로 작동하는 원리는 '투명성'이라고 할 수 있다. 오규원의 시와 동시가 갈라지는 지점과 상통하는 지점에 각각 '소박함'과 '투명성'이 자리한다면 다음에 나오는 그의 동시에 대한 이해 역시 조금은 다른 각도에서 조명할 필요가 있다.

> 저는 동시를 동심을 노래하는 것으로도, 동심으로 노래하는 것으로도 보지 않습니다. 저는 동시를 동심으로 볼 수 있는 시의 세계라고 생각하는 사람이므로, 이 차이가 제 작품의 여기저기에 나타나 있습니다. 동심을 노래하는 것은 시의 세계가 동심으로 한정될 염려가 있고, 동심으로 노래하는 것은 시의 세계가 노래라는 말에 간섭을 받을 염려가 있습니다. 그래서 보다 포괄적이고 보다 시적인 시각으로 동시의 자리를 잡은 것입니다. 이렇게 하는 것이 동시에게 훨씬 큰 세계를 마련해 주는 일이라고 저는 믿고 있습니다.[34]

동시에 대해서 "동심을 노래하는 것으로도, 동심으로 노래하는 것으로도 보지 않"는다는 발언이 먼저 눈에 띈다. 각각 시의 세계가 동심으로 한정될 수 있다는 염려와 노래라는 말에 간섭받을 수 있다는 염려에서 나온 의견인데, 여기서 한 가지 짚어볼 것이 있다. 동심을 (그리는 것도 말하는 것도 아닌) 노래하는 것이 곧 시의 세계를 동심으로 한정시킬 수 있다는 염려는 사실상 '동심'보다는 '노래'라는 말에 더 부정적인 시각이 깔려 있는 견해로 읽힌다. 노래에 대한 부정적인 시각은 "동심으로 노래하는 것은 노래라는 말에 간섭을 받을 염려가 있"다는 대목에서 더 분명해지고 확고해진다.

이처럼 동시의 영역에서 오규원이 '노래'에 대해 부정적인 각을 세우

---

34 오규원, 앞의 글, 2008, p. 124.

는 사례는 "노래가사가 물론 동시가 될 수 없다는 말은 아니다. 그러나 그것 속에는 시적존재詩的存在일 수는 있어도 시로 이름하기에는 지나치게 감상적이거나 유치한 요소를 많이 지니고 있었다는 사실을 부인하기는 어렵다."[35]는 의견에서도 다시 확인된다. 노래 가사가 지닌 지나치게 감상적이거나 유치한 요소를 시로 이름 할 수 없는 주요한 근거로 삼고 있는데, 이는 "나는 한때 동시를 언어로 된 단순한 그림의 형태로 주어본 일이 있다"[36]나 "동시의 언어는 탐구의 언어가 아니라 회화의 언어"[37]라는 의견을 참고할 때, 동시를 (탐구의 언어는 물론이고) 노래의 언어나 음악의 언어와 연결시키지 않고 곧바로 회화의 언어와 연결시키는 오규원 특유의 장르적 인식에서 비롯된 것으로 보인다.[38]

회화의 언어는 말 그대로 어떤 대상을 보고 그리는 언어다. 대상이 어떤 것이든 그것을 회화처럼 그리기 위해 먼저 본다는 것, 특히나 동심으로 본다는 데서 오규원 특유의 동시 영역이 확보된다. 동심으로 본다는 것은 아이 같은 천진한 시선으로 세상을 본다는 것이고, 천진한 시선은 앞서 거론한 '소박함'과 '투명성'이라는 말로 되받아서 설명할 수 있다. 시와 동시를 통틀어 세계를 있는 그대로 투명하게 보고자 하는 시선이 작동하는 가운데서도, 소박하게 세계를 사랑하는 시선이 특화되는 곳에 오규원의 동시가 위치한다고 하겠다. 그런 점에서 "동심으로 볼 수 있는 시의 세계"로서의 동시는 소박하고 투명하게 세계를 보는 시의 다른 말이다. 여기에는 의심하거나 회의하는 시선이 끼

---

35 오규원, 앞의 글, 1981, p. 5.

36 같은 글, p. 6.

37 오규원, 앞의 글, 1976, p. 39.

38 시력 내내 비동일성의 시학을 심화한 것으로 평가받는 오규원의 시적 자취를 고려하면, 동일성의 성격이 강한 노래나 동요를 동시의 영역에서 굳이 떼어놓으려는 의도가 자연스럽게 이해된다.

어들 틈이 없다.

*

　대상에 대해 회의하는 시선은 한편으로 언어와 사물, 기호와 형상, 기표와 기의 사이에 놓인 근원적인 간극에서 비롯되는 비동일성의 사유를 바탕에 깔고 있다. 실제로 오규원은 시력 40년 내내 탈관념의 방법론과 투명성의 시학을 전개하며 언어와 사물 사이의 간극에서 비롯되는 비동일성의 사유를 심화·확장해간 것으로 평가받는다.[39] 반면에 의인법을 주된 기법으로 활용하는 동시는 주체 중심으로 대상을 동일화하기 쉬운 장르다. 동일성의 자장 아래 놓여 있는 동시가 비동일성의 시학을 심화해간 오규원의 시와 무리 없이 동거할 수 있었던 근거는 앞선 논의에서 충분히 살폈다. '소박함'을 기준으로 동시를 시와 별개의 장르로 두는 인식과, 시와 동시 양자 모두를 관통하는 '투명성'의 추구가 시와 양립할 수 있는 오규원 동시의 창작 근거와 성립 근거를 제공한다면, 남는 질문은 이런 것이다. 생애 최초이자 마지막인 단독 동시집을 후기 시의 본격적인 시작점에 해당하는 『길, 골목, 호텔 그리고 강물소리』와 하필이면 같은 시기에 출간한 이유가 무엇일까? 이에 대해 오규원은 건강상의 이유를 들면서 애초 계획한 것보다 10년 일찍

39　"오규원은 40년의 긴 시력(詩歷) 동안 인식과 언어의 문제를 집요하게 탐색해왔으며, 그의 이러한 작업은 한국현대시의 폭과 깊이를 확대하고 심화하는 중요한 기지가 되었다. 그의 시는 세계에 대한 주체 중심의 인식과 언어로부터 사물들을 해방하는 '원심력의 형상 언어'였으며, 그러한 점에서 동일성에 기초한 서정의 대척 영역을 개척하는 작업이었다."(김문주, 「오규원 후기 시의 자연 형상 연구」, 『한국근대문학연구』 22호, 한국근대문학회, 2010, p. 163)에서 확인되듯, 오규원의 시는 "주체 중심의 인식과 언어"에 근거한 동일성의 세계와 대척점에 놓이는 비동일성의 시학으로 집약해서 파악할 수 있다.

동시집이 나왔다는 사실을 밝힌다.[40]

후기 시의 시작점에 해당하는 시집과 같은 시기에 출간되다 보니 동시집 『나무 속의 자동차』에는 후기 시의 핵심을 이루는 '날이미지'적 요소가 녹아 있는 시편들이 있는가 하면, 그의 시력 전 시기에 걸쳐 개진해온 '투명성'의 시각이 반영되어 있는 시편들도 있고, 이와 무관하게 동시 일반적인 속성으로 설명되는 시편들까지 혼재된 성격을 보인다. 그럼에도 후기 시를 비롯하여 시력 내내 개진해온 비동일성의 시학과 일정 부분 거리를 두는 동시에 친연성을 보이는 동시가 일관되게 발견된다. 가령, 앞서 인용한 「수수빗자루 장수와 가랑잎」에서 엿보이듯, 의인법을 쓰더라도 손쉽게 명명하는 방식이 아니라 묘사와 서술의 방식을 동반하면서 여느 동시와는 다른 의인화이자 동일화의 기법을 선보인다. 이는 동사 중심적 관계의 세계를 중시하는 후기 시의 영향이면서, 비동일성의 시학이 동일성의 기법에 최소한이나마 간섭하고 있는 사례라고 할 수 있다.

논의를 마치기 전에 앞서 제기한 질문을 마저 이어 가보자. 시인이 밝힌 바대로 건강상의 이유로 당초 계획보다 10년 정도 일찍 동시집이 나온 것이라면, 그보다 10년 후쯤 그러니까 1995년이 아니라 2005년경에 동시집 출간을 계획한 이유가 무엇일까? 애초 계획한 대로 2005년경 출간되었다면 그때의 동시집은 또 어떤 성격과 지향점을 가진 시집일까? 『나무 속의 자동차』 이후 눈에 띄는 동시 발표가 없었기에 이러한 질문은 부질없는 가정에 불과하지만, 한편으로 2005년경이면 오규원이 시력 40년 내내 천착해온 비동일성의 시학이 '날이미지'라는 하나의 극점을 10년 이상 관통한 이후의 시기라는 점에서 재차 음미할 구석을 남긴다. 하필이면 그 무렵 동일성의 원리가 강하게

40 오규원, 앞의 글, 2008, p. 120.

작동하는 동시집을 출간하려 했던 이유는, 비록 가상의 일이기는 하나 해당 동시집의 성격이나 지향점과 맞물리는 문제다. 나아가 시력 내내 비동일성의 시학을 심화해간 것으로 보는 오규원 시에 대한 기존의 관점을 재고할 수 있는 여지가 생기는 지점이기도 하다.

실제로 오규원의 후기 시는 '날이미지'라는 용어 외에도 '허공의 시학'이라는 수사로 접근이 가능할 만큼 생성과 소멸, 현전과 부재, 가시태와 비가시태가 거듭되는 시적 공간을 제시하는데,[41] 이러한 탈경계의 인식은 그대로 주체와 대상, 언어와 사물 사이에 놓인 간극에서 비롯되는 동일성의 사유와 비동일성의 사유가 서로 무색해지는 지경과 맞닿는다. 그렇다면 이런 가정도 가능하지 않을까? 어쩌면 시인은 허공의 시학으로 대변되는 후기 시를 충분히 통과한 이후에야, 그리하여 동일성과 비동일성의 시학의 구분이 무색해질 때쯤에야 동일성의 기법에 대한 부담을 덜어낼 수 있으리라 짐작한 것은 아닐까? 즉 비동일성의 시학의 극단과 동일성의 시학의 근원이 무리 없이 통하는 지점에 이르러서야 동시집 출간이 가능하리라 판단한 것은 아닐까? 아니 어쩌면 '정定하지 않는 것이 정定'이라는 『조주록』의 선문답[42]처럼 동일성과 비동일성의 경계가 무화되는 곳을 일찌감치 자신의 마지막 시적 지향점으로 상정하고 있었던 것은 아닐까? 이 모든 것이 확인 불가능한 가정에 불과하지만, 한 가지 눈여겨볼 지점이 있다.

원래는 2005년 '두두집頭頭集'이라는 제목으로 출간하려 했으나 유

41 오규원의 후기 시에서 '허공의 시학'에 대한 상세한 논의는 김영식, 「오규원 시의 알레고리적 의미 지평 연구」, 명지대학교 박사 학위논문, 2016, pp. 209~28 참조.

42 "한 스님이 물었다./"무엇이 정(定)입니까?"/"정(定)하지 않은 것이다."/"무엇 때문에 정하지 않은 것입니까?"/"살아 있는 것, 살아 있는 것이기 때문이다.""(오규원, 『길, 골목, 호텔 그리고 강물소리』, 뒤표지).

보되었다가 이후 유고 시집 『두두』의 '두두' 부로 들어간 시편들[43]은 이전까지 오규원의 시가 극도로 경계했던 의인법에서 다소 자유로워진 듯한 흔적을 보인다. 가령 "나무에서 생년월일이 같은 잎들이/와르르 태어나/잠시 서로 어리둥절해하네"(「4월과 아침」)나 "바위 옆에는 바위가/자기 몸에 속하지 않는다고/몸 밖에 내놓은/층층나무/한 그루가 있습니다"(「층층나무와 길」)에 보이는 의인화가 그 사례다. 덧붙여 "눈이 자기 몸에 있는 발자국의/깊이를 챙겨간다/미처 챙겨가지 못한 깊이를 바람이/땅속으로 밀어 넣고 있다"(「바람과 발자국」)와 같은 대목도 눈여겨볼 필요가 있다. 기존의 후기 시 같았으면 3행의 "미처 챙겨가지 못한"은 주어인 바람의 의지에 과도하게 관여하는 측면이 있으므로 바람에 덜 관여하기 위해서 '남아 있는'으로 표현이 바뀌었을 것이다. 당연히 나머지 행도 보조를 맞추어 바뀌었을 것이다. 엄밀히 말해 의인법은 아니지만, 바람의 의지에 개입하는 방식으로 의인화에 가까운 표현을 사용하고 있는 이 대목에서 마지막으로 드는 생각은 이런 것이다. 오규원 시인이 2005년에 별도의 시집으로 출간하려 했던 '두두' 부의 시편들은 역시나 2005년경 출간을 계획했던 그의 동시집과 아무런 상관이 없는 것일까? 출간을 염두에 둔 시기만 겹칠 뿐 여전히 시와 동시라는 건너기 힘든 장벽을 사이에 둔 관계에 그쳤을까? 어쩌면 한 몸에서 나온 쌍생아처럼 '두두집'이라는 제목의 시집과 영원히 이름을 갖지 못한 어떤 동시집이 나란히 놓일 수도 있지 않았을까?

---

43 이광호, 「'두두'의 최소 사건과 최소 언어」, 오규원, 『두두』, 문학과지성사, 2008, pp. 63~64.

오규원 스쿨
—시와 시론, 그리고 시창작 교육[1]

세스 챈들러

시를 공부하겠다는 / 미친 제자와 앉아

오규원은 1982년 서울예대 문창과 강사로 들어가 그 이듬해 전임 교수가 되었다. 그로부터 2002년 퇴직까지 20년에 걸쳐 시 창작 교육자로 활동했다. 잘 알려진 바와 같이 이 기간은 그의 중·후기 문학 시기와 겹친다. 바꾸어 말하면 중·후기 시와 시론을 펼치는 동안 그는 제자들의 시 공부를 옆에서 지켜보고 있었다. 문인 지망생의 습작을 합평하고, 시적 언어의 기본 특징을 정리하여 설명하고, 재능과 창의력을 키우는 방법을 고민했다. 그렇다면 이러한 시 창작 교육의 요구들은 시 쓰기에 대한 그의 생각을 얼마나 바꿔놓았을까.

일단 오.규원은 옆에서 지켜보기만 하는 선생님은 아니었다. 1980년대 당시 '서울예전'이었던 서울예대는 미국의 창작 교육 모델을 도입하여 문창과를 세웠지만 교과과정이 다듬어지지 않은 채 경험에 의한 교육으로 엉성하게 이루어지고 있었다. 이 시절을 돌아보면서 이창기는 "그 느슨한 교육에 새 바람을 불어넣으신 분이 바로 오규원 선생님"이

---

1 이 글은 나의 석사 논문(세스 챈들러, 「오규원 문학과 문예창작교육 시스템의 연관성 연구」, 서울 대학교 대학원 석사 학위논문, 2019)을 요약·수정·보완한 것이다.

었다고 회상한다.[2] 교과과정을 개편하여 교육의 틀을 갖추고자 한 오규원의 활약상, 강의실의 허황된 분위기를 바로잡고 학생들의 주의를 끌어들인 그의 냉철함이 많은 동료와 제자의 회고에서 전해진다. 시 창작 강의를 함께 맡았던 최하림의 표현을 빌리면 그 시기 서울예대는 그야말로 "오규원 스쿨"[3]이었다.

문학 연구에서 교육이나 학교, 특히 문창과라는 주제 주변에는 묘한 부끄러움이 맴돈다. 이는 아마 20세기 동안 문학이 학교와 너무 친밀한 관계를 갖게 되었기 때문일 것이다. 뒤에서 보게 될 것처럼 오규원도 학교를 통한 문학의 제도화에 대해 고민했다. 그런데 다른 한편으로 교육은 근현대 학교 제도의 범위를 훌쩍 넘는 문제이다. 배움과 가르침은 인간의 삶에 있어 보다 근본적인 문제이며 문학의 주제로서 죽음, 사랑, 평화 등등의 고전적 테마와 동등한 가치가 있다. 오규원은 교육자로서의 경험을 문학의 대상으로 삼았던 만큼 독자로서 우리는 그의 시각을 읽을 수 있어야 한다.

그리고 무엇보다도 문창과는 이와 같은 거부감이나 찬반론과 상관없이 국내외로 오늘날 문학 장을 구성하는 핵심 요소이다. 바로 이 지점에 입각하여 창작 교육의 성격, 그 속에 깃든 이념, 그리고 문창과에서 산출되는 문학의 특징에 대한 논의가 영어권에서 몇 년 전부터 활발하게 이루어져왔다. 한국에서도 이미 1950~60년대부터 서라벌예대와 유치진의 연극아카데미가 문단에 상당한 영향을 끼쳤고, 1980년대 중앙대와 서울예대는 그 뒤를 이어나갔으며, 전국적으로 수많은 문창과가 신설된 1990년대를 거쳐 2000년대 중반에 이르면 등단 작가의

2 이창기, 「나무와 그림자─시인 오규원 선생님을 추모하며」, 『문학과사회』 2007년 봄호, p. 312.

3 최하림, 「두 남자가 있는 풍경」, 『오규원 깊이 읽기』, 이광호 엮음, 문학과지성사, 2002, p. 381.

절반 이상이 문창과 출신이라는 발언까지 나온다.[4] 최근 대학의 기업화에 따른 구조 조정 가운데 문창과의 팽창기가 끝난 것으로 보이나 강의실에서 창작을 배우거나 가르치는 많은 문인의 생활 방식은 쉽게 사라지지 않을 것이다.[5] 오규원은 그런 삶의 형식을 보여준 초기의 인물이었다.

문학계에서 오규원의 문학적 업적을 거론할 때 교육자로서의 성과는 빠짐없이 언급되지만 그의 창작 교육 활동과 문학 세계의 관계를 살펴본 시도는 많지 않다.[6] 주지하듯이 오규원의 문학은 시와 시론이 서로 맞물려 뚜렷한 변모 양상을 보이기 때문에 보통 초기, 중기, 후기로 나누어진다. 이 중에서 그의 창작 교육 활동은 1980년대 사회 비판과 문학적 현실 대응을 추구한 중기, 그리고 1990년대 초부터 관념·은유·주체 중심의 사고를 배제하고 현상 그 자체만 남기는 날[生]이미지시·시론으로 특징짓는 후기에 걸쳐 있다. 이 중·후기 문학은 그의 창작 교육 활동과 어떤 관계에 있을까.

중기 시론집 『언어와 삶』(1983)과 날이미지 시론의 출발점인 1990년대 초 사이에, 즉 오규원의 중·후기 시론 사이에는 창작 교육과 시 창작론에 대한 치밀한 모색의 시기가 있었다고 보아야 마땅하다. 한편으로 이러한 창작 교육의 시기는 예술과 사회의 관계를 성찰하는 중기 시론과 접맥되어 학교와 문학의 관계에 대한 오규원의 고민이 드러난 때이다. 다른 한편으로 창작 교육에 대한 모색은 후기의 날이미

---

4 최재봉, 「'문창과'와 문학 열정과 냉정 사이」, 『한겨레』, 2005. 12. 22., https://www.hani.co.kr/arti/culture/book/89840.html(확인일: 2021. 10. 26.)

5 한국 문예 창작(학)의 역사와 현황에 대한 간략한 요약으로 나소정, 「문예 창작학 연구의 현황과 전망」, 『한국문예 창작』 47집, 한국문예창작학회, 2019 참조.

6 오규원의 생애와 문학의 연관성을 개관하는 박형준의 글은 예외적이다. 박형준, 「시인 오규원의 생애와 문학적 연대기」, 『석당논총』 68집, 동아대학교 석당학술원, 2017, pp. 93~100.

지시·시론의 형식적 방법론을 안겨주었고, 그 인식적·정동적 기반을 깔아놓았다. 그 양극 사이에서, 시와 시인의 본질, 시적 언어의 특징 등 보다 근본적인 문제에 대해 반성하고 생각을 정리하는 중견 시인의 모습이 보인다. 이때의 산물이 바로 지금도 시 창작 강의의 교재로 널리 쓰이는 『현대시작법』(1990)이다.

본관 뒷구석의 낙서

오규원의 중기 문학은 사회문제에 대한 관심을 보이며 문화 산업, 소비사회 비판으로 특징지어진다. 이 시기 오규원 시론의 핵심 개념 중 하나는 예술의 자율성이다. 그는 「예술과 사회」에서 예술의 자율성을 기존의 사회제도에 구속되지 않음으로써 대안 가치 체계를 상상하여 현시할 수 있는 예술의 특성으로 규정한다.[7] 예술의 자율성을 구속하는 사회제도 가운데 특히 중요한 것은 문화 산업이다. 「문화현상 속의 시」에서 오규원은 1970년대 "시집의 상품화 성공"의 부작용으로 어떤 특정한 경향의 시가 "유행의 패턴을 낳"는 획일화 현상을 지적한다. 그는 "시라는 존재는 대량 생산 시대의 상품처럼 효과적으로 보인다고 또 만들어진다고 훌륭한 가치를 지니는 그런 물건과는 다르다"고 경고한다.[8]

그런데 이 시론에서 획일화된 시는 대량생산의 상품뿐만 아니라 "모범 답안지"와도 비교된다. 유행을 따라 시를 쓰면 "선생한테 칭찬받을 만한 모범 답안지는 될지 모르지만" 자율적 독자성을 지닌, "변혁을

---

7 오규원, 「예술과 사회」, 『언어와 삶』, 문학과지성사, 1983, pp. 84~85.

8 오규원, 「문화현상 속의 시」, 같은 책, pp. 148, 154.

꿈꾸는" 문학에 이르지 못한다. 다시 말해 학교 제도도 소비 자본주의의 상품화 기제와 마찬가지로 예술의 자율성을 협박할 수 있는 제도이다.[9] "한 대학에 보낸 축시祝詩"라는 부제목이 달린 다음의 시편에서 교육제도와 자율적 글쓰기의 이러한 대립각은 '본관 뒷구석의 낙서'라는 이미지를 통해 구현된다.

> 누가 한 사람 있어
> 미래라든가 발전이라든가 문화라든가 하는 말을 위해
> 대학의 그 본관 건물 뒷구석에 있는
> 한 낙서의 상상력을 읽을 줄 안다면 얼마나 좋으랴
> 그 낡은 낙서의 한 획에서
> [⋯⋯]
> 발전의 이끼와 비린내와 향기를 건져낼 수 있을 것을
>
> [⋯⋯]
>
> 결국 낙서가 무엇인지 무엇을 의미하는 말이며
> 발전이라는 말이 환원 논법이 아니라
> 웃음이라든가 향기라든가 부드러움인 것을 알 터인데
> 그래서 대학이란 얼마나 근사한 이름이며
> 그래서 외국 가수의 이름이나 정치가의 이름보다 더 감미로운
> 게 있다는 사실을 위해
> 대학은 여기 반드시 있어야 하고 또 있음을 알 터인데
>   ─「어떤 개인 날의 엽서」 부분(『이 땅에 씌어지는 서정시』)

9 이 상황은 또한 "대학교 선생이 되겠다(나까지도!)는 시인이 많아지"는 배경에서 벌어지고 있다. 같은 책, pp. 153~55.

이 시편은 대학의 역할과 발전의 참의미에 대한 반성으로 이루어져 있다. 진정한 발전은 "낙서의 상상력"을 통해서 이룩할 수 있다. 낙서의 상상력을 읽을 줄 아는 사람이라면 발전의 이끼와 비린내, 웃음, 향기 등 생생한 일상 속 발전의 의미를 건져낼 수 있다. 따라서 대학이 존재해야 하는 이유는 경제개발로서의 발전에 기여하기 위해서가 아니라, 낙서로 대표되는 예술의 자율적 상상력을 보장하기 위해서이다.

여기서 주목해야 할 것은 낙서가 "대학의 그 본관 건물 뒷구석에 있는" 즉, 대학에 통합되지 않는 외진 곳에 있다는 점이다. 낙서는 원래 사회제도 바깥의 글쓰기로서 대학이라는 제도적 기관과 대립된다. 서울예대 교수로 부임한 이후 문창과의 교육목표를 다듬는 과정에서 오규원은 "학교 밖에 남겨져 있을 수밖에 없는" 문예 창작의 성질을 지적하기도 했다.[10] 문창과의 특성은 이렇게 '뒷구석'의 낙서를 강의실의 칠판으로 옮겨 쓰는, 바깥을 안으로 끌어들여야 하는 모순에 있다.[11]

문학과 학교의 대립은, 특히 창작 교육이 전문대학이라는 특수성과 만나는 지점에서 한층 현실적인 문제로 다가온다. 직업교육이라는 전문대학의 성격은 문학을 산업 또는 소비사회의 제도적 영역으로 끌어당긴다. 오규원은 "전문대학은 '중견 직업인' 양성이 그 궁극적 목적인데 문예 창작과의 궁극적 목적인 '창조적인 작가' 양성과는 [······] 부합하고 있지 못"하고 "엄청난 괴리감을 자아낸다"고 주장하며 교육목표의 "이원화"를 지적한다.[12] 여기서 그는 학생의 교육을 이야기하고 있으나, 선생으로서 그 자신도 문창과의 제도화 문제로부터 자유로울

10 오규옥 외, 「전문대학 문예창작과 교육과정의 개발연구」, 『문교부 '84학술연구조성비에 의한 연구보고서: 사회과학 22』, 문교부 엮음, 한국학술진흥재단, 1986, p. 5.

11 Mark McGurl, *The Program Era*, Harvard University Press, 2009, pp. 196~97.

12 오규옥 외, 앞의 글, pp. 17~18.

수 없었다.

육체여 오늘의 나는
예술과 사회를 강의하고
강의료를 받고
봉투를 바지 주머니에
넣어 쥐고
남대문시장을 오가며
수입 상가에서 빨간색
외제 팬티도 산다
　　　—「남대문시장에서」 부분(『가끔은 주목받는 생이고 싶다』)

위의 시는 문창과와 소비사회가 얽혀 있는 면을 잘 포착하며 이 구
도에서 자신의 위치에 대한 자의식을 갖는 오규원의 모습을 보여준다.
수입 상가가 늘어난 남대문시장은 소비 행위를 추동하는 공간이다. 화
자는 "빨간색/외제 팬티"를 구입함으로써 이러한 소비문화에 참여하
게 된다. 그런데 "예술과 사회"라는 강의 내용으로 미루어볼 때 화자가
팬티를 구입하는 돈은 바로 소비주의와 같은 사회문제를 다루는 강연
으로 얻은 "강의료"일 것이다. 강의 주제가 앞에서 언급한 「예술과 사
회」라는 오규원의 시론 제목과 일치하는 점도 시사적이다.

　문창과를 논의할 때면 학생=소비자라는 등식이 자주 나타난다.[13]
문창과는 글쓰기의 체험을 등록금으로 구매할 수 있는 소비의 대상으
로 만든다. 예술철학이나 문학사회학 등에 대한 지식도 이렇게 상품화
된다. 이것은 "문학적 가치와의 지극히 개인적 관계를" 소비자, 즉 학

13　예를 들면 Paul Dawson, *Creative Writing and the New Humanities*, Routledge, 2005, p.
　46.

생에게 제공하는 "경험의 경제"이다.[14] 이런 경제가 글쓰기에 대한 학생들의 욕구를 중심으로 편성되어 있다면 문창과는 글쓰기를 향한 욕망에 대한 조장·유인의 운영 원리를 가진 제도로 볼 수 있다.[15] 「남대문시장에서」를 통해 오규원은 문학·문인을 소비 자본주의 체제에 편입시키는 과정에서 문창과가 갖는 이러한 역할을 암시한다.

시란 가르칠 수 있는 것인가

위와 같은 오규원의 시가 제도로서의 문창과에 대한 날카로운 시각을 담았다면, 창작 교육과 창작론에 대한 그의 적극적인 탐구는 문창과의 교육 현장을 긍정하는 모습을 드러낸다. 문예 창작 교육 분야가 형성되기 시작한 초기부터 현재에 이르기까지 '창작은 과연 가르칠 수 있는 것인가'의 문제 제기는 반복적으로 대두한다.[16] 문창과의 교육목표, 교육 이론, 교과과정 등에 대한 본격적인 연구물인 「전문대학 문예창작과 교육과정의 개발연구」(1986, 이하 「문창과 연구」)에서 오규원도 바로 이 문제, 즉 문예 창작 교육의 가능성 여부로부터 시작한다.

그는 우선 창작은 고사하고 문학조차도 가르칠 수 없다는 주장의 사례를 검토하면서 여기서 '문학' '창작'이라는 개념은 "문학예술 그 자체를 존재시키는 창조행위"라는 좁은 의미로 쓰이고 있다고 지적한다. 그런데 문학에 대한 이론, 역사, 이해 등, 즉 "문학에 관한 것"은 얼마

---

14 McGurl, *op. cit.*, pp. 14~16.

15 Juliana Spahr and Stephanie Young, "The Program Era and the Mainly White Room," *After the Program Era*, ed. Loren Glass, University of Iowa Press, 2016, pp. 146~48.

16 D. G. Myers, *The Elephants Teach: Creative Writing Since 1880*, University of Chicago Press, 1996, pp. 39, 72, 112, 158.

든지 가르칠 수 있으며, "문학에 관한 것의 일부인 창작에 관한 것" 즉, 창작론, 기법 등도 마찬가지이다. 물론 이를 강조하면서도 그는 "어디까지나 문학 그 자체는 학습의 대상이 아니다"라는 점을 인정한다.[17] 나중에 시작법을 "시의 창작에 관한 이론"으로 규정하면서 그는 "시 그 자체를" 배울 수 없다는 점을 되새긴다.[18]

·　―MENU―

샤를 보들레르	800원
칼 샌드버그	800원
프란츠 카프카	800원

[……]

시를 **공부**하겠다는
미친 제자와 앉아
커피를 마신다
제일 값싼
프란츠 카프카
　　　―「프란츠 카프카」 부분(『가끔은 주목받는 생이고 싶다』)

　문학가의 이름에 가격이 매겨진 메뉴판 아래 앉은 두 사제의 풍경을 그려놓은 「프란츠 카프카」는 전술한 문창과의 경험 경제라는 맥락에서도 읽을 수 있을 것이다. 그런데 여기서 눈에 띄는 부분은 볼드체로 강

17　오규옥 외, 앞의 글, pp. 9~10.
18　오규원, 「시의 구조와 기법에 관한 연구」, 『문학과비평』 5집, 문학과비평사, 1988, pp. 412~13.

조된 '공부'이다. 문학 그 자체, 시 그 자체를 배우거나 가르칠 수 없는데 감히 선생님에게 시를 배우겠다, 공부하겠다는 의지를 표명한 미친 제자! 학습의 대상이 되지 못하는 시를 그럼에도 공부하겠다는 학생의 무모함은 창작 교육과정을 운영하고자 하는 작업의 "실제적인 모험"을 떠올리게 한다. 창작 교육의 가능성을 부정하는 선험적 비판에 대한 하나의 응답은 "어떻든 우리는 가르치고 배우고 있다"는 실제적 반박이다.[19]

시 창작 교육의 가능성 여부는 보다 근본적인 문제, 즉 시란 무엇인가, 시인이란 무엇인가로 연결된다. 오규원은 창작 교육의 학습 주체, 즉 작가나 시인이 되고자 하는 학생의 성향을 다루면서 "소박한 예술 교육 불가능론자는 대개 소질론에 입각해 있다"고 한다.[20] 이러한 소질론은 타고난 재능이나 천부의 자질을 가진 천재 예술가만이 예술을 창조할 수 있다는 낭만주의적 예술관을 말한다.[21] 창작 교육의 가능성을 긍정하려면 작가·시인의 본질에 대한 이런 "소박한 천부론"을 거부해야 한다.[22]

> 오해하고싶더라도제발오해말아요
> 시인도詩시먹지않고밥먹고살아요
> 시인도詩입지않고옷입고살아요
> ―「시인 구보씨의 일일 1」 부분(『가끔은 주목받는 생이고 싶다』)

---

19 오규옥 외, 앞의 글, pp. 5, 9.

20 같은 글, p. 12.

21 Andrew Cowan, "The Rise of Creative Writing", *Futures for English Studies*, ed. Ann Hewings, Palgrave Macmillan, 2016, p. 41; Dawson, *op. cit.*, pp. 29~32.

22 오규옥 외, 앞의 글, p. 13.

사랑에는 길만 있고

법은 없네

―이런 말을 하는 시인의 표정은

상당한 정도 진지해야 한다

　　　　　―「無法^{무법}」 부분(『가끔은 주목받는 생이고 싶다』)

「시인 구보씨의 일일 1」은 시인이 무엇인가에 대한 오해를 풀어나가
는 시편인데 시인을 일반인과 똑같이 일상을 살아나가는 존재로 그려
내고 있다. 화자는 시인을 일반인과 다른, 특별한 존재로 오해하지 말
라고 호소함으로써 시인을 신성한 창조력을 가진 천재와 동일시하는
낭만주의적 시인관을 거부한다. 한발 더 나아가 「무법」은 점잖은 분위
기를 풍기면서 진부한 아포리즘을 읊는 시인을 비아냥거린다. "소박한
천부론"이라는 표현처럼 시인을 고상한 존재로 아는 입장에 대한 비아
냥거림을 담은 시편이다. 시인의 본질에 대한 이러한 생각은 시 자체
에도 적용된다. 『현대시작법』의 머리말에서 오규원은 "시^詩란 시적 재
능이 있거나 또는 어떤 종류의 사람(시인)만이 쓸 수 있는 특별한 것"
이 아니라고 설명한다.[23]

그런데 시는 천재가 피력한 고귀한 잠언이 아니라면 무엇일까. 낭만
주의를 뿌리치는 극치의 모더니스트처럼 오규원은 그 해답을 '이미지'
에서 찾는다. 1980년대 중반에 등단한 제자들의 시를 다루는 한 평론
에서 그는 "시인은 이미지로 사고한다"면서, 가장 시다운 시는 "언어
가 있으나 보이지 않고, 이미지만 있다"고 단언한다.[24]

23　오규원, 『현대시작법』, 문학과지성사, 1990, p. vii.

24　오규원, 「이미지와 시적 자아」, 『길 밖의 세상』, 나남, 1987, p. 379.

노점의 빈 의자를 그냥
시라고 하면 안 되나
노점을 지키는 저 여자를
버스를 타려고 뛰는 저 남자의
엉덩이를
시라고 하면 안 되나
나는 내가 무거워
시가 무거워 배운
작시법을 버리고
버스 정거장에서 견딘다
　　　—「버스 정거장에서」 부분 (『가끔은 주목받는 생이고 싶다』)

사물이, 모든 사물이 그냥
그대로 한 편의 시이듯
사람이, 사람들이 또한
모두 시구나
　　　—「시인 구보씨의 일일 4」 부분(『가끔은 주목받는 생이고 싶다』)

　「버스 정거장에서」는 의자, 남자의 엉덩이, 주민등록증 등의 일상적 사물들을 나열하면서 이 모든 사물이 시라고 할 수 있는가라는 질문을 던진다. 모든 사물을 하나의 시로 볼 수 있다는 이러한 명제는 「시인 구보씨의 일일 4」에서 보다 직접적으로 드러난다. 하나의 사물이 그대로 시가 된다는 상상에서 시의 대상과 시의 언어 사이의 거리를 최대한 좁히려는 의지가 보인다. 마치 "언어가 있으나 보이지 않고, 이미지만 있"는 시처럼. 여기서 시의 핵심은 사물에 대한 인식, 즉 대상 인식이 된다. 따라서 시인은 가장 근본적인 차원에서 사물을 관찰하고 묘사하여 이미지를 제작하는 사람이다.

묘사 위에다!

오규원은 "시는 묘사되는 것"이라는 말로 시적 언술 연구를 시작한다.[25] 시적 언술 연구는 기초적인 기능技能 교육을 넘어 시적 표현을 체계적으로 설명하는 시 창작론의 필요성을 통찰하여 집필한 것이었다.[26] 그는 이 연구의 상당 부분을 수정해 『현대시작법』에 수록하였다. 『현대시작법』의 머리말에서 오규원은 시적 언술 개념을 다음과 같이 설명한다.

> 나는 이 책에서 시적 언술poetic discourse의 특성을 '묘사de-scription'와 '진술statement'이라는 두 개의 수사학적 용어로 수용하고 있다. 그것은 관찰을 통한 구상화와 관조를 통한 해명, 즉 [······] 가시화可視化하는 언술의 형식form of discourse인 묘사와 [······] 느낌 또는 깨달음 그 자체를 고백적 선언적으로 가청화可聽化하는 진술이라는 형식 속에 시적 언술의 요체가 있다고 믿기 때문이다.[27]

시적 언술 개념은 시적 표현을 진술과 묘사로 나눈다. 시적 묘사는

---

25 오규원, 「시적서술의 이해—시창작 교육의 현장 문제」, 『예술교육과 창조』 6집, 서울예술전문대학 한국예술문화연구소, 1987, p. 129.

26 오규옥 외, 앞의 글, pp. 10, 64.

27 오규원, 앞의 책, 1990, p. xi.

사물에 대한 관찰·구상화·가시화를 특징으로 하는 반면 시적 진술은 관조·고백·선언을 통한 어떤 깨달음의 해명·가청화를 특징으로 한다. 이때 그 깨달음은 "관념적인 형태"이다.[28]

오규원은 초기부터 시에서 '관념'을 처치할 방법을 모색했다. 시적 진술이 관념과 직결되고 있는 위의 설명을 고려하면 시적 언술에 대한 탐구가 그러한 방법을 제시해주었다는 사실을 알 수 있다. 관념을 최대한 배제하고 현상만 남기려는 오규원의 후기 시, 즉 날이미지시에 대한 탐구를 가능케 만든 형식적 방법론은 바로 시적 언술 연구를 통해 밝혀진 시적 진술의 영역을 시에서 배제하는 단계에서부터 출발한다.

창작 교육은 글을 잘 쓰는 방법을 직접 가르칠 수는 없지만 잘못된 방법이나 습관을 지적해줄 수 있다는 특징이 있다. 따라서 문창과에서 가르치는 것은 주로 덧셈의 지식(positive knowledge)이 아닌 뺄셈의 지식(negative knowledge)이다. 다시 말해 기피하거나 배제해야 할 것을 중심으로 이루어지는 교육이다.[29]

이 점을 감안할 때 날이미지의 성격에 대한 직접적인 규명보다 오히려 날이미지시에서 오규원이 배제하고자 한 것에 대한 주목이 요구된다. 관념, 해명 등 배제의 대상을 추적하면 이것들이 모두 『현대시작법』에서 시적 진술과 연결 지어진 것임을 알 수 있다.[30] 또한 날이미지 시론의 환유 개념에 주목하기 이전에 배제의 대상인 은유에 관심을 가지면 이것도 해명과 관념을 속성으로 하고 있다는 것을 알 수 있다.[31]

28 같은 책, p. 158.

29 교육학에서 통용되는 번역어는 긍정적·부정적 지식이지만 원어에서 느껴지는 양수와 음수, 더 할 것과 뺄 것의 의미를 살리기 위해 위와 같이 번역한다. McGurl, *op. cit.*, p. 131; Dawson, *op. cit.*, p.11.

30 오규원, 앞의 책, 1990, pp. 94, 158, 420.

31 오규원, 「은유적 체계와 환유적 체계」, 『날이미지와 시』, 문학과지성사, 2005, p. 16.

진술과 관념, 은유의 관계는 유고로 나온 날이미지 시론의 마지막 글에서 보다 직접적으로 설명된다.

> 시적 수사는 화자의 생각과 느낌을 선언과 해석으로 나타내는
> 진술과 대상의 지배적인 인상을 형상화하는 묘사로 나누어진다.
> 진술은 일종의 시적 사변의 성격을 띤다. 선언의 내용은 해석이 그
> 주를 이루기 때문이다. [······] 여러 관념에서 공통적 요소를 취해
> 얻은 어떤 관념(개념)과 두 관념 사이의 유사성을 근거로 얻은 어
> 떤 관념(은유)은 서로 의미를 얻는 근거는 다르지만 방법은 유사하
> 기 때문에 은유를 시적 개념화라 할 만한 것이다.
> 날이미지시는 시에서 사변화되거나 개념화된 의미란 관념화된
> 언어(의미)이며 이에 대립하는 것으로 존재화된 언어(의미)—즉
> 날이미지를 설정한 것이다. 이런 연유로 투박하게 말하면 날이미
> 지는 관념(어)을 배제한 이미지인 것이다.[32]

이렇게 볼 때 날이미지시는 '관념'과 연결된 시적 진술·은유를 회피하고자 한 배제의 시학으로 규정될 수 있다. 시적 진술과 은유를 배제하면 그 상대개념인 시적 묘사와 환유가 남는다. 다시 말해 『현대시작법』은 시적 언술과 비유에 대한 체계화 작업을 통해서 모호한 개념으로서의 '관념'을 배제할 수 있는 구체적인 방법론, 즉 시적 진술·은유의 배제와 그에 따른 시적 묘사·환유의 활용을 제시해주었다. 오규원이 2002년 퇴직까지 지속적으로 강의실에서 『현대시작법』을 교재로 쓰고 있었다는 사실을 떠올려보면 1990년대 초에 등장한 이 방법론이 마지막 시론에까지 연장되어 나타나는 것은 그렇게 놀라운 일이 아니

---

32 오규원, 「사변과 개념」, 『문학과사회』 2007년 봄호, pp. 310~11.

다. 시의 어떠한 깨달음이나 표명 이전에 묘사의 바탕이 먼저 있어야 한다는, "묘사 위에다!"라는 창작 실습의 사명을 고려하면 더욱 그렇다.[33]

문창과와 또 다른 우주들

물론 날이미지시는 '묘사 시'에 불과한 것은 아니다. 시적 언술에 대한 모색은 날이미지시의 형식적 방법론을 오규원에게 안겨주었으나, 날이미지시의 모든 것을 결정하지는 않았다. 그런데 오규원의 창작 교육 활동을 전반적으로 볼 때 날이미지시의 다른 측면, 즉 그 인식 체계와 정동적 기반에 대해서도 몇 가지 시사점을 얻을 수 있다.

잘 알려진 바와 같이, 날이미지시는 인간 중심의 사고, 주체 중심의 관점을 벗어나려는 시 쓰기이다.[34] 탈주체성, 상호 주체성, 복수의 주체들[35]의 북적임을 특징으로 하는 시이다. 이 점은 또한 날이미지시의 탈근대성과 보다 직접적으로 연결되어 있다.

문창과는 고립된 창작 주체를 전제로 한 근대문학의 창작 과정을 여러 학습 주체와 강사의 공동체적 협력을 통해 이루어지는 합평·강평으로 대체한다.[36] 창작 교육의 가능성을 의심하는 자는 흔히 글쓰기의 "보다 개인적이고 사적인 행위"로서의 성질을 중시한다.[37] 또한 오규

---

33 오규원·박형준 대담, 「견자와 날이미지시」, 앞의 책, 2005, p. 211.

34 오규원, 「책머리에」, 같은 책, p. 7.

35 이광호 해설, 「'두두'의 최소 사건과 최소 언어」, 오규원, 『두두』, 문학과지성사, 2007, p. 74.

36 Myers, *op, cit.*, pp. 116~17; McGurl, *op, cit.*, pp. 365~67.

37 Frederic Jameson, "Dirty Little Secret", *London Review of Books*, v. 34, n. 22, 2012, p. 40.

원은 특별하게 글쓰기 과정의 외로움이나 고독이 몸에 밴 시인으로 주목받기도 했다. 1970년대 후반 정과리는 오규원의 시에 대한 비평에서 "자신과 타자와의 만남을 불가능하게" 만드는 "유배받은 자아", 고립된 개인으로서의 의식을 그의 시의 한계점으로 지적했다.[38] 1980년대 초반에 서울예대에 다녔던 한 시인도 오규원의 제자로 "시인의 길은 홀로 가는 길이고, 그 외로움은 홀로 감당해야 한다"는 것을 깨달았다고 회고한다.[39] 그러나 문창과에서 오규원은 고립된 창작 주체의 외로움과 상반되는 공동체적 창작 과정과 만난다.

> 필터가 노란 던힐을 물고 김병익이 머리를 하늘에 기대고 있다
> 2-A 출석부를 들고 어제까지는 305였던 강의실로 최창학이 간다
> 무슨 일인지 바지를 입고 두 다리로 김혜순이 걷고 있다
> 정장을 하고 이창기가 윤희상과 함께 별관으로 간다
> 남산 가는 길로 남진우가 출장을 하고 있다
> 김현이 서 있던 자리에 이번에는 코스모스가 서 있다
> 이원이 문구점 앞에 서 있더니 어느새 층계 위에 서 있다
> 길에서 이광호가 새삼 다리를 내려다보고 있다
> 박기동이 사람과 어울려 남산의 밑으로 가고 있다
> (강의 물이 보이는 여의도에 김옥영이 있다)
> 문창과 93학번 1학년 학생을 강의실에 두고 박혜경이 간다
> ──「우주 1」 전문(『길, 골목, 호텔 그리고 강물소리』)

위의 「우주 1」에서 괄호를 친 부분에 나오는 시인의 부인 김옥영을

38 정과리, 「오규원, 또는 관념 해체의 비극성」, 『문학과지성』 1979년 가을호, pp. 941, 944.
39 양선희, 「내 영혼의 등대」, 신경숙 외, 『문학을 꿈꾸는 시절』, 세계사, 2002, p. 61.

제외한다면, 등장하는 인물들은 모두 어느 때 서울예대 문창과에 속하던 학생이나 강사들이다. 서울예대에서 지내던 시절은 오규원에게 많은 동료와 제자와의 공동체 속에서 협력하던 시기였다. 「문창과 연구」에는 최인훈, 윤대성, 최창학이 공저자로 나온다. 『현대시작법』의 머리말에서는 집필에 기여한 동료 김혜순과 더불어 제자 이원, 조은, 이종환도 언급된다. 시적 언술이라는 창작 이론도 수많은 학생의 습작을 바탕으로 개발한 것이었다. 그리고 무엇보다 문창과의 핵심인 창작 실습 강좌는 역시 강사 중심의 주입식 교육을 버리고 학생의 시를 함께 토론하고 수정하는 합평·강평의 공동체적 과정으로 진행되었다. 일찍이 오규원은 창작을 직접 가르칠 수는 없어도 "창조적 고통을 [……] 함께 나눌 수도 있다"고 주장했다.[40] 「우주 1」에는 근대의 고립된(고독한) 창작 주체를 벗어나려 하던 이러한 공간이 그려진다.

흥미롭게도 괄호 친 시행의 내용 없이는 이 시편이 누구의 입장에서 쓰인 것인지 알기 어렵다. 따라서 이 시행은 오규원 자신을 가리키는 시행이기도 하다. 동시에 오규원의 가족 관계를 시의 공간으로 끌어올리며, 남산에 위치한 서울예대를 벗어나 김옥영이 다큐 작가로 활동하던 여의도로 그 연장선을 펼쳐놓는다. 시적 화자는 이렇게 자립적 주체라기보다는 다양한 시스템의 교차점으로 드러난다. 이 시편에 나오는 모든 인물 하나하나가 이러한 여러 시스템의 교차점일 것이다. 「우주 1」은 주체라는 좌표에서 교차하는 또 다른 수많은 우주들로 뻗어 나가는 역동적 관계성의 이미지이다.

날이미지시는 이런 탈주체적 공간, 상호 주체적 관계성을 이미지로 포착한 인식에 대한 시, 또는 그 이미지에 대한 시이다. 날이미지시를 다루는 비평가·연구자가 각 시편의 소재보다 '날이미지'라는 이미지와

40 오규옥 외, 앞의 글, p. 10.

인식 체계의 성격을 밝히는 데 집중하게 되는 경향을 보더라도 이는 충분히 '이미지에 대한 시'라고 할 수 있을 것이다. 창작 교육과 문학의 관계를 다룬 한 학자는 문창과에서 생산되는 문학의 이러한 메타적 성향을 오토포에틱스(autopoetics)라고 지칭한다.[41] 직역하면 '자기 시학', 즉 시에 대한, 시인으로서의 자의식을 원리로 하는 시학이다. 문학·문인의 본질에 대한 지속적인 반성을 요구하는 문창과 교육은 이러한 자의식을 낳는다.

시인이 이미지로 사고하는 사람이라면 이미지에 대한 시는 역으로 시·시인에 대한 시이다.[42] 게다가 날이미지를 철저하게 설명하는 오규원의 후기 시론, 그리고 날이미지를 이해하려는 비평계의 풍부한 논의를 볼 때 날이미지시는 '이미지에 대한 시'뿐만 아니라 '이미지에 대해서 가르치는 시'이기도 하다. 다시 말해 오규원의 후기 시·시론 전체가 또 하나의 '오규원 스쿨'이다.

나가며

시인이자 교육자로서의 오규원에 관한 이야기를 끝맺기 전에 주목할 만한 점이 하나 더 남아 있다. 오규원이 젊은 시절에 사범학교를 졸업하고 얼마간 교사로 재직했던 사실이다. 다시 말해 오규원은 일찍부터 교육 경력이 있었다. 한 지면에서 그는 스스로를 한때 "교직에 몸담기까지 했던, 한 시인"으로 묘사한다.[43]

---

41 McGurl, *op. cit.*, p. 81.

42 이때 날이미지시의 한편에서 "시 쓰기에 대한 시인의 태도"의 알레고리까지 읽은 정과리의 분석이 떠오른다. 정과리 해설, 「'어느새'와 '다시' 사이, 존재의 원환적 이행을 위한」, 오규원, 『새와 나무와 새똥 그리고 돌멩이』, 문학과지성사, 2005, p. 106.

젊은 시절에 그는 교사 생활이 적성에 맞지 않았기 때문에 서울예대 교사로 들어갈 무렵에 다시 교육자로서 실패하지 않을까 하는 두려움을 느꼈다고 한다.[44] 이러한 두려움에도 불구하고 제자들에게 그의 시 창작 수업은 큰 찬사와 호평을 받았다. 그들의 추억에서 오규원은 날카로운 눈빛으로 학생들이 써 온 시의 모든 행을 지워버리는 한편, 학생을 집으로 자주 초대하고 형편이 어려운 학생에게 책을 빌려주는 따뜻하고 자상한 선생님이다. 오규원과 가까이 지낸 이원 시인은 그의 "따뜻하면서도 차고, 차면서도 따뜻한, 부드러우면서도 무섭고, 무서우면서도 부드러운" 모습을 회고한다.[45]

오규원이 교수로 있던 시기에 서울예대는 이원과 더불어 황인숙·이진명·함민복·장석남·이병률 등의 시인과 소설가 신경숙·하성란·강영숙·천운영·백민석 등 많은 문인을 배출했다. 1980년대 말부터 문단의 일정 부분을 이루는 이 문인들에게 영향을 준 서울예대의 교육 환경을 생각해볼 때 한국 문창과의 제도와 문학의 연관성을 보다 광범위하게 살펴볼 필요가 느껴진다. 오규원의 창작 교육 활동과 문학의 연관성에 대한 이 글이 이와 관련된 이해를 넓혀가는 데 조금이나마 기여하기를 기대한다.

43 오규원, 「책 끝에」, 『나무 속의 자동차』, 비룡소, 1995, p. 150.

44 박형준, 앞의 글, p. 96.

45 이원, 「나무 아니면 아무것도 아닌 그 나무」, 신경숙 외, 같은 책, p. 108.

오규원 연보

1941	경남 밀양군 삼랑진읍 용전리 출생.
1968	부산중·부산사범을 거쳐 동아대학교 법학과 졸업.
1968~1971	한림출판 편집부 근무.
1971~1979	태평양화학(주) 홍보실 근무.
1979~1982	도서출판 문장사 경영.
1982~2002	서울예술대학교 문예창작과 교수 역임.
2007	2월 2일 영면.

1965~1968	『현대문학』을 통해 등단.
1971	시집『분명한 사건』(한림출판사) 출간.
1973	시집『순례』(민음사) 출간.
1975	시선집『사랑의 기교』(민음사) 출간.
1976	시론집『현실과 극기』(문학과지성사) 출간.
1978	시집『왕자가 아닌 한 아이에게』(문학과지성사) 출간.
1981	시집『이 땅에 씌어지는 서정시』(문학과지성사) 출간.
	산문집『볼펜을 발꾸락에 끼고』(문예출판사) 출간.
	만화비평집『한국 만화의 현실』(열화당) 출간.
1982	현대문학상 수상.
1983	시론집『언어와 삶』(문학과지성사) 출간.

1985	시선집『희망 만들며 살기』(지식산업사) 출간.
1987	시집『가끔은 주목받는 생이고 싶다』(문학과지성사) 출간.
	문학선『길 밖의 세상』(나남) 출간.
1989	연암문학상 수상.
	수상 작품집『하늘 아래의 생』(문학과비평사) 출간.
1990	창작 이론서『현대시작법』(문학과지성사) 출간.
1991	시집『사랑의 감옥』(문학과지성사) 출간.
1995	시집『길, 골목, 호텔 그리고 강물소리』(문학과지성사) 출간.
	동시집『나무 속의 자동차』(비룡소) 출간.
	이산문학상 수상.
1996	산문집『가슴이 붉은 딱새』(문학동네) 출간.
1997	시집『순례』(문학동네) 개정판 출간.
1998	시선집『한 잎의 여자』(문학과지성사) 출간.
1999	시집『토마토는 붉다 아니 달콤하다』(문학과지성사) 출간.
2002	『오규원 시전집』(전 2권)『오규원 깊이 읽기』(문학과지성사) 출간.
2003	대한민국문화예술상(문학 부문) 수상.
2005	시집『새와 나무와 새똥 그리고 돌멩이』(문학과지성사) 출간.
	시론집『날이미지와 시』(문학과지성사) 출간.
2008	1주기를 맞아 유고 시집『두두』(문학과지성사) 출간.
	동시집『나무 속의 자동차』(문학과지성사) 복간.
2017	10주기를 맞아 오규원 사진집『무릉의 저녁』(눈빛),『오규원의 포토에세이』(갤러리 류가헌, 비매품) 출간.
	첫 시집『분명한 사건』(문학과지성사) 복간.
	48인의 시인이 참여한 시집『노점의 빈 의자를 시라고 하면 안되나』(오규원10주기준비위원회, 비매품) 출간.

참고 문헌

학위논문(1999~2021)

강승연, 「오규원 시의 변모 양상 연구」, 한국교원대학교 대학원 국어교육 전공
　　석사 학위논문, 2016.
구미리내, 「오규원 시의 해체성 연구」, 명지대학교 대학원 문예창작학과 박사
　　학위논문, 2011.
김경우, 「오규원 시의 변모양상 연구―현상적 초월의식을 중심으로」, 단국대
　　학교 대학원 문예창작학과 문예창작 전공 석사 학위논문, 2003.
김근영, 「오규원 후기시에 나타나는 연금술적 상상력 연구」, 울산대학교 교육
　　대학원 국어교육 전공 석사 학위논문, 2012.
김미선, 「오규원 시에 나타난 여성성 연구」, 부경대학교 대학원 국어국문학과
　　석사 학위논문, 2009.
김병주, 「김춘수의 '무의미시'와 오규원의 '날이미지시' 비교 연구」, 경희대학
　　교 대학원 국제한국언어문화학과 석사 학위논문, 2017.
김수경, 「오규원 시에 나타난 일상성 연구」, 숙명여자대학교 교육대학원 국어
　　교육 전공 석사 학위논문, 2011.
김영식, 「오규원 시의 알레고리적 의미 지평 연구」, 명지대학교 대학원 문예창
　　작학과 박사 학위논문, 2016.
김용현, 「오규원 시 연구」, 한양대학교 대학원 국어국문학과 석사 학위논문,
　　1999.

김재민, 「오규원의 '날이미지' 모색 과정 연구」, 서울시립대학교 대학원 국어국
문학과 국문학 전공 석사 학위논문, 2013.

김정일, 「오규원 시의 미적 근대성 연구」, 단국대학교 대학원 문예창작학과 문
예이론 전공 석사 학위논문, 2004.

김지선, 「한국 모더니즘시의 서술기법과 주체 인식 연구—김춘수, 오규원, 이
승훈 시를 중심으로」, 한양대학교 대학원 국어국문학과 박사 학위논문,
2009.

김혜원, 「오규원 시의 창작 방식 연구—포스트모더니즘 기법을 중심으로」, 전
북대학교 대학원 국어국문학과 박사 학위논문, 2013.

류시원, 「오규원 시 연구」, 대구가톨릭대학교 대학원 국어국문학과 박사 학위
논문, 2007.

문성기, 「오규원 유고시집 『두두』의 연구—선사들의 임종게(臨終偈)와 관련하
여」, 동국대학교 대학원 국어국문학과 석사 학위논문, 2020.

박동억, 「현대시의 키치 전유 기법—1980년대~90년대 시를 중심으로」, 숭실
대학교 대학원 국어국문학과 석사 학위논문, 2015.

박지은, 「오규원 시 연구—언어와 실재의 관계를 중심으로」, 서울대학교 대학
원 국어국문학과 현대문학 전공 석사 학위논문, 2016.

박한라, 「현대시에 나타난 영상적 표현 연구—김기택, 오규원, 이성복을 중심
으로」, 고려대학교 대학원 문예창작학과 박사 학위논문, 2016.

백승관, 「오규원의 '날이미지' 시론 연구」, 계명대학교 교육대학원 국어교육 전
공 석사 학위논문, 2012.

백혜린, 「오규원 시론 연구」, 부산대학교 대학원 국어국문학과 석사 학위논문,
2021.

서지석, 「오규원 시의 마술성과 창작방법 연구」, 한남대학교 대학원 문예창작
학과 석사 학위논문, 2010.

석성환, 「한국 현대시에 나타난 현상적 의미 연구—'무의미시'와 '날이미지시'
를 중심으로」, 창원대학교 대학원 국어국문학과 박사 학위논문, 2011.

세스 챈들러, 「오규원 문학과 문예창작교육 시스템의 연관성 연구」, 서울대학
교 대학원 국어국문학과 현대문학 전공 석사 학위논문, 2019.

송정원, 「오규원 시의 인지시학적 연구」, 전북대학교 대학원 국어국문학과 석사 학위논문, 2013.

안나영, 「오규원 후기시의 이미지 연구」, 수원대학교 교육대학원 국어교육 전공 석사 학위논문, 2008.

엄정희, 「오규원 시 연구—시와 형이상학의 관계 고찰」, 단국대학교 대학원 문예창작학과 문예이론 전공 박사 학위논문, 2005.

오수민, 「오규원 초기 시 연구—주체, 대상, 언어의 상관관계를 중심으로」, 명지대학교 대학원 문예창작학과 석사 학위논문, 2020.

오진희, 「오규원 시의 여성 이미지 연구—페미니즘적 읽기」, 서강대학교 교육대학원 국어교육 전공 석사 학위논문, 2008.

유종헌, 「오규원 초·중기시의 어휘의 통계학적 접근—품사를 중심으로」, 연세대학교 교육대학원 국어교육 전공 석사 학위논문, 2011.

유창민, 「1960, 70년대 한국현대시에 나타난 모더니즘과 일상성 연구」, 건국대학교 대학원 국어국문학과 국문학 전공 석사 학위논문, 2005.

유하은, 「오규원 후기 시 이미지 연구—이미지의 지표성을 중심으로」, 중앙대학교 대학원 문예창작학과 문학창작 전공 석사 학위논문, 2013.

윤석정, 「오규원 시 연구—시어(명사)의 변모 양상을 중심으로」, 중앙대학교 대학원 문학창작학과 문학창작 전공 석사 학위논문, 2008.

윤종혁, 「오규원 시 연구」, 대구대학교 대학원 국어국문학과 국문학 전공 석사 학위논문, 2005.

이상진, 「한국 현대 소비문화에 대한 시적 대응양상 연구」, 대구대학교 대학원 국어국문학과 박사 학위논문, 2005.

이송이, 「오규원 후기시 연구」, 영남대학교 대학원 국어국문학과 국문학 전공 석사 학위논문, 2020.

이순현, 「오규원의 '시론시' 연구」, 동국대학교 문화예술대학원 문예창작 전공 석사 학위논문, 2005.

이연승, 「오규원 시의 변모과정과 시쓰기 방식 연구」, 이화여자대학교 대학원 국어국문학과 박사 학위논문, 2002.

이 원, 「오규원의 날이미지시 연구」, 동국대학교 문화예술대학원 문예창작 전공 석사 학위논문, 2000.

이윤정, 「오규원 시 연구―공간상징과 주체인식을 중심으로」, 한양대학교 대학원 국어국문학과 박사 학위논문, 2011.

이정우, 「1960년대 모더니즘 시 연구」, 건국대학교 교육대학원 교육학과 국어교육 전공 석사 학위논문, 1999.

이종현, 「오규원 시의 변모양상 연구」, 동국대학교 문화예술대학원 문예창작 전공 석사 학위논문, 1999.

이지민, 「오규원 초기시의 이미지 연구」, 고려대학교 대학원 국어교육학과 석사 학위논문, 2017.

이해운, 「오규원의 날이미지시 연구」, 숭실대학교 대학원 국어국문학과 석사 학위논문. 2008.

임경섭, 「오규원 시의 세계인식 고찰」, 경희대학교 대학원 국어국문학과 현대문학 전공 석사 학위논문, 2008.

임지은, 「오규원의 '날이미지'시의 이론과 실제」, 동덕여자대학교 여성개발대학원 문예창작학과 문예창작 전공 석사 학위논문, 2009.

임화인, 「오규원 시 연구」, 서울시립대학교 대학원 국어국문학과 석사 학위논문, 1999.

정다운, 「오규원 시 연구―언어 탐구의 변모 양상을 중심으로」, 고려대학교 대학원 국어국문학과 현대문학 전공 석사 학위논문, 2007.

정수진, 「吳圭原 詩 硏究 : 메타시(Metapoetry)를 中心으로」, 이화여자대학교 대학원 국어국문학과 석사 학위논문, 2000.

정인탁, 「오규원 시 연구―탈주와 생성의 노마드적 사유를 중심으로」, 한국교원대학교 대학원 국어교육 전공 석사 학위논문, 2015.

정일국, 「오규원의 후기시 연구―『길, 골목, 호텔 그리고 강물소리』를 중심으로」, 세명대학교 교육대학원 국어교육 전공 석사 학위논문, 2005.

조동범, 「오규원 시의 현대성과 자연 인식 연구」, 중앙대학교 대학원 문예창작학과 문학창작 전공 박사 학위논문, 2010.

조정현, 「현대시의 영상 기법과 무의식 연구―김춘수, 오규원, 이승훈의 시를 중심으로」, 경희대학교 대학원 국어국문학과 현대문학 전공 석사 학위논문, 2015.

조혜진, 「한국 현대시의 자본주의 물신성 표출 양상 연구」, 건국대학교 대학원 국어국문학과 석사 학위논문, 2006.

조희진, 「오규원 동시 연구―『나무 속의 자동차』를 중심으로」, 고려대학교 교육대학원 국어교육 전공 석사 학위논문, 2011.

최승철, 「오규원 날이미지 시에 나타난 환유 연구」, 동국대학교 대학원 국어국문학과 석사 학위논문, 2016.

한정옥, 「오규원 시의 문학 예술적 크로노토프 양상 연구」, 서강대학교 대학원 국어국문학과 석사 학위논문, 2015.

한주희, 「오규원 시의 시공간 의식 연구」, 충남대학교 대학원 국어국문학과 현대문학 전공 박사 학위논문, 2020.

한희숙, 「오규원의 후기시 연구」, 한국교원대학교 교육대학원 국어교육 전공 석사 학위논문, 2011.

함종호, 「김춘수 '무의미시'와 오규원 '날이미지시' 비교 연구―'발생 이미지'를 중심으로」, 서울시립대학교 대학원 국어국문학과 박사 학위논문, 2009.

홍경오, 「오규원 시 연구」, 원광대학교 대학원 문예창작학과 석사 학위논문, 2012.

학술 논문(2002~2021)

간호배, 「오규원 시에 나타난 데포르마시옹 시학」『비평문학』67호, 한국비평문학회, 2018.

──, 「오규원 시에 나타난 영원성―시집 『두두』를 중심으로」, 『비평문학』 58호, 한국비평문학회, 2015.

강웅식, 「문화산업 시대의 글쓰기와 '날 이미지'의 시―오규원의 시를 중심으로」, 『돈암어문학』15집, 돈암어문학, 2002.

고명재, 「오규원 후기시의 윤리적 가능성―시적 방법으로서의 잠재태와 경계 영역을 중심으로」, 『한국시학연구』67호, 한국시학회, 2021.

권혁웅, 「1970년대 이후 한국 현대시에서 전위의 맥락」, 『한국시학연구』 20호, 한국시학회, 2007.

──, 「순수시의 계보와 한계―시론과 시의 상관관계를 중심으로」, 『어문논집』 71집, 민족어문학회, 2014.

김경복, 「오규원 시의 심미적 유토피아 의식 연구」, 『석당논총』 68집, 동아대학교 석당학술원, 2017.

김대중, 「죠르지오 아감벤의 "시의 끝"으로 본 김명미와 오규원의 시세계」, 『동서비교문학저널』 39호, 한국동서비교문학학회, 2017.

김동명, 「오규원의 후기시에 나타난 심층생태주의의 특성 연구―유식사상과 현상학의 관점을 중심으로」 『현대문학이론연구』 67집, 현대문학이론학회, 2016.

──, 「현상학적 지각을 통한 심층생태주의의 복잡성 연구―오규원의 후기시를 중심으로」, 『한국문예비평연구』 51집, 한국현대문예비평학회, 2016.

김문주, 「오규원 후기시 연구」, 『국어국문학』 192호, 국어국문학회, 2020.

──, 「오규원 후기시의 자연 형상 연구―『새와 나무와 새똥 그리고 돌멩이』와 『두두』를 중심으로」, 『한국근대문학연구』 22호, 한국근대문학회, 2010.

김민지, 「오규원 중기 시의 시적 방법론과 '몸'」, 『어문논총』 28호, 전남대학교 한국어문학연구소, 2015.

김영식, 「오규원의 동시에 나타난 비동일성의 시적 인식 연구―『나무 속의 자동차』를 중심으로」, 『석당논총』 68집, 동아대학교 석당학술원, 2017.

김은경, 「오규원 시 고찰―세계의 '부정성(不定性)'에 대한 인식과 말(言)·상(像)·시(詩)에 대한 사유를 중심으로」, 한국현대문학회 학술발표회자료집, 한국현대문학회, 2014.

김은숙, 「오규원의 수사적 특성에 관한 연구」, 『문예시학』 21집, 문예시학회, 2009.

김재민, 「오규원의 시어 '높이'와 '깊이'의 의미―般若心經의 空 사상을 바탕으로」, 『한국시학연구』 59호, 한국시학회, 2019.

김지선, 「오규원 시에 나타난 주체의식의 변모 양상」, 『한국어문학연구』 50집, 한국어문학연구학회 2008.

━━━, 「장르 해체적 서술과 자아 반영성―오규원·김춘수 시를 중심으로」, 『인문학연구』 34권 3호, 충남대학교 인문과학연구소, 2007.

김청우, 「형이상학과 현상학의 혼종적 시론―'날이미지 시론'의 이론적 구조에 관하여」, 『한국시학연구』 52호, 한국시학연구회, 2017.

김혜원, 「오규원의 '날이미지시'에 나타난 사진적 특성」, 『한국언어문학』 83집, 한국언어문학회, 2012.

김홍진, 「오규원의 시적 방법론과 시세계」, 『한국문예비평연구』 28집, 한국현대문예비평학회, 2009.

문혜원, 「오규원 시론에 나타나는 인지시학적 특징 연구―'비유'에 대한 관점의 변화를 중심으로」, 『국어국문학』 192호, 국어국문학회, 2020.

━━━, 「오규원 시에 나타나는 공간에 대한 이해 연구―하이데거의 '공간' 개념을 중심으로」, 『한국시학연구』 59호, 한국시학회, 2019.

━━━, 「오규원 후기 시와 시론의 현상학적 특징 연구」, 『국어국문학』 175호, 국어국문학회, 2016.

━━━, 「오규원의 시론 연구」, 『한국문학이론과비평』 25집, 한국문학이론과비평학회, 2004.

━━━, 「오규원의 시와 세잔 회화의 연관성 연구」, 『국어국문학』 185호, 국어국문학회, 2018.

박남희, 「오규원 시의 영향관계 연구―이상, 김춘수, 김수영 시와의 상호텍스트성을 중심으로」, 『숭실어문』 19집, 숭실어문학회, 2003.

박동억, 「오규원 날이미지 시론의 비판적 이해」, 『한국문학과예술』 26집, 한국문학과예술연구소, 2018.

━━━, 「오규원 초기시의 아이러니 연구―『분명한 사건(事件)』을 중심으로」, 『한국문학과예술』 36집, 한국문학과예술연구소, 2020.

박래은, 「오규원 시에 나타나는 도시 사물성과 유동의 시학―1970-80년대 시를 중심으로」, 『한국시학연구』 66호, 한국시학회, 2021.

━━━, 「오규원 시에 나타난 역사 인식 연구―사진 민요 역사기록에 내재된

이미지 변용을 중심으로」, 『동아인문학』 56집, 동아인문학회, 2021.

박선영, 「오규원 시의 아이러니와 실존성의 상관관계 연구」, 『국제어문』 32집, 국제어문학회, 2004.

박성필, 「오규원 후기시에 나타난 환유양상 고찰」, 『전농어문연구』 15·16집, 서울시립대학교, 2004.

박한라, 「날이미지시에 나타난 '사실'과 '시간' 연구」, 『한민족어문학』 84집, 한민족어문학회, 2019.

━━━, 「영화적 기법을 통한 현대시의 공간과 실재─김기택, 오규원, 이성복을 중심으로」, 『한국문학이론과비평』 68집, 한국문학이론과비평학회, 2015.

━━━, 「영화적 기법을 통한 현대시의 시간과 사유」, 『현대문학이론연구』 65집, 현대문학이론학회, 2016.

━━━, 「현대시의 수사학과 영화적 표현의 유사성 연구─시공간의 흐름을 중심으로」, 『비교문학』 65집, 한국비교문학회, 2015.

박형준, 「시인 오규원의 생애와 문학적 연대기」, 『석당논총』 68집, 동아대학교 석당학술원, 2017.

백혜린, 「오규원 시론 연구」, 『문창어문논집』 57집, 문창어문학회, 2020.

변형택, 「메타양식에 관한 소고─문학, 건축 및 메타버스를 중심으로」, 『인문과예술』 11호, 인문예술학회, 2021.

서영애, 「김춘수와 오규원 시론의 해체 특성─이미지를 중심으로」, 『어문논총』 21호, 전남대학교 한국어문학연구소, 2010.

서진영, 「'시선'의 사유와 탈근대적 시간의식─정진규와 오규원을 중심으로」, 『한국현대문학연구』 22집, 한국현대문학회, 2007.

송기한, 「오규원 시에서의 "언어"의 현실응전 방식 연구」, 『한민족어문학』 50집, 한민족어문학회, 2007.

━━━, 「오규원의 '날이미지'에 나타난 생태학적 상상력」, 『열린정신인문학연구』 18집 제1호, 원광대학교 인문학연구소, 2017.

송현지, 「오규원의 초기 시론시에 나타난 언어의식 연구─김춘수 시의 인유양상을 중심으로」, 『한국문예비평연구』, 59집, 한국현대문예비평학회,

2018.

신덕룡, 「오규원 시의 풍경과 인식에 관한 연구」, 『한국문예창작』 9권 1호, 한
　　국문예창작학회, 2010.

신주철, 「오규원과 비스와바 쉼보르스카의 시작품 비교 연구」, 『세계문학비교
　　연구』 28집, 세계문학비교학회, 2009.

엄정희, 「오규원 시의 공간의식—'사이'와 '허공'을 중심으로」, 『한국문예창작』
　　3권 2호, 한국문예창작학회, 2004.

─────, 「오규원 시의 노마디즘 수사학—『새와 나무와 새똥 그리고 돌멩이』
　　를 중심으로」, 『한국문화기술』 1집, 단국대학교 한국문화기술연구소,
　　2005.

─────, 「이상, 김춘수, 오규원 시의 시간 의식—카니발 구조(carnival
　　structure)를 중심으로」, 『한국문예비평연구』 42집, 한국현대문예비평
　　학회, 2013.

여지선, 「1970년대 현실에 대응하는 이야기 방식—이승훈, 정현종, 오규원,
　　황동규의 시를 중심으로」, 『스토리&이미지텔링』 2호, 건국대학교 스
　　토리앤이미지텔링연구소, 2011.

오연경, 「오규원 후기시의 탈원근법적 주체와 시각의 형이상학」, 『한국시학연
　　구』 36호, 한국시학회, 2013.

─────, 「탈원근법적 시각장과 단순성의 미학—오규원의 「그림과 나」 연작과
　　장욱진 회화의 상관성을 중심으로」, 『비평문학』 60호, 한국비평문학회,
　　2016.

윤의섭, 「오규원 초기시의 시간의식 연구」, 『한국시학연구』 45호, 한국시학회,
　　2016.

윤지영, 「현대시(現代詩) 창작(創作) 방법론의 이데올로기 검토—시창작법 텍
　　스트에 나타난 시관(詩觀) 및 언어관을 중심으로」, 『어문연구』 36권
　　1호, 한국어문교육연구회, 2008.

이광호, 「오규원 시에 나타난 도시 공간의 이미지」, 『문학과환경』 8권 2호, 문
　　학과환경학회, 2009.

─────, 「투명성의 시학—오규원 시론 연구」, 『한국시학연구』 20호, 한국시학

회, 2007.

이수명, 「프랑시스 퐁주의 「나비」와 오규원의 「나비」 비교 연구」, 『동서비교문학저널』 29호, 한국동서비교문학학회, 2013.

이연승, 「박태원의 「小說家 仇甫氏의 一日」과 오규원의 「詩人 久甫氏의 一日」 비교 연구」, 『구보학보』 12집, 구보학회, 2015.

─────, 「산업 사회에서의 미적 성찰과 아이러니의 시쓰기─오규원의 중기시 연구」, 『한국시학연구』 12호, 한국시학회, 2005.

─────, 「수용미학의 관점에서 본 오규원 시 연구」, 『어문연구』 81집, 어문연구학회, 2014.

─────, 「오규원 시의 기호학적 분석과 통화 모형─중기시를 중심으로」, 『한국문학이론과비평』 44집, 한국문학이론과비평학회, 2009.

─────, 「장르 해체 현상을 활용한 시교육 방법 연구─오규원의 시를 중심으로」, 『한국시학연구』 16호, 한국시학회, 2007.

이윤정, 「오규원 초기시의 공간 인식과 시세계의 변모 양상 연구」, 『한국언어문화』 40집, 한국언어문화학회, 2009.

이 찬, 「오규원 시론에 나타난 '초월성'의 의미─『언어와 삶』을 중심으로」, 『한국근대문학연구』 24호, 한국근대문학회, 2011.

─────, 「오규원 시론의 변모 과정 연구」, 『한국민족문화』 41호, 부산대학교 한국민족문화연구소, 2011.

─────, 「오규원의 '날이미지' 시론 연구」, 『한국시학연구』 30호, 한국시학회, 2011.

─────, 「오규원의 초기 시론 연구─『현실과 극기』를 중심으로」, 『우리문학연구』 34집, 우리문학회, 2011.

이형권, 「오규원 시의 시공간 의식 연구」 『문창어문논집』 57집, 문창어문학회, 2020.

장동석, 「오규원 시의 사물 제시 방법 연구」, 『한국현대문학연구』 35집, 한국현대문학회, 2011.

전형철, 「오규원 시 연구─메타시와 광고시를 중심으로」, 『인문언어』 11권 2호, 국제언어인문학회, 2009.

정경은, 「버리기와 더하기의 변증법―오규원 시 연구」, 『한국문예창작』 13권 1호, 한국문예창작학회, 2014.

정유미, 「오규원 시에 나타난 날이미지의 환유 체계 연구」, 『한국언어문학』 79집, 한국언어문학회, 2011.

정유화, 「시적 코드의 변환으로 살펴본 80년대의 도시공간」, 『도시인문학연구』 6권 1호, 서울시립대학교 도시인문학연구소, 2014.

정은아, 「문학교육과 사고력(Ⅰ)―프랑시스 퐁주, 오규원 시의 '낯설게 하기'를 중심으로」, 『국어교육연구』 67집, 국어교육학회, 2018.

정진경, 「생물학적 존재성 회복과 에코토피아 시학―오규원 '날(生)이미지' 시론의 의미」, 『한국문학이론과비평』 81집, 한국문학이론과비평학회, 2018.

조동범, 「오규원 동시의 '날이미지'적 특성과 자연 인식 연구―오규원 동시집 『나무 속의 자동차』를 중심으로」, 『한국문예창작』 11권 2호, 한국문예창작학회, 2012.

조윤경, 「프랑시스 퐁주와 오규원 시의 비교 연구―"objeu"와 "날이미지"를 중심으로」, 『비교문학』 52집, 비교문학회, 2010.

주영중, 「김춘수와 오규원의 이미지 시론 비교 연구」, 『한국시학연구』 48호, 한국시학회, 2016.

지주현, 「오규원 시에 나타난 아이러니의 양상」, 『현대문학의연구』 49집, 한국문학연구학회, 2013.

최명표, 「오규원의 동시와 시론의 상관성 연구」, 『한국시학연구』 19호, 한국시학회, 2007.

한미훈, 「1980년대 모더니즘(Modernism) 시의 교육적 가능성 고찰―황지우, 오규원을 중심으로」, 『문학교육학』 49집, 한국문학교육학회, 2015.

한혜린, 「오규원의 '날이미지시'에 나타난 여백의 리얼리티와 환유적 확장」, 『한국시학연구』 59호, 한국시학회, 2019.

함종호, 「'날이미지시'에서의 환유 양상―들뢰즈의 표현 개념을 중심으로」, 『인문과학연구』 26집, 강원대학교 인문과학연구소, 2010.

―――, 「'날이미지시'의 표상 공간」, 『도시인문학연구』 2권 1호, 서울시립대학

교 도시인문학연구소, 2010.

단행본 및 문예지 수록 비평(1972~2019)

강신주, 「해탈을 위한 해체론―데리다와 오규원」, 『철학적 시 읽기의 즐거움―우리 시에 비친 현대 철학의 풍경』, 동녘, 2010.

강웅식, 「통곡조차 없는 시대와 시의 새로움」, 『문예중앙』 1999년 가을호.

고명수, 「고요와 정적, 그 여백의 아름다움」, 『문학과 창작』 1998. 9.

구모룡, 「두 겹의 삶」, 『현대시세계』 1991년 가을호.

―――, 「새로운 관계를 사는 내적 시선」, 『시와 사상』 1999년 가을호.

권영민, 「시적 인식과 언어의 문제」, 『심상』 1980. 7.

권혁웅, 「언어의 로도스 섬에 대한 기록」, 『문예중앙』 1996년 봄호.

금동철, 「사소함, 그리고 진실」, 『현대시』 1995. 12.

―――, 「서정의 아름다움과 위안」, 『시와 시학』 1999년 가을호.

김대행, 「'보는 자'로서의 시인」, 『한국 현대시 연구』, 민음사, 1989.

김동원, 「'보다'의 시학」, 『오늘의 시』 1995년 하반기.

―――, 「물신 시대에서 살아남기 위하여」, 『문학과사회』 1988년 겨울호.

김동원·박혜경 대담, 「말, 삶, 글」, 『문학정신』 1991. 3.

김순진, 『오규원 시에 나타난 생태주의와 노장사상』, 문학공원, 2019.

김병익, 「물신 시대의 시와 현실」, 시집 『왕자가 아닌 한 아이에게』 해설, 문학과지성사, 1978.

김승희, 「시는 패배이니 승리는 오해 마라」, 『영혼은 외로운 소금밭』, 문학사상사, 1980.

김용직, 「노린 바와 드러난 것들」, 『동서문학』 1991년 가을호.

―――, 「에고, 그리고 그 기법의 논리」, 시집 『사랑의 기교』 해설, 민음사, 1975.

김정란, 「살의 말, 말의 살 또는 여자 찾기」, 『오늘의 시』 1992년 상반기.

김주연, 「시와 구원, 혹은 시의 구원」, 『문학과사회』 1999년 가을호.

───, 「시와 아이러니」, 『문학과지성』 1977년 가을호.

김준오, 「대상 인식과 시쓰기 바로잡기」, 『세계의 문학』 1990년 겨울호.

───, 「해체주의와 존재론적 은유」, 개정판『순례』 해설, 문학동네, 1997.

───, 『도시시와 해체시』, 문학과 비평사, 1992.

───, 『현대시의 자기 반영성과 환유 원리」, 『작가세계』 1994년 겨울호.

───, 「현대시의 추상화와 절대 은유」, 『문학사와 장르』, 문학과지성사, 2000.

김진희, 「출발과 경계로서의 모더니즘」, 『세계일보』, 1996. 1.

김치수, 「경쾌함 속의 완만함」, 시집『이 땅에 씌어지는 서정시』 해설, 문학과 지성사, 1981.

김 현, 「깨어 있음의 의미」, 『문학과 유토피아』, 문학과지성사, 1980.

───, 「무거움과 가벼움」, 시집『가끔은 주목받는 생이고 싶다』 해설, 문학과 지성사, 1987.

───, 「아픔 그리고 아픔」, 시집『순례』 해설, 민음사, 1973.

───, 「오규원의 변모」, 『월간문학』 10호, 1972.

남진우, 「둥근 낙원과 흰 고름의 길─오규원의 시세계」, 『나사로의 시학』, 문학동네, 2013.

───, 「시원의 빛을 찾아서─오규원에 대한 세 편의 글」, 『올페는 죽을 때 나의 직업은 시라고 하였다』, 문학동네, 2010.

노혜경, 「물물과 높이, 두두와 그림자」, 『현대시』 1999. 9.

류 신, 「자의식의 투명성으로 돌아오는 새 」, 『현대문학』 2000. 3.

문선영, 「현실주의자의 상상력」, 『현대시』 2001. 12.

문혜원, 「길, 허공, 물물(物物), 그를 따라 떠나는 여행」, 『애지(愛知)』 2000년 가을호.

───, 「두두와 물물, 허공의 부드러운 열림」, 『문학동네』, 1999년 가을호.

박수현, 「의문이 흘러가는 사이, 그리고 나의 자리」, 『현대시』 2001. 12.

박주택, 「대화와 신성, 조화와 생명」, 『현대시학』 1999. 9.

박철희, 「인식의 갱신과 유추의 자유로움」, 『문학과 비평』 1989년 겨울호.

박해현, 「물신 시대의 산책」, 『현대시학』 1990. 3.

박혜경, 「도시 속에서의 풀뿌리 캐기」, 『민족과 문학』 1991년 가을호.

──, 「무릉의 삶, 무릉의 시」, 『작가세계』 1994년 겨울호.

백낙청, 「통일 시대의 한국 문학」, 『한국 현대 문학 50년』, 민음사, 1995.

서정기, 「모더니스트와 포스트모더니스트」, 『오늘의 시』 1991년 상반기.

송상일, 「자유를 뭐라고 명명할까」, 『현대문학』 1980. 1.

승영조, 「언어의 세계화」, 『작가세계』 1994년 겨울호.

──, 「죽음을 극복하는 두 길」, 『문예중앙』 1991년 봄호.

신덕룡, 「생명시의 성격과 시적 상상력」, 『시와 사람』 1999년 겨울호.

──, 「우주의 숨결과 함께하기」, 『시와 사람』 2000년 가을호.

신범순, 「가벼운 언어의 폭풍 속에서 시적 글쓰기의 검은 구멍과 표류」, 『세계의 문학』 1991년 가을호.

──, 「너무나 가벼운 언어들의 바람」, 『문학정신』 1991. 12.

신종호, 「'날이미지'와 본질 환원」, 『현대시』 1998. 7.

신현철, 「서정의 방식」, 『민족과 문학』 1991년 가을호.

안수환, 「젖은 자의 시」, 『시와 실재』, 문학과지성사, 1983.

양진건, 「사라짐과 드러남의 변증」, 『현대시학』 1996. 1.

오문석, 「이 시대의 죽음 또는 우화」, 『대표 시 대표 평론』, 실천문학사, 2000.

오생근, 「일상과 전위성」, 『현실의 논리와 비평』, 문학과지성사, 1994.

윤호병, 「시와 시인을 찾아서」, 『시와 시학』 1995년 가을호.

이 원, 「분명한 사건으로서의 날이미지를 얻기까지」, 『작가세계』 1994년 겨울호.

이경호, 「언어에서 현상으로」, 『민족과 문학』 1990년 봄호.

이광호, 「'길'과 '언어' 밖에서의 시쓰기」, 시집 『사랑의 감옥』 해설, 1991.

──, 「'두두'의 최소 사건과 최소 언어」, 오규원 유고시집 『두두』 해설, 2008.

──, 「에이론의 정신과 시쓰기」, 『작가세계』 1994년 겨울호.

이남호, 「날이미지의 의미와 무의미」, 『세계의 문학』 1995년 가을호.

──, 「오규원의 『가슴이 붉은 딱새』」, 『느림보다 더 느린 빠름』, 하늘연못, 1997.

———, 「우주적 친화의 세계」, 시집 『나무 속의 자동차』 해설, 민음사, 1995.

———, 「자유와 부정과 사실에의 충실」, 『문학의 위족』, 민음사, 1990.

———, 「현실에 대한 관찰과 존재에 대한 통찰」, 『문학과사회』 1991년 가을호.

이만식, 「도시적 감수성 쓰기 또는 읽기」, 『현대시사상』 1995년 가을호.

이승훈, 「오규원의 시론」, 『한국 현대 시론사』, 고려원, 1993.

이연승, 「두두물물(頭頭物物)과 현상에 대한 시적 탐구」, 『시와세계』 2004년 가을호.

———, 『오규원 시의 현대성』, 푸른사상사, 2004.

———, 「해방의 언어, 날이미지를 찾아가는 시적 여정」, 『경향신문』, 1997. 1.

이유경, 「오규원의 「김씨의 마을」」, 『현대시학』 1971. 5.

———, 「오규원의 『순례』 시편」, 『현대시학』 1974. 1.

———, 「유머와 시」, 『현대시학』 1970. 8.

이장욱, 「'시의 실험실' 탐방기」, 『시안』 2001년 겨울호.

이종환, 「한국적 예술가의 초상」, 『서울신문』, 1990. 1.

이진우, 「한 현실주의자의 시작법」, 『현대시학』, 1991. 4.

이진홍, 「현상으로 말하는 존재와 존재의 경이로움」, 『시와 반시』 1995년 가을호.

이창기, 「'날이미지'로 시를 살아가는, 한 시인의 현상적 의미의 재발견」, 『동서문학』 1995년 여름호.

———, 「나무와 그림자―시인 오규원 선생님을 추모하며」, 『문학과사회』 2007년 봄호.

———, 「복원할 수 없는, 그러나 분명한 정신의 뢴트겐 사진」, 『오늘의 시』, 1992.

이하석, 「언어, 또는 침묵의 그림자에의 물음」, 『작가세계』, 1994년 겨울호.

임환모, 「삶과 죽음 그리고 존재의 깊이에 대한 시적 형상성」, 『시와 사람』 2001년 겨울호.

장현동, 「죽음, 추락, 부패, 탁탁 혹은 톡톡, 섹스, 사라져가는 시의 다섯 가지 이름」, 『문학과사회』 1995년 여름호.

정과리, 「안에서 안을 부수는 공간」, 시집 『길 밖의 세상』 해설, 나남, 1987.

──, 「오규원, 또는 관념 해체의 비극성」, 『문학, 존재의 변증법』, 문학과지 성사, 1985.

정끝별, 「서늘한 패러디스트의 절망과 모색」, 『동아일보』, 1994. 1.

──, 「현상시, 형태시, 상형시, 그 언어주의시들의 전략」, 『현대시』 1996. 11.

──, 『패러디 시학』, 문학세계사, 1997.

정의홍, 「관념의 언어에서 현실의 비평까지」, 『현대시』 1991. 12.

정채봉, 「보이지 않는 길을 걸어간다」, 시집 『나무 속의 자동차』 해설, 민음사, 1995.

조강석, 「사물의 양감과 언어의 시계(視界)─오규원의 후기 시를 중심으로」, 『문학과사회』 2008년 봄호.

조남현, 「즉자성에서 대자성으로」, 『월간조선』 1985. 12.

조동범, 「묘사의 세계와 날이미지의 언어─오규원」, 『모:든시』 2019년 가을호.

조연정, 「풍경을 그리는 시인의 허무, 그리고 최소한의 자기 증명─오규원의 『순례』를 읽기 위하여」, 『삶─문학의 이름으로』 2017년 상권.

조태일, 「성찰, 존재, 풍경, 생명을 위하여」, 『창작과비평』 1995년 가을호.

진순애, 「'과'의 시학」, 『현대시학』 1997. 10.

진형준, 「관념과 언어, 그 이중의 싸움」, 『깊이의 시학』, 문학과지성사, 1986.

최동호, 「시간의 톱니와 비디오 그리고 자연의 나무」, 『문학사상』, 1996. 11.

최하연, 「오규원 나무 밑에는 오규원 나무의 고요가 있다」, 『문학과사회』 2008년 봄호.

최현식, 「'사실성'의 투시와 견인」, 『조선일보』, 1997. 1.

──, 「데포르마시옹의 시학과 현실 대응 방식」, 『1960년대 문학 연구』, 깊 은샘, 1998.

──, 「시선의 조응과 깊이, 그리고 '몸'의 개방」, 시집 『토마토는 붉다 아니 달콤하다』 해설, 문학과지성사, 1999.

현 희, 「낯설게 만들기와 독자 끌어당기기」, 『현대시』 2001. 12.

홍신선, 「김종삼 시인학교를 찾아서」, 『현대시학』 1992. 1.

황현산, 「새는 새벽 하늘로 날아갔다」, 시집 『길, 골목, 호텔 그리고 강물소리』 해설, 문학과지성사, 1995.